无尽夏夜

WE KNOW YOU REMEMBER

[瑞典]托夫·阿尔斯特达尔　著

梁颂宇　译

四川人民出版社

图书在版编目（CIP）数据

无尽夏夜 /（瑞典）托夫·阿尔斯特达尔著；梁颂宇译 . —— 成都：四川人民出版社，2023.4
ISBN 978-7-220-13082-3

Ⅰ.①无… Ⅱ.①托…②梁… Ⅲ.①长篇小说—瑞典—现代 Ⅳ.① I532.45
中国国家版本馆 CIP 数据核字 (2023) 第 014971 号

ROTVÄLTA
Copyright © 2020 by Tove Alsterdal
Published by arrangement with Ahlander Agency, through The Grayhawk Agency Ltd.

四川省版权局著作权合同登记号：21-2022-390

WU JIN XIA YE
无尽夏夜
[瑞典] 托夫·阿尔斯特达尔 著 梁颂宇 译

出 版 人	黄立新
出 品 人	柯 伟
监 制	郭 健
责任编辑	范雯晴 魏宏欢
特约编辑	刘思懿
封面设计	水 沐
版式设计	李琳璐
特约校对	邓永勤
责任印制	周 奇
出版发行	四川人民出版社（成都三色路 238 号）
网 址	http://www.scpph.com
E-mail	scrmcbs@sina.com
新浪微博	@ 四川人民出版社
微信公众号	四川人民出版社
发行部业务电话	（028）86361653 86361656
防盗版举报电话	（028）86361653
照 排	天津星文文化传播有限公司
印 刷	北京盛通印刷股份有限公司
成品尺寸	145mm×210mm
印 张	12.25
字 数	280 千
版 次	2023 年 4 月第 1 版
印 次	2023 年 4 月第 1 次印刷
书 号	ISBN 978-7-220-13082-3
定 价	58.00 元

■版权所有·侵权必究

本书若出现印装质量问题，请与我社发行部联系调换
电话：（028）86361656

# 目 录

◇	第一章	/ 001	◇	第九章	/ 103
◇	第二章	/ 012	◇	第十章	/ 112
◇	第三章	/ 025	◇	第十一章	/ 118
◇	第四章	/ 034	◇	第十二章	/ 135
◇	第五章	/ 053	◇	第十三章	/ 142
◇	第六章	/ 066	◇	第十四章	/ 151
◇	第七章	/ 075	◇	第十五章	/ 170
◇	第八章	/ 085	◇	第十六章	/ 178

- ◇ 第十七章　/ 193
- ◇ 第十八章　/ 211
- ◇ 第十九章　/ 218
- ◇ 第二十章　/ 235
- ◇ 第二十一章　/ 251
- ◇ 第二十二章　/ 267
- ◇ 第二十三章　/ 279
- ◇ 第二十四章　/ 291
- ◇ 第二十五章　/ 302
- ◇ 第二十六章　/ 312
- ◇ 第二十七章　/ 322
- ◇ 第二十八章　/ 329
- ◇ 第二十九章　/ 340
- ◇ 第三十章　/ 353
- ◇ 第三十一章　/ 363
- ◇ 第三十二章　/ 371
- ◇ 第三十三章　/ 377
- ◇ 作者手记　/ 385

第一章

就是这里了。大山的阴影在若隐若现中,慢慢逼近。他用眼角的余光瞥见一个加油站一闪而过,接着是更多的树。他已经开车行驶了两百多公里,得方便一下。

他开上一条支道,停下车,跌跌撞撞地从车子里钻出来,穿过路边的野花丛,朝森林走去,在那里解手。

这里的气味有点特别。野花沿着沟渠的边缘生长,草叶上悬挂着露珠,雾霭悬浮在夜空之中。毛茛、杂草和欧芹足有一米高。或许那是猫尾草,他也说不准。只是他辨别出了类似的气味。

柏油路面因霜冻而损毁,变得坑坑洼洼的,不久之后就要让位于砾石路面了。他可以沿着这条路再开大约二十公里,然后左转回到高速公路上,这样不会绕太多远路。开阔的景致在他眼前延展,有青山,有低谷,自带着一种让人安心的特质,如同温软身体的柔和曲线。

他开车经过安静的农庄和废弃的房屋,又经过一个小湖。湖面水波不兴,森林落入湖中的倒影和森林本身别无二致。目之所及的所有树木都一模一样。他曾经爬上一座山,俯瞰阿达伦河谷中的无垠森林,感受它的永无止境。

当他来到岔路口，周围并没有其他车辆。他认出了正前方那栋黄色的木制房屋。现如今，当他透过灰扑扑的橱窗向里张望，只能看到一堆堆建筑垃圾。不过那招牌还挂着。这家店以前是卖吃食的。欧洛夫想起了周六的糖果，以及果冻蛙和盐渍甘草鱼的滋味。他走错路了，他正朝内陆深处驶去。不过无所谓，他还是可以赶在明早之前到达斯德哥尔摩北缘。再说了，那时老板还在睡觉，没有人会查他车子的里程数，也没有人会计较他究竟用掉了多少汽油，再多跑个五公里也没什么大不了的。欧洛夫总能找到借口，把行程耽搁这事归咎于一路上的旅行拖车和道路施工，绝对没问题。所有人都知道夏日里的瑞典路况是如何的令人厌烦。

又到了一年中的这个时候，六月下旬。

这种气味，这样的光线，让他的嘴巴开始发干，两腿发麻。他浑身上下每一分每一缕的失控都明白，一年中的这个时候又到了。在学期结束之后，在沉闷无聊席卷而来之后，正值白昼最长之际，也是他陷入混乱之时。在欧洛夫的记忆中，那段时光半明半暗，他感觉灰蒙蒙的。然而当时的真实情况必定和记忆相反，应是如同现在这个无尽夏夜一样明亮，午夜的几个小时是一段苍白的时光，此时太阳也只是微微没入地平线下。

他开车经过那些早已被他遗忘之物，或许并非遗忘，只是不愿再想起，然而它们一直都在。那是一栋黄色的房子，一到夏天访客便络绎不绝，那家的孩子被禁止在大道上骑自行车；那是一栋老旧的校舍，早在他记事之前就关闭了；那是一片牧场，牧场上的快步马挤在一块儿，瞪大眼睛看着大道；那是用白色塑料封装的干草包堆成的一座小山，你可以爬到顶端，假装自己是这座"山"上的国王；还有左手边那棵白桦树,他在这里放慢车速,拐了个弯。这棵树已经长那么大了,枝柯低垂,鲜绿色的叶子形成团团绿云,遮住了信箱。

他很清楚是哪个信箱:灰色的塑料信箱,正数第三个。有份报纸从里面伸出来。欧洛夫下了车走过去,查看信箱上的名字——哈格斯特洛姆。

他用力拍打着蚊子,抽出了一份本地报纸。报纸底下还有两份东西,这也是它塞不进去的原因。一份是光纤宽带广告,另一份是克拉姆福什市政府的账单。竟然还有人住在这里接收邮件、报纸,以及水费和垃圾清理费之类的账单。当欧洛夫看到信封上的名字,一股震颤掠过他全身。

斯凡·哈格斯特洛姆。

他把所有东西塞回信箱,回到车里坐下。他从地上的一个包里掏出一块巧克力饼干,单纯地想嚼点什么东西。他喝了一罐功能饮料,拍死跟着他溜进车里的蚊子。其中一只已经喝饱了血,在皮椅上留下一抹猩红。他吐了点唾沫,用纸巾擦去污渍,之后继续沿着老旧的拖拉机道缓慢行驶。路中央的青草一直刮擦着保险杠,车身在坑坑洼洼的路面上颠簸。他经过斯特里涅维克家,他家灰色的谷仓在绿树后头隐约可见。开下一座山,再开上一座山,来到山顶,黑松树止步于此,豁然开朗的自然景色随着河流向远处延伸。欧洛夫不敢看。那栋红色的房子从他的视野边缘一掠而过。他在路的尽头掉头,慢慢往回开。

窗户边缘的油漆已经剥落。门口也看不到一辆车,不过车子很可能停在车库里。木棚周围的杂草长得很高了,很快就能长成的灌木幼苗夹杂其中。

这座房子或是废弃衰败了，或是易手了，卖给从那时起就搬进来住的陌生人。欧洛夫幻想过情况有所不同，一切还和多年前一样，但他自己也说不清自己为什么这么想。

然而事实并非如此。

他在垃圾箱后头靠边停车，熄灭引擎。金黄的蒲公英散落在草坪上。他记得要铲除蒲公英得费好大一番功夫。你得在结子前将它们除掉，不然这玩意儿会随风飘散，再用锄头把根挖出来，这样它们就不会死灰复燃了。在他的记忆中，他的手还那么小。而现在，他低头看着那正在拧车钥匙的大手。

太阳跃上云杉树梢，阳光落在后视镜上，让他不能直视。他闭上眼睛，想象她站在他面前，或者存在于他心中——他也说不清她到底在哪儿，但他不停地见到她。这些年来，夜复一夜，如果他没能倒头就睡着，没有喝得烂醉，没有累得半死，他总是会以这种方式见到她，看见她走进树林。她在他体内来去穿梭。那地方不远，很近，就在河边。

她在小道上转身时的模样！她在向他微笑吗？她是不是挥手了？上啊，欧洛夫，快上！

真是向他微笑挥手吗？

他们的声音环绕在他周围，大马力摩托车散发着汽油的臭味，香烟的烟雾让蚊子不敢靠近。

说真的，欧洛夫，你已经得手了。跟上她，莉娜可不是逗你玩的。上啊，小子，看得出她想要。或许他是个懦夫？欧洛夫，你是懦夫吗？除了你老妈，你亲过其他女孩吗？

上啊，欧洛夫！你从来没有试过，对吧？把手伸进上衣里，动作要快，你要做的就这个，在她有时间想太多之前，赶紧的。

当他沿着小径前行，他们的声音还在他脑子里打转。她的裙子在前方飘舞，她那黄色的开襟毛衣出现在树干之间。

莉娜。

光滑的手臂，天鹅绒的质感；笑声，荨麻的气味。灼烧感包裹着他的腿，一团团的蚊子和该死的马蝇。他拍死一只马蝇，"啪"的一声，就这样，在她手臂上留下一抹血渍。她的笑声：谢了，欧洛夫，你真是我的大英雄。她的嘴唇，那么近，他想象过那嘴唇是多么柔软。有的人想聊上一整晚，不过注意了，这样你永远只能是"朋友"。不过对她不能用强，得以她的方式来，明白吗？

欧洛夫突然一头栽倒在荨麻丛中，他感觉她包裹着自己。

车里很闷，没有氧气，只有湿热。他得出去。

薄雾扫过下方的海湾。在河对岸，亘古不变的山峦在远方若隐若现，丝丝缕缕的蒸汽从造纸厂升入空中。如此安静，他能听到白杨树的树叶在轻柔得难以觉察的微风中"沙沙"作响，听到蜜蜂围着羽扇豆和臭甘菊忙碌的"嗡嗡"声。之后他听到哀号声，那叫声是某种受伤痛苦的活物发出的。

那是从房子里传出来的。欧洛夫想在那条狗发现他之前，走完这短短一段路，回到车里，尽量不发出声响。可对他这种大个子来说这是办不到的。细嫩的青草在他的重压下碎裂。他能听到自己沉重的呼吸声盖过了昆虫的"嗡嗡"声，那条狗也能听到。它开始像疯了似的狂吠，咆哮，扑在墙上或门上抓挠着。那声音让他想起了猎犬的狂吠，想起了骑车经过时它们跳起来扑在笼子的铁丝网上的样子。警犬，它们被带到河边追踪莉娜的气味，当它们发现她的遗物后，犬吠声便从远处传来。

他知道他应该回到车里，开车离开。要快，要赶在老头儿醒来看到外面有人之前。他会拿起那支猎枪吗？那支欧洛夫可以碰，但永远因"年龄不够不许开火"的枪。颜色和家具在他记忆中乱作一团：漆成绿色的楼梯，墙纸上的印花图案，斜屋顶下他的旧床。

之后，他看到水从房子一侧缓缓流出。水管漏了？那狗为什么被关起来？欧洛夫听得出那狗不在前门旁的大厅里——那是猎狗——或者说是任何狗该待的地方。那叫声从更深远处传来，或许是在走廊远端的厨房里。欧洛夫在想象中勾画出那淡蓝色的镶板，被漆成白色的壁橱，炉上慢悠悠地煮着的东西。

那狗必定是独自待在家里，没人能睡得那么死。

他想起那块石头，屋角那块圆石。他捡起石头，几只木虱仓皇逃窜，钥匙还在那儿。

他的手抖得厉害，把钥匙插进锁眼都困难。欧洛夫无权打开这扇门，要知道，他们已经断绝一切联系了。

房屋特有的气息击中了他，他感觉自己再次变成了孩童。墙上挂着一幅画像，一个留着大胡子的老头——某个一百年前的达官贵人。以前画中人俯视他，现在却与他平视。放着坐垫的长凳还在，以前他们坐在那儿换鞋。祖母织的碎呢地毯被随意丢弃的杂物压住了，几乎看不见。这里堆着各种工具和器材，以及装满空罐、空瓶的袋子，只剩下一条窄窄的过道连接大厅。他母亲绝不会允许这个地方变成这样。

他听到爪子抓挠木头的声响。欧洛夫想的没错：狗被关在厨房里，门上插着一把扫帚。尽管思绪乱成一团在他脑子里缠绕得紧，他还是明白任何人都不应这样对待一条狗。

他抽出扫帚，以门为掩护，转动门把手。他手里还拿着扫帚，以防狗张嘴扑上来咬人。可那条狗径直从他身边窜过，一团模糊的黑影冲出门外，屎尿味随之外溢，糟透了。这可怜的家伙把屋里弄得一团糟。

这时他才注意到水是从浴室里流出来的。水从门下渗出，浸润着起居室里的碎呢地毯，在铺着褐色油毡的地板上形成"小河"和"池塘"。

门锁上的标识是白色的，不是红色。红色意味着有人在浴室里。欧洛夫学会了这一手：带着连环漫画把自己锁在浴室里。如果你有一个讨厌的姐姐叫嚷着要进浴室，你只能这么做。

他打开门，水没过了他的鞋子。

浴室里面漂浮着海绵、尘土、头发和死苍蝇。条纹布浴帘拉上了。当欧洛夫走进浴室，他感觉冷水已经渗入了袜子。如果做不了别的什么，至少他能在离开前关上水龙头，这样房子就不会被完全浸毁了。他拉开浴帘。

有人坐在帘子后头，扭曲的躯体坐在一张陌生的椅子里。欧洛夫知道自己看到了什么，可他的脑子却转不动了。老人弓着腰，完全变成了一团煞白的物体。在透过窗户的阳光中，他的皮肤像鱼鳞般闪亮，一绺绺湿发糊在天灵盖上。欧洛夫试着向前一步，伸手关上水龙头。水终于停了。

除了自己刺耳的喘气声和苍蝇冲撞窗户的"嗡嗡"声，他什么也听不到。最后几滴水落下。赤裸的尸体仿佛牵引着他的目光,把他的视线死死地钉在那里。尸体的皮肤似乎有点松弛,几块绿斑横贯他的背部。欧洛夫抓住洗手盆,靠在上面。他看不到尸体的眼睛,但那高鼻梁中央有一个肿块——是年轻时因为一个曲棍球留下的旧伤。

洗手盆松动了,从墙上脱落。震耳欲聋的撞击声响起,仿佛整栋房子崩塌了。他失去平衡,周围水花四溅,他的脑袋撞到了洗衣机,挣扎着站起来时又滑倒了。

他四肢着地,勉强爬出浴室,勉强站起来,离开这里。

他用力关上身后的门,锁好,把钥匙放回原处,尽量快步朝车子走去,尽量不显现出异样。他发动引擎,倒车,撞上了垃圾箱。

有很多老人会像这样死去。他一边把车开走,心里一边想。他的心还是跳得厉害,他能听到如雷的心跳声在耳朵里回响。老人们或是心脏病发作,或是中风,然后倒下去死了,警察才不会管呢。很多老人独居,有的死了几年才被发现。

可是那条狗为什么被关起来?

欧洛夫猛踩刹车。那狗就在车前,站在路中间。再往前十米他就会把那条笨狗压扁。狗张着嘴,吐着舌头,通体漆黑,皮毛乱蓬蓬的,挺兴奋。这狗看起来是某种狂野的产物,拉布拉多犬的脑袋,身形硕大的猎犬的皮毛,全神贯注地竖起的耳朵。

欧洛夫重启引擎,他得把车送到。这是一辆漂亮的庞蒂亚克,是捡漏得来的好宝贝。明早这车得停到老板车库外头,钥匙要放在原来的地方。

可是那狗却不动。

如果他按喇叭，邻居们或许会听到，就能推断出个大概。于是他只得下车把狗轰走。那狗瞪着他。

"滚开，你这笨狗！"他呵斥着扔出一根棍子。狗在半空中接住棍子，雀跃向前。它把棍子放在他脚边，抖动整个身躯的后半部分，仿佛它以为生活就是某种该死的游戏。欧洛夫用尽全力，把棍子扔到树林里。狗冲过去追寻棍子，穿过一片欧洲越橘。他正准备回到车子里，这时他听到身后的碎石上传来脚步声。

"好车啊。"一个声音响起，"想不到在这种乡下地方还能见到这种车。"

欧洛夫看到一个人迈着轻快的步子朝他走来。那人穿着长款短裤、马球衫、白色帆布鞋。他拍拍车子那黑色的引擎盖，仿佛那是一匹马。

"火鸟第三代，对吧？"

欧洛夫僵在那里，一只脚在车里，一只脚在车外。

"嗯，88年产的。"他对着车嘟囔道，"要开到斯德哥尔摩的乌普兰区。"他想说他赶时间，想说他要在夏季的道路拥堵形成之前赶路。仲夏前夜，又是周五，这意味着每个方向都排着长长的车龙。再说了，胡迪克斯瓦尔和耶夫勒之间的路段道路施工和封闭的警示牌还挂着呢。可是他说不出口。那条狗也叼着棍子回来了，用鼻头碰碰他。

"这是非卖品？"

"不是我的车，我只是开车的。"

"你的目的地是这里？"那人脸上挂着微笑，可欧洛夫能听出声音和微笑后头的言外之意。总是有言外之意。

"我只是方便一下。"

"所以你选了这条路？抱歉，我不是包打听，不过之前这里有点麻烦事——成群的小贼把木屋翻个底朝天，那家邻居的割草机也被偷了。所以我们得保持警惕，警惕陌生的车，或者诸如此类的。"

那条狗闻到食物的味道，试着从他两腿间钻进车里。厨房里的灰尘掠过他的脑海，还有散落在地上的纸盒。这狗必定曾试着钻进壁橱里找吃的。

欧洛夫拎着它的后颈，它发出咆哮，激烈地扭动身躯。

"你的狗？"

"不是，我……它站在路中间。"

"等等。那不是斯凡·哈格斯特洛姆的狗吗？"那人转过身，看向那栋房屋。房屋在树木之间隐约可见。"他在家吗？"

欧洛夫试图组织语言，说出真相。淋浴喷头不停喷水，苍白的皮肤在他眼前分解。石头下的钥匙。他清清喉咙，抓住车门。

"斯凡死了。"他体内的某样东西一动，说话时喉咙收得紧紧的，就像有人给打了个结。他知道他得说点什么，因为那人开始后退避开他，盯着车牌。欧洛夫看到他手里拿着一个手机。

"钥匙在石头下。"他尽力说出这句话，"我想把狗放出来，我只是开车经过。"

"你是谁？"那人将手机举在身前。欧洛夫听到"咔嚓"一声又一声。那人在给车子拍照吗？在给他拍照吗？

"我要打电话。"那人说，"我马上报警。"

"他是我爸，斯凡·哈格斯特洛姆。"

那人低头看狗，然后抬眼看欧洛夫。他的目光仿佛要刺破欧洛夫身上那层皮囊。

"欧洛夫？你是欧洛夫·哈格斯特洛姆？"

"我正要打电话，不过……"

"我是帕特里克·奈达伦。"那人对他说，并再次后退，"你或许不记得我了，我是特里格夫和玛姬恩的儿子，就住那边。"他顺着道路的方向一指，指向树林更深处的一栋房子。欧洛夫看不到那房子，不过他知道如果沿着雪地摩托车的道走，就能看到一片开阔地，那房子就立在那里。"我不敢说我记得你，当时我才六岁……"

在随之而来的沉默中，欧洛夫仿佛能看到记忆的齿轮在那人长满金发的脑袋里转动。记忆复苏了，他的眼中闪烁着火花。他记起了这些年来听到的事。

"或许该由你来告诉他们发生了什么事。"那人继续说道，"我来拨号，然后把电话给你，行吗？"那人尽量伸长手臂，把手机递给他，"这是我的私人电话，不过我身上也带着工作电话，我总带着。"

那狗已经进到车里，把鼻子深深埋入欧洛夫的食品袋中，围着袋子打转。

"或者还是我来打吧。"帕特里克·奈达伦说道，继续后退着。

欧洛夫跌坐在驾驶座上，他记得奈达伦家的两个小孩。他们不是养过兔子吗？兔笼就在房子后头。在某个夏夜，欧洛夫曾经偷偷过去，打开笼子，用蒲公英叶把兔子引出来。或许那兔子最后被狐狸抓住了。

或许它们最终都自由了。

第二章

覆满绿叶的五月柱①,不停灌酒,暴力冲突,争吵——拥有这些美妙风俗的仲夏前夜②或许是一年中最糟糕的工作日。

埃拉·舍丁自告奋勇,在瑞典最明亮的这一夜当班。她的同事们有孩子或者其他事情,比她更需要休假。

"你要走了?"母亲跟着她走到玄关。她的手不停游移,捡起放在五斗橱上的那些东西。

"我得上班,妈妈,我告诉你了。你看到车钥匙了吗?"

"你什么时候回来?"

她一手拿着鞋拔子,一手拿着一只手套。

"今晚,不过会晚点。"

"要知道,你用不着总跑过来,我敢肯定你有更重要的事要做。"

"现在我住在这儿,妈妈,还记得吗?"

紧随这段对话的是一阵忙乱的翻找,目标是钥匙。克里斯汀·舍

---

① 五月柱:又称仲夏柱,是一种被绿叶枝条和花环点缀的十字木柱,是仲夏节的重要标志。——译者注(本书中所有注释均为译者注)

② 仲夏前夜:仲夏节为北欧传统节日,即夏至,仲夏前夜即夏至前一天。此时白昼最长,北极圈内的地区会出现极昼现象。

丁坚持说她没动过钥匙——"我知道自己没碰过那玩意儿,你不能说我忘事。"——最后埃拉从她自己的后袋里找到钥匙,昨天晚上是自己把钥匙塞在那儿的。

拍拍脸颊。

"我们明天过节,妈妈,吃鲱鱼和草莓。"

"还要一大杯荷兰杜松子酒。"

"再来一点杜松子酒。"

气温十四度,头顶飘着一层薄云。气象预报打包票说整个诺尔兰中部阳光普照。下午就是适宜喝酒的好天气。从兰德到弗雷纳再到古德穆纳,在人们一代接一代前往消夏的居所中,在营地的冰箱里,在她经过的家家户户中,阿瓜维特酒已经被冰镇起来了。

克拉姆福什警局外头的停车场是半空的。大部分警力将集中用于晚班时段。

埃拉的一个年轻同事在入口和她碰头。

"得出警,"他说,"可疑死亡,死者是贡格尔登的一个老人。"

埃拉扫一眼他胸前的名牌。之前她和他打过招呼,不过两人从来没有在同一时间段当班过。

"老人肯定是在洗澡时倒下的,"他继续说道,一边查看从于奥默控制中心发来的报告,"他儿子发现的,一个邻居报的警。"

"听起来像是医疗系统的事,"埃拉说,"我们为什么要出警?"

"情况不明,显然那儿子想要脱身。"

埃拉跑进去换衣服。奥古斯特·恩格尔哈特,刚刚她记下了这个名字。显然又是一个刚获得从警资格的菜鸟,后脑勺和两侧的头发都剃短了，额前有刘海；刚满二十七岁，看起来还行。一般人在电视上看到的警察，往往会是一起工作很多年的那种，但他们更像是虚构的，是逝去时代遗留给人的刻板印象。

实际上，多数人是从于奥默的警校毕业，然后在这里找份工作而已。他们为了获取经验，申请去克拉姆福什这类没什么吸引力的辖区，顶多只能在这里待上半年。每周他们开车跑250公里回家过周末，直到区域内的大城市——那些有咖啡馆和素食餐厅的地方——有更好的职位出缺。眼前这小伙的不同之处在于他是在南边读的书，之前很少有斯德哥尔摩人来他们这里。

"我的女朋友也在那里。"当他们拐下大路穿过尼兰时，他解释道。

埃拉则看着旧法院塔楼上的钟。塔楼上的四面钟朝向不同的方向，指针停在不同的位置上。这些钟在一天内至少有四次能准确显示时间。

"我们买了一套公寓，不过我想在内城工作，"奥古斯特继续说道，"这样我就可以骑自行车上班，以免从车里出来时被人一板砖拍在脑门上。我想或许也可以来这儿干一段时间，等到内城有位置再说。"

"你的意思是慢慢来？"

"没错，不行吗？"

他没有留意到她话音中的讥讽。毕业后，埃拉在斯德哥尔摩工作了四年，对那段总是被同事簇拥的时光拥有美好的回忆。那时，如果她呼叫支援，他们会在几分钟内到达。

她取道汉默桥过河，转向下游方向，朝贡格尔登驶去。河流这一侧是阿达伦河谷农场的住宅区。无意之中,埃拉发现自己正在搜寻那座顶上竖着标杆的山。

她父亲曾指给她看——那是十四世纪皇家领地最北边界的遗迹。那时候海平面比现在高六米,他们周围的山都是小岛。时不时地,她有意在那根标杆融入周围景色之前瞥一眼。那是以前瑞典皇家势力范围的尽头,也就到此为止了。

然而,北边由蛮荒和自由统治。

这个故事挂在埃拉嘴边,可她还是及时阻止自己说出口。三十二岁的她总是被当成老警员看待,这已经够糟糕的了,她可不想成为那种每经过一根标杆、一块石头都能讲一段故事的人。

信箱出现在路边,埃拉一个急转弯,在碎石路上踩下刹车。

这个地方有点特别,一股熟悉感迎面而来。和其他成百上千条林间道路相比,这条道路没什么两样,杂草在路中间冒出头,被压实的黏土印着生硬的车辙轮廓,早几年的碎石、被压扁的松果和去年的落叶散落其中。一栋平平无奇的房屋避开道路,老旧谷仓的残迹出现在林地边缘。

埃拉有种强烈的感觉:她曾经和一个朋友骑车来过这里,或许是和斯汀娜。她好几年没想起斯汀娜了,可突然之间,她感觉斯汀娜就在她身边。回忆起当她们骑车前往那枝叶纠缠的树林时那股浓烈的沉寂,那种喘不过气的感觉,那种禁忌之感。

"我没听清名字,"她说,"谁报的警?"

"帕特里克·奈达伦,"奥古斯特低头看手机,翻找报告,"这是报警人,死者是斯凡·哈格斯特洛姆。"

就在那儿,就在第一排那几棵稀疏的树后头,是她们藏自行车的地方。高大健硕的云杉,林中有从未被清理过的区域。悬而未决之感让她难以忍受,她的心跳到了嗓子眼里。

"那儿子呢?"她问道,屏住呼吸,"就是想逃的那家伙。"

"哦,叫什么来着?就在这儿……老实说,没写名字。"

埃拉猛击方向盘,一下,两下。

"就没有人注意到吗?妈的!就没人记得吗?"

"抱歉,你把我搅糊涂了,我要注意什么?"

"不是说你,我知道你什么都不懂。"埃拉让车子以难以忍受的龟速再往前行驶一段,树林逼近,是一片深沉古老的黑色。发生那事的时候,身边这小子或许还穿着尿不湿满地爬呢。现在在诺尔兰,每个要出警的案子都要经过于奥默的区域控制中心,过去几年也是如此。她不能指望这些人在瞬息之间就想起二十年前发生在翁厄曼兰的一起案件。

尤其是考虑到他的名字从来没有被公开。

"或许没什么。"她说。

"什么?什么没什么?"

埃拉的目光在树木间逡巡,覆盖着苔藓的岩石,欧越橘……她和斯汀娜悄悄穿过这里,猫着腰,沿着通往房子的兽类通行的小径,躲在树枝下,只为了看一眼那房子——看看那种人住的地方。

这些年的时光在她脑子里流过,"咔嗒"作响。她飞快地计算一下——二十三年过去了。欧洛夫·哈格斯特洛姆现在三十七岁,就在山顶某个地方等着——假如报告没错的话。

埃拉急转,避开一个坑,却撞上了一块岩石。

"很久以前,欧洛夫·哈格斯特洛姆犯了重罪,"她说,"他承认自己强奸杀人。"

"哇!"奥古斯特·恩格尔哈特说,"他刑期满了吗?我同意,这种人应该加以管控。"

"没有写进他的档案,他从来没有被定罪,这事甚至没有上法庭。他的名字从来没有被公开,那时候的媒体不会这么做。"

"什么时候?石器时代吗?"

"当时他未成年,"埃拉解释道,"他只有十四岁。"

案子已经结案,案卷封存,可所有人都知道那是谁家的孩子。这件事在阿达伦一带传播,极有可能从滨海高岸一直传到索莱夫特奥,流传甚远。媒体称之为"十四岁少年"。案件经过调查,破案了,结束了。孩子们又可以独自出门玩耍。他被送走了,这意味着她们可以躲在树枝下偷窥他住过的房子,看他姐姐在花园里晒日光浴。有横梁的自行车肯定是他的,她们还看到了凶手的卧室窗户,猜想屋内可能发生的事。

难以置信,这房子看上去和其他房子没啥两样。

埃拉开上私人宅地,停下车。

成百上千的简朴木屋因缺乏林中应需的维护、照管,在自然力的作用下慢慢颓败。眼前这房子就是其中之一。红木泛灰,屋角白色油漆剥落。

"或许不相干,"她说,"或许纯粹是自然死亡。"

一小群人在砾石路另一边的石堆旁聚集。一对三十岁上下的年轻夫妇,穿着像是来消夏的游客——衣服太素净,太昂贵。妻子坐在一块巨石上,丈夫站得很近——看得出两人亲密无间。几米之外站着一个敦实的老人,穿着羊绒衫和长裤,裤头低低地挂在腰上。定定地站着仿佛让他很不自在，他肯定是个常住居民。

正前方，在车库旁的车道上停着一辆闪亮的黑色美国车。一个大块头男人瘫坐在驾驶座上，仿佛睡着了。

"真够慢的。"穿着白衣服的男人离开人群，上来迎接他们。他和他们握手，进行自我介绍。他是帕特里克·奈达伦，是他报的警。不待埃拉让他详细讲述事发的经过，他已经主动讲开了。

他们住在隔壁消夏。帕特里克顺着道路一指，他在这里出生长大，可他和哈格斯特洛姆一家不熟，他妻子也不熟。他的妻子索菲·奈达伦从岩石上站起来，身材纤细，带着紧张的微笑。

年老的邻居摇摇头，他和斯凡·哈格斯特洛姆也不熟，真的不熟。两人去开信箱时在路上遇见会交谈两句，冬天时他们都曾帮忙清理过道路。

尽邻居的本分而已。

埃拉记了点笔记，看到奥古斯特也在做同样的事。

"我觉得他惊呆了，"帕特里克·奈达伦朝坐在美国车里的人点点头，"任谁都会这样——假如他说的是真话。"

开始时他并没有认出欧洛夫·哈格斯特洛姆，他几乎记不起这个人。所幸今天他很早就出来，赶在道路过于拥堵之前完成晨跑。他还要拿报纸，夏天他们更改了送报地址。如若不然，天知道会发生什么事。

他让欧洛夫沿着道路倒车，等警察来。

"老实说，站在这里让人很不舒服，不过接线员让我等，我就等着，哪怕等个地久天长。"帕特里克看一眼手表，无疑在表明他对警察的速度很有意见。

埃拉想告诉他，从海边到山区，从哈纳桑南部一直到与耶姆特兰交界处，覆盖这么大一块辖区的警局其实只有两辆巡逻警车可用，这次出警又跑了很长一段路。而且现在是仲夏节，这意味着警力要集中放在晚上。每年的这一天晚上，他们还会在哈纳桑部署一架直升机，因为从地理距离来看，如果永瑟勒和诺尔菲肯同时发生警情，他们不可能同时出警。

但最后，她只是问："你们没人进过房子吗？"

"没有。"

后来他妻子索菲也过来了，身上穿着宽松的夏装。她给帕特里克送咖啡和三明治。她解释说他从不在跑步前吃早餐。她丈夫说话时偶尔还流露出翁厄曼兰口音，不过她的口中却听不出来。她说她是斯德哥尔摩人，不过她喜欢乡下。她不怕这里的沉寂和偏僻，因为这两者她都喜欢。他们几乎整个夏天都住在这里，就住在帕特里克出生并长大的那个小农庄里。那房子没啥特别，不过胜在保持原状。她的公婆身体还好。夏天时公婆就搬进以前的面包坊，给他们腾地方。感谢上帝，现在他们正在海边和孩子们在一起。索菲庆幸着摸索丈夫的手。

年纪大的那位名叫基尔·斯特里涅维克，住在最靠近大道的房子里。他说他留意到哈格斯特洛姆昨天没取报纸。他能说的只有这个。在他记忆中已经整整一周没见到那老头，不过话说回来，他也不是那种喜欢窥探的人，他还有很多自己的事要操心。

"你是维恩·舍丁的女儿，住在兰德的，对吧？嗯，听说你进了警局。"基尔不以为然地眯起双眼，他也可能是在表示钦佩。

埃拉让年轻的同事记下他们说的细节。这并非因为这事非他做不可，只是和欧洛夫·哈格斯特洛姆谈话更为重要，让更有经验的警员来处理也是合情合理。

她体内九岁的自己也表示赞同。

她朝车子走去。据帕特里克说，那是一辆1988年款的庞蒂亚克火鸟。当她穿过草地，帕特里克的声音在她耳边响起：

"有点奇怪，他刚发现自己父亲死了，可他却在谈论车子。不过换作是你，谁知道你会有什么样的反应。我和我父母关系很好，我父亲绝不会这样死去……"

花园无人照管，但还不至于杂草丛生。初夏的炎热让草叶发黄。直到最近还有人打理园子，或许是去年才撂下不管的。

一条黑狗现身，爪子贴在车窗上，发出一声"猞吠"。那人抬起头。

"欧洛夫·哈格斯特洛姆？"

她举起自己的证件，与眼齐平。埃拉·舍丁，助理警员，克拉姆福什，南翁厄曼兰区。

他摇下车窗时，手臂似乎很沉重。

"能告诉我发生了什么事吗？"她说。

"他就坐在那儿。"

"在淋浴间？"

"嗯。"欧洛夫低头看狗，那条狗正围着地上一个撕开的汉堡包包装袋打转。埃拉得竖起耳朵才能听到欧洛夫近似嘟囔的话语。他想叫救护车，可信号不好。他不打算逃跑，只是把车开到路上。

"你父亲独自一人居住？"

"我不知道，他养了条狗。"

或许是那气味让她反胃——长时间没洗澡的人散发出的臭味。

脏兮兮的狗围着地上吃剩的食物打转。或许让她反胃的是一个念头：在层叠的时光和脂肪下方藏着一个人，这个人强奸了一个十六岁的女孩，用一根柳枝将她勒死，把尸体抛进了河里。

尸体顺流而下，漂入广袤的博滕海，湮没于此。

埃拉站直身子，记下笔记。

"你上回见他是什么时候？"

"有段时间了。"

"他有什么疾病吗？"

"我们不说话了……我什么都不知道。"

他的小眼睛深陷于那张圆脸中。当他抬头看她，他的目光仿佛在她下巴下方游移。她突然意识到那是胸部的存在，这让她很不自在。

"我们要进屋，"她说，"门没锁吧？"

车门开了，她迅速后退一步。她的同事发觉有异动，转眼间来到她身边。可欧洛夫并没有下车，他只是微微探出身子，指给他们看。

门廊边那块与众不同的圆石，把钥匙藏那儿，和藏在门廊上的花盆里或藏在破烂木屐里一样糟糕。人们总是认为窃贼是彻头彻尾的白痴，把钥匙藏在这些地方不会有太大问题，事实显然相反。

"有什么想法？"同事悄悄问一句。

"还没什么想法。"埃拉边答边开门。

他们一走进去，奥古斯特立刻用手捂嘴道："老天爷！"空气中弥漫着狗屎的臭味，虽然没有多得异乎寻常的苍蝇，但过道里有一大堆垃圾，一直延伸至厨房：一袋袋报纸和空瓶、灌木割除机、除草机、金属浴缸，以及其他垃圾。埃拉开始用嘴呼吸，她还见过更糟糕的。有一次，她见到了一具在家中躺了六个月的尸体。

当她加入警队时，暴力是意料之中的事。不过孤独却出乎她的意料。孤独留下深深的伤痕，就像有人在这样的房子里逝去，却无人问津。

她往厨房里走了几步，小心翼翼地落脚。那条狗必定到处乱窜，踩踏自己的狗屎。食物包装袋被撕开，上面满是牙印。

有一种警探只要扫一眼现场就能凭直觉知道一切是怎么回事，埃拉希望自己就是这种人。然而事与愿违，她能"混"下去全凭功夫做全套——观察，记录，拼凑碎片。

马克杯底部有干结的咖啡残渣。一个空盘子，有三明治的碎屑。一张报纸摊在餐桌上，周一的报纸，是四天前的。斯凡·哈格斯特洛姆最后阅读的文章是本地入室盗窃的报道。那些窃贼很可能是几个本地的瘾君子，关了短短一段时间后被放出来。她知道这事，她还知道赃物很可能被藏在罗城的一个谷仓里。不过报纸继续以波罗的海彼岸的黑帮为元凶而做出种种推断。

奥古斯特跟着她，两人继续向前，来到浴室。你得习惯这个，埃拉心想，要比你想象得更快一点。

门开着，门前有一汪水。

眼前这一幕透着一股难以忍受的哀伤。死者看上去毫无防备，弓着腰，光着身子。那煞白的皮肤让她想起大理石。

埃拉在上个冬天回到阿达伦。在那之前，她在黑堡的一间公寓里见过一具在浴缸里泡了两个月的尸体。那皮肤一被法医触碰便碎裂了。

"我们不等法医来吗？"奥古斯特在她身后问道。

她懒得回答。你觉得呢？如果我们要等，如果我们的工作不是把与案件相关的一切信息搜集起来，那我们为什么要站在这里，让我们的鼻子凑到一具死了四天的尸体跟前？感觉水汽升腾吗？水一停止流动，腐坏立即开始了。

埃拉小心地转动着那张椅子——医院淋浴间用的那种椅子，防跌倒的，材质是塑料和钢材。死者的臀部从椅面的空洞中挤出来。

她半蹲在尸体前，这样就能看到尸体的胸腹部，没有血，但伤口很深，横贯腹部。她能看清刀口和里面的一些组织。

她站起来时感觉一阵眩晕。

"看出什么了？"奥古斯特问道。

"我只看到一处伤口。"埃拉说。

"你是说这是行家干的？"

"大概吧。"

埃拉检查门——没有暴力闯入的迹象。

"你觉得是熟人作案吗？"奥古斯特继续问道。他后退几步，来到窗前，向外张望，看看停着美国车的车道，"凶手就这样走进来，看起来不像暴力闯入，不过那人或许知道钥匙藏在哪儿。"

"如果案发时间是周一，"埃拉说，"那他就会出去取报纸，或许进门后他没锁前门。浴室的锁很容易用小刀或螺丝刀撬开，假如他当真锁了浴室门的话——他自己一个人住，干吗要多此一举？"

"该死！"

奥古斯特冲出去，埃拉在门廊里追上他。欧洛夫已经不在车里了，驾驶座一侧的车门开得大大的。

"从窗户那儿我看不到他，"奥古斯特喘着粗气说，"只看到车子空了。就他那状态，跑不远的。"

他们有没有让邻居们回家？就算有的话，基尔·斯特里涅维克肯定没有听从。这对他们来说倒是一件好事。他站在路的更远处，指着树林，指向河流方向。

"他在哪儿？"

"他说要方便一下。"

两人分别从两侧绕过房子，却没看到欧洛夫的身影。向下倾斜的陡峭岩坡，密集而暗淡的树林，有早在二十多年前清理林地时开始生长的树苗，还有覆盆子和杂草。当他们跑到第一条下坡道，埃拉开始呼叫支援。他们拼命地跑，穿过堆堆碎石和丛丛灌木。

"我的错，"埃拉说，"我没有考虑他的逃遁风险。"

"如果他是真凶，他为什么要等我们来？"

一棵倒地大树的树枝划破了埃拉的小腿，她骂了一句。"欢迎来到现实世界，"她说，"在这里并不是所有事情都有理可循。"

透过白桦的枝叶，他们先看到了那条狗站在距离岸边几米的水中，然后看到那个人。他坐在河边的一根圆木上，一动不动。她的同事在她之前穿过了一米高的灼人荨麻。几只海鸥尖叫着飞入空中。

"得请你和我们走一趟。"奥古斯特说。

欧洛夫茫然地看向河对岸。一阵风掠过水面，将天空沉入水里的倒影打碎。

"船以前就拴在这里，"他说，"不过现在不在了。"

第三章

"不,妈妈,仲夏前夜是昨天,"埃拉打开几罐鲱鱼,第三次解释道,"我告诉你了,我们今天过节。"

"对,对,都一样。"

埃拉撕开三文鱼片的塑料包装,摆好餐桌,切点香葱。她设法让母亲坐下来擦洗土豆。参与,亲切感——这是需要固守的东西。

"别的土豆还没备好吗?"克里斯汀·舍丁嘟囔道,"我拿不准这些是不是够所有人吃。"

"今天就我们俩。"埃拉说。透过窗户,她冲着土豆地里的杂草微微点头。她没有告诉妈妈,现在她清洗的土豆来自超市。

"那马格纳斯呢,还有孩子们?"

把病人裹进茧子里,隐瞒真相——这可不是应对日益严重的痴呆症患者所应采取的正确方法,对吧?

"我邀请他了,"埃拉说,"不过他来不了,马格纳斯现在状态不好。"

前半句是假话,她没有给哥哥打电话。不过后半句倒是真的,几周前她在克拉姆福什主广场看见过他。

"孩子们不在他那里过周末吗?"克里斯汀原本在不屈不挠地擦

洗土豆，现在她停下来。她的目光变得茫然而沉重，手无力地落入泥水中。

"这个周末不在。"埃拉说。

她们的身影落在摆着两人份食物的餐桌上。那束仲夏节花朵和毛茛看上去挺孩子气的。埃拉想说"我还在这儿"，可她知道没有用。

相反，她问道："你还记得莉娜·斯塔弗雷吗？"土豆煮上了，她们小口地吃着草莓。她打开两瓶啤酒——淡啤酒给妈妈，印度爱尔啤酒给自己。她喝的这种酒产自纳姆索斯新建的精酿酒厂。对任何够胆在那种地方开办企业的人都应给予全力支持。

"记得吧？就是那个失踪的女孩。"

"不，我不记得……"

"行了，妈妈，你记得的。1996年的夏天，她刚十六岁。就在玛丽堡，在河边的那条路上，锯木厂的堆木场旁边，靠近旧的工友浴室。"

她小心地提起具体地名。这些重要而具体的东西，那些她母亲曾经了解还可以紧抓着不放的东西。二十世纪六十年代的时候，就在厂子倒闭之前，她外祖父在那里工作。她母亲童年时代的第一个家也在那附近。埃拉突然想到那地方几乎每一处都能被称为"旧的……""以前的……"，那是过去的记忆。

"你在那里有个叫尤妮的朋友，她在其中一栋旧的工人宿舍里租了一套公寓，她们管那儿叫作'天堂'。我记得她来过这里——她一个人住，所以那件事发生时她就待在我们家。"

"对，对，虽然你觉得我老糊涂了，可我还没有完全糊涂。她搬走了，什么时候的事？她碰到了一个松兹瓦尔的爵士乐手。有的女人应付不了独居生活。"

克里斯汀用钎子戳戳土豆。煮得恰到好处,软而不烂,仿佛她体内安装了一个报时器。埃拉心想:还是有这样的时候,她的本事还留存了那么多。

"那个十四岁的少年,"她继续道,"记得吗?就是干那事的那个男孩。他回到贡格尔登了,昨天我见到他了。"

"哦。"母亲把奶油压进一个土豆里,再加上酸奶油搅一搅,吃了好大一口,太大口了。鲟鱼和三文鱼一起吃,狼吞虎咽,无论吃什么都吃得太快了。对食物的欲望是病症的一部分。或许她忘了几个小时前她刚吃过,或许她害怕再也吃不到食物,或许她害怕无法掌握自己的生存。"我不明白他们干吗要把那种人放出来。"

"你认识斯凡·哈格斯特洛姆吗?"

紧接着是一阵沉默,咀嚼。

"你说谁?"

"欧洛夫·哈格斯特洛姆的父亲,就是杀死莉娜的凶手的父亲。看来这些年他一直待在贡格尔登。"

母亲将椅子往后一推,站起来,在冰箱里翻找。

"我记得我把一瓶酒放在这里,可是找不到了。"

"妈妈。"埃拉举起放在柜子上的那瓶苦艾杜松子酒,晃了晃。刚才两人已经各喝了一小杯,可母亲又倒了一杯。

"嘿,圣诞老人!"克里斯汀唱了一首圣诞老歌中的一句,一饮而尽。

随着病情的加重,她眼睛的颜色似乎也发生了变化。她对时间的把握感越差,眼睛就变得越黯淡。每当她找到一个"落脚处",她的眼睛就会闪闪发亮。现在，她的眼睛看起来呈深蓝色。

"昨天有人发现斯凡·哈格斯特洛姆死了，"埃拉说，"我想知道他是什么样的人，那种事对一个人会造成什么影响。当你儿子……"

"他和埃米尔·哈格斯特洛姆是亲戚吗？"

"不知道，谁呀？"

"那个诗人！"她的眼睛再次闪现一抹亮蓝色，刹那之间，克里斯汀·舍丁又恢复了以前那强势自信的模样，"就算你不读书，你也应该听说过他。"

她伸手拿酒，给自己又倒了一杯。埃拉掩着自己的酒杯，想说她当然看书——至少是听书。有时候她去跑步时就会听书，最喜欢把播放倍速调高一点，这样不会太过枯燥。

不过她并没有说这话。她只是重复道："斯凡·哈格斯特洛姆。"她回忆起昨天他们已经确认的基本事实，当时他们正等着当值的主管警官过来："他出生于1945年，和爸爸一样。二十世纪五十年代时和父母一起搬到贡格尔登，所以很可能和你有交集。在木材水运业停滞之前，他在桑兹兰的木材拣选场工作。事实上，他还曾经是曲棍球队队员，参加了一两个赛季……"

"不，我不认识这人。"克里斯汀又灌下一杯酒，咳嗽了几声，用餐巾擦了擦嘴。她那茫然不定的目光中透出焦虑，"你爸爸也不认得，我们都不认得。"

"我去到他家里。"埃拉继续道。她不知道自己为什么要继续推进这无望的对话。而且从职业的角度来看，这么做模糊了询问的边界。或许因为又一次没有得到任何答案这一事实让她恼怒。或许这是报复——谁让他们在她小时候对所有一切守口如瓶、窃窃私语？！再说了,就算她没有尽到保密职责,这事也会被克里斯汀迅速忘记。

"我看到他有很多书,几乎摆满了一整面墙。或许他从流动图书馆借书?以前你总是能记住每一个人,你知道他们到底喜欢读哪一类书。你为他们找书,在装车的时候把他们想读的书放上去。或许你认识他的妻子甘奈尔·哈格斯特洛姆?他们离婚了,就在莉娜被杀之后,在欧洛夫被送走之后……"

刺耳的电话铃声打断了她,工作电话终于来了。她拿起手机,走出厨房。埃拉在准备午餐时一直想打电话询问情况如何,不过她按捺住了这股冲动。第一个二十四小时已经过去了,这是拘押时长的上限。现在欧洛夫·哈格斯特洛姆或许已经被放走了,或许还没有。

"嗨,"奥古斯特·恩格尔哈特说,"我猜你想知道最新情况,假如你不是太过看重自己的闲暇时间的话。"

"他还被拘押着吗?"

"对,我刚听说,我们有七十二小时。"

"我们?"她脱口而出。大多数谋杀案调查工作不会在他们手上停留太久,他们倾向于将案件直接交送松兹瓦尔警方和暴力犯罪小组。开始时他们总是尽力动用一切资源:当值警探、当地警员、民间调查员——甚至实习生都可能被指派加班任务,以确保获得最确凿的证据。不过大部分重要工作是在南边一百多公里外那个海滨城市里进行的。那天早上她手里握着手机,犹豫良久。现在厨房里还有一个烹饪计时器在转动,她还得扔下电话从炉子里取出西博滕奶酪饼——这时候自告奋勇地要加班合适吗?之后她看到她母亲采来的花束,感觉自己也没心思继续她们的仲夏节庆典了。

"他们发现了什么吗?"她问道,一边跌坐进一张吊床里。吊床

"吱呀"作响,她放下脚,让脚着地,停止摇晃。

"和昨天比没什么进展,"奥古斯特说,"他们还在等电信运营商、铁路公司和交通摄像头的信息,所有的信息。不过他们已经有足够的理由拘押他了,妨碍司法,逃逸风险。"

"他说了吗?"

"还在抵赖。明天早上他们要把他带到松兹瓦尔,在那里继续审问他。"

这样负责审讯的警察就可以及时赶回家吃饭了。埃拉心想。

她想象欧洛夫窝在狭窄的审讯室里,就像昨天她主导的第一场审讯一样,他仿佛塞满了整个审讯室。

那种紧张感源于人们都知道他曾经干了什么。凶手或许会因愤怒或惊慌而下手,但强奸完全是另一回事。当他最终抬起眼睛,她打定主意绝不能让他触碰自己。他的呼吸。他放在桌上的粗大的双手。埃拉死死盯着他那硕大的腕表,指针式手表,还嵌入了指南针和多种配件——现在很难看到这样的东西了。她看着秒针转了一圈又一圈,等他开口。

所有审讯都严格遵照规程。如果一个嫌疑人开始信口开河,她应该打断他,不让他在律师到达前吐露太多。可是对欧洛夫·哈格斯特洛姆来说这不成问题。当埃拉向他宣读权力,解释他为什么会在这里以及被怀疑犯了什么罪时,他一直保持沉默。她只问了他一个问题:对此你如何辩驳?

她发觉他的沉默很顽固,几乎带有攻击性。她只得重复问题。接着他嘟囔了一句含糊不清的话语,仿佛在喃喃念着一句祷词。

"我没做。"

"我没做。"

他重复了多少遍?

"谢谢你打来电话。"埃拉说。她拍死一只在脚踝上吸血的蚊子。

她在吊床上坐了一会儿,倾听风声和吱呀声,以及从附近门廊传出的杂音。她母亲的声音在屋内响起,虚弱而紧张:"你好?外头有人吗?"

他们的话语仿佛追着他,话音渗进他的囚室,穿透他的天灵盖。尤其是那个女人,暴脾气,死磨硬泡,就是那种想从他身上榨出点什么的人。

刺探她不该管的事。

你如何辩驳?

那个女人在脑海里叽里呱啦。

欧洛夫在囚室里踱步。往前五步,往后五步。他只是一头困兽,感觉就像回到从前,虽说那已经是很久以前的事了。当时他那间囚室更像样,就像他那样的孩子应该被送去的地方。不过感觉还是一样,他被关起来了。午餐和晚餐用托盘端上来,食物没问题——牛排、土豆加酱汁。只是这窒息感和炎热让他比平时出了更多的汗。他们给他的饮水口有尿味。他们想让他喝尿,还声称他杀死了自己的父亲。

就好像他真有个父亲似的。

在从松兹瓦尔来的男警官面前保持沉默相对更容易。男人们对沉默有所了解,他们明白不信口开河是一种长处。这是战斗,看谁先撑不住,用实力抗衡,看谁更强大,看你有什么本事。

欧洛夫再次在地板上躺下,不舒服,不过比床好。那床对他来说太小了。他盯着天花板,透过天窗看那片天空。如果闭上眼,他就会看到父亲苍老的躯体,会想起过去的这些年。

父亲从淋浴喷头下站起来,朝他走来。

"在这个家里,我们不撒谎。我怎么教你的?男子汉要为自己做过的事负责。"

然后他打他。

"说实话,你这臭小子。"

在他的脑海中,父亲的声音听起来并不老,没有一丝虚弱,也不会让人觉得可悲。

"他们正等着,你是要像个男人一样自己走出去,还是要我抱你出去?行啊,看看你让你母亲丢脸到什么程度?你没有脚吗?看在老天的分上,现在就滚出去……"

他根本想不起母亲的声音。记忆中他坐在一辆车的后座上,转过头,透过后车窗看着自己的家消失,没人站在门外。

欧洛夫尽力撑着眼皮。

云朵在头顶竞逐奔跑。这片云像宇宙飞船,那片云像条龙,或者像条狗。对了,他们把那条狗怎么样了?射杀了它,还是把它送到犬舍去?他也好奇那辆车怎么样了。依然停在屋外,还是被他们开走了,就像拿走他的手机、驾照和身上的衣服一样?他不愿想老板会说什么,不愿想到现在为止,老板给他发了多少条大吼大叫的语音信息,问他那辆庞蒂亚克到底在哪儿。或许老板正在过仲夏节,自我安慰说那车该来时总会来的。送车这份工作欧洛夫向来做得很好,也因此拿到了不错的提成。事实上,关于那车要送到哪里,他一个字也没对警察说。他只是说那车是他从哈拉茨一个私家车主那里买的。这话大体不错，只不过钱不是他出的。

或许这份工作就到此为止了。这是他找到的最好的工作——独自一人在路上，好过在木材厂和仓库的工作。在那里总是有人窥探他，对他发号施令，让他出错。

最后他闭上眼。门"咔嗒"一声，看守走进来。欧洛夫翻个身，用胳膊肘支起身子。

"怎么了？"

那个看守是个劲头很足的人，头发剃过了，一身施瓦辛格式的腱子肉。看上去他在微笑，或许在嘲笑自己。欧洛夫已经习惯别人瞪着他看了。

"你可以保留那身衣服。"看守说。

"不然怎样？难道要我光着膀子撒尿？"欧洛夫扯了扯套头衫的袖子——有点短。这条运动裤是他被收监时那些人从箱子里翻出来的。他自己的衣服或许已经被拿去分析检测，放在显微镜下细细查看。他纳闷儿那些人是否会在那衣服上发现血迹，并以此作为控诉他的铁证。他没有看到任何血迹，即使有，也被水冲走了。

看守依然站在门边，说了一句什么。

"什么？"

"我说你可以走了。"

第四章

博尔斯塔布鲁克发生了一起疑似醉驾的事故,一辆萨博汽车在弯道处驶离了路面。警方当时接到了几个不同的报警电话,但提及的都是同一辆车。当时车子撞坏了路边护栏,不过没有撞上岩面,撞毁的车身在路边冒起了烟。

当他们把司机拽出车子时,那家伙嘟哝道:"哦,该死!你是马格·舍丁的妹妹?"

埃拉隐约记得他。那是在读高中的时候,他是一个比她大一两届的帅哥。她抓起灭火器,对着火烟喷洒,一边转动脑子,回忆自己以前和这家伙合不合得来。

"我正要回家,"那人含糊不清地说,"周六的时候我女友和我分手了,你知道那是怎么回事。我觉得那个卖酒小子给我的是低酒精啤酒。我发誓,我只是急转去避开一个笨蛋司机,在弯道上急转,哈哈!"

酒精测试仪显示,他每毫升血液酒精含量 2 毫克。

"马格现在怎样?好久没见到他了。行了,爱娃,你认识我的。"

当他们把他送回克拉姆福什时,他还坐在车后座上继续说胡话:"那些家伙、女权主义者还有道路封闭警示——全是骗人的!看看一个无辜者会遭遇什么！弯道的弧度完全不对，他们应该找当局解决问题，而不是抓我。"

当他们把那家伙收监拘押之后，奥古斯特说："逮捕一个老朋友不容易吧？"

"他可不是我的朋友。"

"可是在这种地方总会发生这样的事。"

"可以对付的，"埃拉嘟囔道，她的话音中多了一丝意想不到的气恼，"只要你够专业就没问题。"

她让奥古斯特写报告，并送杯咖啡到她桌前。他不会在这里待太久的，埃拉猜他只能坚持三个月，撑不到半年。

她收到两条信息，一个名为英吉拉·伯格·海德的人想和她联系，另一条是暴力犯罪小组的谋杀案警探乔格·乔格森想和她谈谈。在接到博尔斯塔布鲁克的报警电话之前，埃拉曾在走廊里瞥见过他。这人身高六英尺五英寸，稍显邋遢，穿着一件定制的外套，显摆自己是个城里人。

"嗨，你好，我们总算见面了，爱娃·舍伯格，对吧？"

当她走进门，乔格·乔格森把报纸放到一边。他的握手充满力度，透着急切。之前他们至少见过三次：一次是去年冬天的一起纵火案调查，一次是他在某个会议上发言，以及之前的走廊。

"是埃拉·舍丁。"她说。

"好吧，好吧，我老是搞不清楚名字。你能来，很好。"

他在办公桌边缘坐下。这个办公室已经消过毒，窗台上摆着两盆耐寒盆栽。墙上没有挂家人照片或孩子的涂鸦。这是一个没有个性的空间，是来访警探工作的地方。她听说在松兹瓦尔，其他人都管他叫作"乔乔"。

"周五干得不错，你抓到的可不是一条小鱼。"

"谢谢夸奖，不过那是'我们俩'。"

"假如不是那做儿子的陷入俄狄浦斯情结，把自己的父亲干掉了，那我们还有什么发现呢？"乔乔拿着一支笔，敲击自己的手掌，仿佛在打拍子。或许在接下来这几天他想回家，埃拉心想，逃离克莱姆酒店某间客房的沉闷孤独——当然了，这是假设他不用两头跑的情况。"有人认为我们对这种事并不重视，"他继续说道，"认为我们巴不得赶紧释放罪犯，认为住在乡下的老年人并不是我们的首要考虑目标。"

"据我所知，事发时他根本不在那一片。"

尽管埃拉没有参与调查，她也听说了检察官释放欧洛夫·哈格斯特洛姆的理由。他们讨论的可不是绕几英里的远路——这是完全可行的，而是五百公里的长距离。而技术人员已经仔细验证了欧洛夫的说辞。

根据初步调查报告，斯凡·哈格斯特洛姆的死亡时间是周一。当时欧洛夫还在自己家中，他家所在的乌普兰区是斯德哥尔摩的一个郊区。直到周三他才乘坐列车北上，前往哈拉茨买了一辆车。他花了十八个小时进行这趟旅程，路上好几次换乘转车，而数字检票系统可以追踪到他在这趟旅程的每个阶段的动向。

如今当个警探就跟过家家似的——假如埃拉的一个老同事没有退休的话，他肯定会这么说的。毕竟在过去，都是列车员手工检票，你可不能指望他们能记住人群中某一张脸。现在确认行踪却那么容易。

在网上出售那辆庞蒂亚克的寡妇也证实了欧洛夫的说法。她称那一天为"解脱的一天"。那辆车在冬天时毫无用处，放在车库里又太占地方。她丈夫已经去世，什么都带不走——哪怕是一辆火鸟也带不走。

通过交通摄像头，警方可以追踪欧洛夫沿着 E4 高速路南下的踪迹，一直追踪到多克斯塔。当欧洛夫在周四午夜前后来到他儿时的家附近，克拉姆福什地区唯一一座电信基站捕捉到了他手机的信号。此时距离他父亲遇害已经过去将近四天了。

"你当时在现场，你对他有什么看法？是他干的吗？"

"没有证据证实这一点。"埃拉小心地斟酌词句。

"你还年轻，"乔乔说，"不过你也在这里干了一段时间了。你我都知道，绝大多数时候总是某个和受害人关系亲近的人下的手。家人可是很危险的。"

埃拉在掂量可以给出的答案：赞同或不赞同，要不要做出推论。过早得出结论，感觉不太专业，而嫌疑人是她逮捕的，得考虑到个人声誉。

"没有。"埃拉说。

"什么？"

"你刚才说'如果不是欧洛夫·哈格斯特洛姆干的，那我们还有什么发现'。据我所知，几乎没发现什么。喷头的水冲走了所有证据。在屋里不同的地方有一些不明指纹，没找到凶器，不过据鉴识人员说，凶器应该是一把开刃的大刀，长 110 毫米左右，就像那一片几乎所有人都有的那种猎刀。"

"斯凡·哈格斯特洛姆也有，"乔乔表示赞同，"只不过他那把刀放得好好的，就锁在楼梯下的枪械储存柜里。"

这位首席罪案调查员身上洋溢着躁动。他总是朝窗外张望，或是看向走廊。

"而且没有目击证人，"埃拉继续说道，"但是在阿达伦，人们并不总是主动去向警察汇报。尤其是在警探不是本地人的情况下，他们更不愿说了。"

乔乔微微皱眉，一抹近似微笑的神情掠过他的脸庞，不过他的嘴唇却抿得紧紧的。他比埃拉至少年长二十岁，不过却洋溢着一种魅力——自信的魅力，让人颇为不安的魅力。

"也可能是一把厨房用刀，"他说，"一把锋利的好刀。"

"我希望能协助侦破这桩案子。"埃拉说。

没有人能夺走她的夕阳时光。傍晚她要去游泳，地点就在"秘密海滩"——孩子们都是这么叫的。

每天傍晚，当孩子们坐定观看卡通片，而她的公婆也回到了面包坊，索菲·奈达伦便拿起浴巾和化妆包去游泳。今晚也不例外。她亲吻了趴在电脑前的帕特里克，对自己的恐惧没有吐露半点。

"你想让我陪你一起去吗？"

"宝贝，"她笑着说，"你真想在十七度的水里游泳？"

他们必须让笑声持续，只是这并不容易。她丈夫很勇敢，但必须承认自己更愿站在岸上。他一手搂住她的腰，想要把她留下。

"我的意思是，考虑到发生了这些事……"

"好了，现在都过去了。"

索菲决定像往常一样，穿过树林的捷径。她不会放弃。她认为对黑暗的恐惧是毫无理性的，全都是鬼扯淡，那只是孩童想象出来的幽灵，是想象的碎片潜藏在阴影中。再说了，天也不会真正黑下来，只是光线渐渐暗淡，变幻出不同的深浅，在夜里闪烁着微光。

当她的脚落在柔软的灌木丛中，她几乎听不到自己的脚步声。

当他们第一次来这里消夏的时候，帕特里克就对她说"对我来说森林是个安全的地方"。当时他正急于分享造就了他的一切。

河流，辽阔的景致。

还有森林，森林是最重要的。庞大的森林，有的地方无法穿越。那些林中小径，她怎么也找不到，可是却深深刻在帕特里克的心中。那些泛灰的树干让她想到了苍老。

森林不会伤害你，它会保护你。如果林里有熊，森林会警告你。如果有危险，树叶、地上的枯枝、鸟类和小动物会告诉你。如果你仔细倾听，森林还会和你说话。

有熊吗？

长久以来，她一直以为只要她走到户外，就能看到熊潜藏在树木之间的阴影中。

但帕特里克告诉她：从统计数字上看，在城市里独自行走比遇见熊还要危险一百倍。

嫁给一个男人也一样危险，索菲说。

然后他们在树林里拥抱。树枝在头上形成穹顶，周围的苔藓起起落落。她认为她就是在那一次怀上了卢卡斯。

当然，现在，在她脱下衣服扔在沙滩上之前，她更加小心地审视四周。她滑入水中，唯一存在的只有自己划开水面的躯体和脚下的深水。几只黑鸟飞入高空，或许是乌鸦，或许是渡鸦。远处传来一艘摩托艇的声响，孤零零的房子立在海湾对岸。

她游了一小圈，很快又回到浅滩。在这里她可以感觉到脚下的泥土和沙砾。她站在海边洗头，想要捕捉这种纯粹而宁静的感觉。通常她会绕着整个海湾游完一圈，不过今天她只是再次潜入水里，漂洗头发，然后比计划中更快地擦干身子。

当她往回走时，感觉森林更暗了。一根树枝断裂，一只鸟儿在树叶间弄出窸窣的响声。恐惧包裹着她，仿佛有邪恶的存在。更多树被连根拔起，似乎是大地在尖叫。她感到一股怒气在体内涌动，为她竟然任由自己这个样子而生气。

索菲不喜欢紧张而脆弱的自己。因此她在自己的"特选地"停下脚步，拍了一张夕阳的照片。平时她总是这么做的。岩石后头的天空仿佛在燃烧，河流消失在西北方——这是同一块世界的碎片，整个夏天，夜复一夜，皆是如此。然而没有哪两张照片是一模一样的，景致总是在不停变化。光线，云彩，时间，其中包含着某种流动不定却又令人安心的特质。

她的"特选地"距离斯凡·哈格斯特洛姆的房子不远。警戒线已经撤走，索菲可以从上方和旁边打量这栋破败的屋舍。一根老式的电视天线立在锡皮屋顶上，门廊在后头，她猜那个是他的卧室窗户。她想象那老人独自一人住在那里，窗帘半掩，过着沉闷孤独的生活。那是纯粹的死寂。昔时不再，过往却流连不去。想想可能发生的事。

想一想，想一想，如果……

如果帕特里克没有迅速行动，如果哈格斯特洛姆家那病态的儿子逃跑了……这一切就发生在这里，离他们那么近。

太阳沉入树木之后。

"不要再想这件事了,"他们对彼此说,"最后一切都好。"

现在都结束了。

一幅窗帘在飘动。或许那是她的幻觉?其中一扇窗肯定没有关,索菲心想,如果那些警察任由窗开着,那他们可算是疏于职守。那窗帘似乎又动了,一股恐惧攫住她,她害怕得无力自卫。那是他的鬼魂,索菲心想。不过她从来没有和丈夫说过类似的话。那些无法理解的东西,那些人们死后残留的东西。

屋里亮起一盏灯,出现了一个黑影,什么东西动了一下。

还没完,一个阴影占据了整个窗户。索菲举起手机,镜头很难聚焦。她在柔和的暮色中放大焦点,拍下的形象模模糊糊的。不过一旦她拖着双腿跑下岩坡,小跑着走完最后几米回到家中,她会细细查看的。

她确信自己看到了以为是错觉的景象:有人在那房子里。不管怎么说,这反而让她稍稍安心。索菲没有出现幻觉,她没有神经错乱,没有发疯。

她的丈夫也表示赞同,此时她向丈夫展示了那照片,两人在谈论警察居然会放了那种人,真是令人气愤。她枕着丈夫的胳膊,而他抚弄她的秀发。他亲吻她,她的内心冷静下来。不,她没有发疯,发疯的是他们所在的这个世界。

"乡村,"乔格·乔格森说着一挥手,他指间的香烟冒出的烟雾飘过田地和农场,"在这里,人们鸡鸣则起,在早上六点喝咖啡,向外张望,渴望发现不同寻常的东西。"

"现在没多少人养鸡了。"埃拉对他说。

"不管怎样,习惯和责任这类东西根深蒂固。怎么就没人看到或听到什么呢?"

他们刚刚见过斯凡·哈格斯特洛姆的第三位邻居——基尔·斯特里涅维克,他的房子距离大路最近。当然,所有住那附近的人都接受了询问,可他们还是有可能又记起点什么。

现在他们对整件事的时间点有了更清晰的了解。

当天早上七点二十分,斯凡打开了淋浴喷头。水务公司安装的计算机系统可以精确计算他的用水量。受害人通常在早上用掉六十升水,相当于五分钟淋浴所需的水。然而,在事发的周一,以及接下来的三天,斯凡的用水量高出天际。

基尔·斯特里涅维克坚持说当天他的邻居像平常一样,在六点左右出来取报纸。

没错,他总是在六点前醒来。他上次睡懒觉或许是1972年的事。

"你有没有听到不同寻常的声响?有没有在七点左右看到陌生的车子?"

"没有。"

询问结束之后,两人站在户外,俯视信箱和通往大道的岔路口。埃拉说:"这真是理想的作案时间。晚上人们对陌生车子会更加注意。这里有个本地志愿者巡逻队,遇到类似的事他们会报告我们。可是在早上,没人在意车子。"

"你觉得这是计划好的?"乔乔问道。

"我在想那条狗。"埃拉说,"那个男人或女人肯定带着吃的东西,引开那条狗,不然哈格斯特洛姆会听到狗叫。还有前门,很显然,受害者取报纸进门后可能没有锁门,但是他儿子来到的时候门却锁着。

问题在于那个男人或女人是否知道钥匙藏在石头底下。"

"那个人。"乔乔说。

"什么?"

"你用不着每次都说'那个男人或女人'。"

"抱歉。"埃拉说。她迷失在自己的笔记、思绪以及她想发掘真相的行为模式中了。

乔乔抬眼看着那条消失在转弯处的林中道路。

"一个曾经杀过人的儿子回家了。要我说,这也太过巧合了。"

"你想和他谈谈?"

整个早上两人都在这一带转悠,避开众人目光,紧贴着边缘地带。欧洛夫已经回到父亲的房子里,人们发现他现身于尼兰的超市里,某天晚上有人看到他在海滩洗澡,有人经过他家时发现他出现在窗前。而正是他们把他放走的,几个邻居毫不客气地指出来,表示反对、恐惧乃至愤怒。

"还不行!"乔乔说,"我们得困住他,推翻他的不在场证明。我们要查看其他道路的交通摄像头,给其他人打电话,直到发现某个见到他周一就出现在这儿的人,证实那个父亲曾受到威胁的人,等等。"

乔乔甚至派人前往斯德哥尔摩及其周边,对欧洛夫的邻居进行询问。或许他们会看到他离开,或注意到他不在家。总会有人看到什么。

"等我们有进展了再和他谈。"乔乔说。

"前提是他还在这儿。"

"假如不在,我们就追到他。"

还有一种可能的解释。那是本案调查组的一个成员在晨会上提出的。身处松兹瓦尔的几个人也通过视频连线参与了会议。

欧洛夫·哈格斯特洛姆把手机放在家中。

欧洛夫在周日晚去到案发地，杀死自己的父亲，然后驾车回家。两天后他再乘列车北上，打开手机，让人以为他只是无意中发现自己父亲被杀。

当然，这只是推测而已。不过这样就能解释为什么在欧洛夫离家二十三年之后，那房子里仍满是他的指纹。

乔乔用脚踩熄香烟。他打算退休了——他在几小时之前点燃第一根香烟时就说过这话。他答应他的新女友要退休。

"附近有什么地方能吃顿像样的午餐？"

他们在滨海高岸酒坊的餐厅里坐下，坐在这里能看到河流和远处蓝色山峦的美景。这时埃拉的手机响了。她走到露台上接电话。严格地说，这个新酒坊并不靠近海岸，然而"滨海高岸"一词能引发人们对壮丽自然和世界遗产的想象。过去，阿达伦河谷总是和罢工联系在一起——这可没什么吸引力。

即便是机场也以"滨海高岸"命名。同样，你在那里也看不到海岸。

手机里传来一个女声，深沉，略显迟疑。她自我介绍说自己是英吉拉·伯格·海德。

"很高兴你能打来电话。"埃拉说。昨天她曾几次想联系英吉拉。

"我想知道在这种情况下，葬礼该如何进行。"听起来她有些心不在焉，语速也慢，显然她对此大为震惊，埃拉想。这是失去父亲的感觉——失重感，沉坠感。

英吉拉·伯格·海德是斯凡·哈格斯特洛姆的女儿，欧洛夫的姐姐，比他大三岁。她正是那个在草坪上晒日光浴的女孩，当时她的名字还是英吉拉·哈格斯特洛姆，而埃拉还在钻树丛。当时英吉拉将近二十岁，胸部已经发育，戴着耳机，穿着豹纹比基尼，短发，强势——拥有一个九岁女孩梦寐以求的所有特质，而身为凶手姐姐这点反而微不足道了。

埃拉解释说她父亲的遗体现在还在于奥默的法医检验处，还要等几天，甚至几个星期。

"我只是想处理好这些事。"英吉拉说。

"你对事情经过了解多少？"

"一个警员打电话告诉我父亲死了，然后我看到了报纸。还有人在我上班时打来电话，不过我没记下号码。我上网查了查，认出了你的名字。你是有个哥哥吧？"

新建的露台散发出亚麻籽油的气味，从地板向上升腾，如同船上的日光甲板。酒坊就在旁边，位于以前的砖砌发电站里。

根据资料记录，英吉拉·伯格·海德现年四十岁，是全国电视台——瑞典电视台的一名导演，已婚，有一个十二岁的女儿，家住索德马尔姆区的史威登堡街。埃拉将斯德哥尔摩的那一区与世纪之交的石砌建筑联系起来，那是位于马里亚托吉附近的一个理想社区。她想象那前门上挂着门牌，上面写着两个姓氏——"伯格&海德"，但肯定不会写"哈格斯特洛姆"。

"你上回和你父亲谈话是什么时候？"

"我有几年没见到他了。"

"你和你弟弟有联系吗?"

"换你你会联系吗?"

埃拉感觉落下了几滴雨。河流变得苍白,化为银灰色。她走到延伸出的屋檐下。

"我们希望对你父亲最近的生活进行更清晰的了解,"她说,"你知道他有什么亲近的人吗?"

"不知道。"

"比如说童年时的朋友,老同事……"

"不知道。我十七岁就离开家了,就在欧洛夫那事发生三个月后。即使在那之前,我父亲也不是好相处的人,在那之后就更糟了。再加上他酗酒、暴怒……诸如此类的。我一直为把妈妈一个人扔在那里而感到愧疚,她花了两年时间才逃离那里。无论如何,至少现在她不用再经历这一切了,去年她因癌症去世了。"

当埃拉回到桌边,乔乔已经吃完了三文鱼,正心不在焉地浏览酒水餐牌。

"现在小酌一杯还嫌早,你觉得呢?"

她把通话内容告诉他。这次通话没什么收获,只是她隐约觉得不安。从英吉拉说话中她感受到一丝挑衅,一丝冰冷的寒意,仿佛她们所谈论的与她根本无关。

"现在最好避开那些怒气冲天的邻居,"走回车子时乔乔说道,"至少给我们点时间消化午餐。"

"不然去找桑兹兰的工友?"埃拉提议道。

"叫什么名字来着?"

那张名单上的人或许认识斯凡·哈格斯特洛姆，或许不认识。名单很短，其不确定程度令人气恼。但不管怎么说，好歹有张名单。

埃拉打开对基尔·斯特里涅维克的询问录音，快进到最后。当时他们试图让他回忆什么，比如可能认识斯凡的人，无论什么都行，哪怕是以前的事。

"……几年前，一个木材拣选场的老工友来敲门，可哈格斯特洛姆没应门。那家伙跑来敲我的门，问我是不是知道点情况，斯凡是不是生病了。当时他的车还停在那儿。他们为了什么周年庆想联系斯凡，但斯凡从不回复邀请。"

"那人叫什么名字？他说他住在桑兹兰，能记住的就只有这个……不过名字嘛，那么多名字……"

"罗尔！"

埃拉从停车位倒车出来。

"家住桑兹兰的罗尔。"她说，"就像地址一样清晰明了。"

乔乔笑了："我有没有告诉过你，我喜欢乡下？"

桑兹兰如同一首催人入眠的小田园曲，沿着河岸流淌。一条窄窄的河沟将此地和小岛隔开，人们曾在小岛上拣选木材。在木材水运业的黄金年代，大约有七百人在这个拣选场工作。当时河道里挤满了上下沉浮的木材，顺流而下供人拣选，然后再卖给锯木厂或造纸厂。桑兹兰曾拥有三家不同的超市和一支参加全国联赛的曲棍球队，不过那是过去的事了。

一台孤零零的自动除草机在草坪上缓缓前行，如同一只硕大的甲虫。两条独木舟在河上漂过。他们来到第一户人家，来应门的是一个在博尔斯塔布鲁克长大、最近刚从斯德哥尔摩回来的卡通画家。他不认识什么叫罗尔的人,不过他边指边说住在那边那栋黄色房子里的寡妇很早以前就住在桑兹兰了。

埃拉走向下一栋房子,而乔乔则打了几个电话。她尽量将询问时间缩短,以免显得不礼貌。那位女士八十三岁了,因为背痛交谈时得坐下。不过她说会过去的。

哦,罗尔,她认识。她当然认识罗尔·麦特森。

他们一起在木材拣选场工作。在那项工作机械化之后,人们发现年轻姑娘最适合这项工作,她因此进了拣选场。她大可以把"快姐(捷)"刻在自己的墓志铭上——这是他们给那些在控制塔里工作、手脚麻利的姑娘们起的绰号。多亏了新技术,这项工作所需的只是精准和纵观全局,这意味着他们可以避免和浮木冲撞——这绝对会死人的,眨眼之间人就会被淹没在浮木之中,然后就完蛋了。她有个叔叔就是这么走的。

斯凡·哈格斯特洛姆?

她知道这个名字,她听说了那件恐怖的事,可她不记得他了。对于你不感兴趣的人,要忘掉可是很容易的。他们的脸的轮廓像水粉画一样泗晕,而名字就更模糊了。不过罗尔·麦特森"就住在蹦床后头的木头房屋里",从这里数过去第三户。

埃拉在车边和乔乔碰面。他享用着一根"最后的香烟",给松兹瓦尔的其他组员打电话,询问最新信息。调查工作很大一部分是在室内进行的——查看通话记录和数据库,分析尸检报告。警探们可以和家人一起吃饭,把加班时间降到最低。不过如有需要,他们也可以在几小时之内到达现场。

"欧洛夫联系我们了。"他们朝木屋走去时乔乔说。突如其来的阵雨没有落到这里，前方的柏油路面还是干巴巴的。

"他想怎样？"

"想知道我们怎么处置那条狗。看来这父子俩根本没有联系。斯凡只是用他的座机投诉那一片的道路维护问题。事实上，他还给图书馆和你们警局打了几个电话。"

"为什么给我们警局打电话？"

"没有记录，"乔乔说，"每次通话时间不到一分钟。或许他想要报告什么，后来又改变了主意。"

"他没有手机？"

"至少我们没找到。"

罗尔·麦特森正忙着修剪草坪。他推着一台老式旋转式除草机，敞开胸膛，手臂细瘦结实。

当他在花园椅子上坐下时，豆大的汗珠从他身上滚落。

他让埃拉进屋拿一瓶比尔森啤酒——如果警察可以在出勤时喝酒，就拿三瓶；如果不行，她还可以在储存室找到果汁。

他的房子没有半分压抑之感，没有透出哀伤和苍老。房子经过精心打理，整齐干净，气味也好闻。厨房餐桌上摆着盛放的芍药，和外面花圃里种的一样。她听说以前人们把这种花叫作"穷人的玫瑰"。

"谁会对那个老家伙做这种事？"喝了几口啤酒之后罗尔嘟囔道，"现在一个人待在自己家里都不安全，简直是岂有此理。"

他在六十年代就认识斯凡·哈格斯特洛姆了，是通过工作、工会还有曲棍球队认识的。当他在父母土地的一角建房的时候，斯凡还帮他运木材——用的是次等木材，几乎等于白送，也看不出什么差别。

那房子现在还像石头一样坚固,曾经住过四个孩子和一个妻子,不过妻子现在进了一家养老院。

一抹悲哀掠过他的脸庞,不过他还是笑了:"整整四十七年了,熬得比大多数人都久。"

当木材水运业停滞,最后一批浮木也运走了,他就去了博尔斯塔布鲁克的锯木厂,斯凡一直在森林里工作。最近几年老工友们也不怎么联系了。事实上,自从莉娜和他儿子那事发生后就不联系了。在接下来的几年里,斯凡的家人也离他而去,就剩他一个。

"那件事打碎了他体内某样东西,就像这样。"罗尔举起酒瓶,朝花园和森林的方向晃了晃。

"斯凡有没有提起他儿子?"

"从不提起,就当他不存在。欧洛夫小时候我就认识,他以前还和我的孩子一起玩。我不禁会想:我怎么会看走眼呢?他笨手笨脚,会发脾气,就像普通男孩一样。他从不直视我的眼睛,不过我一直以为他是个正常孩子。"

罗尔将剩下的啤酒一饮而尽。几只固执的黄蜂围着他们打转,其中一只爬上空瓶的瓶颈。

"是他儿子干的吧?"他问道,"不然呢?"

"我们不知道发生了什么事,"乔乔说,"我们正设法弄清楚。"

"还有谁想害斯凡?"

"欧洛夫想要加害他父亲吗?"

"斯凡从来不说,啥都不说……不过你忍不住好奇。他就这样被送走。有时候我想:他还是个孩子。不过我从不和斯凡提起。身为自己儿子的父亲——这是他没法逃避的事。我不知道你们在松兹瓦尔是什么样的,不知道那里是不是也变了,男人会不会到处谈论自己的感受?"

"有时候会。"乔乔说。

罗尔又打开一瓶啤酒:"总是保持沉默,守口如瓶。如果你看到一个人扬扬一侧眉毛,你可得小心。他或许已经怒火中烧了。"

他们又轮流问了一些问题:以前斯凡会和谁一起消磨时光,罗尔在那天上午做了什么。

那天,罗尔的孙子孙女过来玩,他们可以亲自问问孩子——假如他们愿意取信一个二岁孩童和一个五岁孩童的话。如果他没记错的话,他们看了一部卡通片,吃了巧克力麦片。他知道在七八年前,斯凡曾经是瑟维肯某个人的"零工兼情人"。那女人是个卖小玩意儿的寡妇。

"或许她能让他多说点,或许这事得女人才办得到。"

"打零工的求爱者?"

罗尔笑了:"对于两个孤独的人来说,这种小小的安排挺不错的,是吧?男人去到女人家,女人为他煮饭,他帮女人干完所有男人该干的家务活。两人快快乐乐地度过一段时光,然后他回家,不用过夜,没有义务。不用把所有鸡蛋放在一个篮子里,不会把一切搅得一团糟。"

埃拉以为自己看到罗尔飞快地扫了那栋房子一眼——就是之前拜访的那一家,那个喜欢将人比作水粉画的寡妇。他的话音中多了一点笑意。

"听起来像做梦。"乔乔说。

"现在我想起来了,"罗尔说,"斯凡也从不提起他女儿,在她离家后一次都没提起。如果我没记错,那是个强势的小女孩,挺叛逆的。不知道她怎样了。大部分人不管自己孩子混成啥样都会吹嘘的。"

"所有人的孩子都是天才。"乔乔赞同道。

"她在电视台工作,住在斯德哥尔摩,"埃拉说,"她还有个孩子。"

罗尔抓住一只黄蜂,把它赶走。那晕头转向的黄蜂"嗡嗡"地飞走了。

"那他干吗不说呢?"

第五章

当他们驾车缓缓驶出桑兹兰，乔乔问道："你有孩子吗？"

"还没有。"埃拉说。

"你多大了？三十几了吧？"

"嗯。"

"还不急，是吧？"

"说真的，他们干吗要在大路上骑自行车？"埃拉刹车，避开一个正在骑车的女孩，在经过时和她保持安全距离。"没错，"她说，"不着急。"

"我只是好奇。"乔乔继续道，"因为我女朋友和你年龄差不多……一开始时我说清楚了，我不想再要孩子。可是当我们在一起后，我发现她还没有完全下定决心。这样真是进退两难。"

埃拉在汉默桥一头的岔路口停下车。假如坐在车里的是一个二十几岁的助理警员，她会让他把私人生活留在家里，专心工作。

她没有接话，问道："我们继续找邻居问话吗？"

乔乔查了一下名单。"奈达伦家。"他说，"他儿子帕特里克已经来警局做过陈述，不过对他父母的询问还处于初步阶段。他们什么都没看到，没听到。"

他叹了口气。

"而这个帕特里克曾经和我们联系,问我们释放欧洛夫后要怎样保护他的家人。"

埃拉在停车指示牌旁停下车,让一辆从索莱夫特奥开往海边的德国旅行车先行。她在心中记下:如果还没有联络耶姆特兰区警局,记得要联络一下,查看他们那儿有没有任何情节严重的入室盗窃,有没有任何已知的暴力罪犯被开释。他们查看了自己的辖区,不过郡界线距离海边仅一百公里,大多是山峦和驯鹿牧场。更远处是和挪威交界的国界,那也不能排除。如果斯凡从淋浴间出来,惊动了凶手,又或是凶手并不是一般意义上的入侵者……她想起了罪案现场的鉴识报告,而她自己也注意到了:屋内物品没有明显缺失。老旧笨重的电视还在,不值几个钱;收音机也在;还有几件漂亮的古董气压计、指南针、瓷器和画作——所有这些都是当地小贼喜欢的,他们会把这些玩意儿搬到车上,拿到管理没那么严格的跳蚤市场上售卖。

"我真的不想重来一遍。"乔乔说,他依然沉浸在思绪之中,"我的孩子已经长大成人,老实说,今年秋天我就要做爷爷了……可是你会意识到这是第二次机会,很珍贵的机会。"

埃拉跟在一辆木材运输车后面缓行,试图想出点说辞,例如人们总是会改变主意啦,有的人言不由衷啦,总是会被计划之外的事拖住啦,或许这就是爱的基石啦……

然而她什么也没说。

"上一回我过分忙于工作。"乔乔继续说道,"可现在我可以以一种完全不同的方式……"

他的话中断了。一辆车超过他们,转上一条支道。他咒骂了一声。那车的车身上有鲜红色的标识，显示它来自一家广播电台。

乔乔捶打车门："这些人想干什么？让一个奸杀犯开口说话？我们能走另一条路吗？我们可能会被人认出来。"

埃拉驾车掉头，回头朝一条一公里左右的砾石路开去。奈达伦家离那里不太远，他们可以把车开到距离很近的地方，就算不行，至少能让乔乔尝尝穿着礼服鞋爬上坎坷的阶地是什么滋味。

目前为止，他们一直避免让媒体得知哈格斯特洛姆这一姓氏。当然了，这一片每个人都知道，但是在电视和报纸上，新闻报道提及此事还是说"那名遭到杀害的老人"。媒体还没有把此事和那个"十四岁少年"联系起来，而这"少年"的名字从来没有被公布，也没有留存于档案之中。现在他们受到的压力不大。那桩案子是很久以前的事，而这片地区的人口分布又太过零散。全国性的媒体梳理了更早前老人在自己家中被杀的事件，类似事件发生于鲁斯维克和卡拉马克，还有一位年老的滑雪者在基维坎斯加罹难。媒体开始发问：在这个国家里，独自一人居住在更为偏僻的地方有多危险？然后得出结论说，在城市里离开酒吧，或者卷入有组织犯罪都比这更加危险。

所幸那些记者只是跑去哈格斯特洛姆家周围，扯几句本地情况，或许还能拍到案发地的一角。"站在这里，看着翁厄曼河在阳光下熠熠生辉，很难想象到邪恶的存在。然而在一个多星期前，一名老人在自己家中遭到杀害。恐惧正在该地区老年人群体中蔓延。他们问道：警察究竟在做什么？社会已经抛弃我们了吗？"

诸如此类的。

奈达伦的家宅占据了山顶一处位置绝佳之地。如果周围没有树林，在奈达伦家中，四面八方的景致可以尽收眼底。事实上，这家人在视野最开阔处也只能看到一段细细的河流以及地平线上的山峦。在后冰河期，沿着滨海高岸的剧烈抬升运动造就了那些山峦。

主宅经过精心打理，草坪上有一个戏水池，旧面包坊门前放着几盆天竺葵。

特里格夫·奈达伦几乎和乔乔一样高，身材更显敦实。他握手时没有流露出半点犹豫。

"我不知道还有什么可补充的。"他说，"不过看到你们在工作让人感觉安心。我儿子很不安，我敢肯定你们能理解。他只是在为孩子们着想。"

"当然。"

"我试着让帕特里克明白，我们必须对警察有信心，相信他们正在尽职尽责，然后期待最好的结果。"

"我们正在尽力。"乔乔说。

埃拉留意到院子另一侧的动静。索菲哄着孩子，答应给他们看部电影，让他们进屋。她丈夫在屋子里大呼小叫。埃拉瞥见一个六十多岁的妇女出现在面包坊门口。

"不过你们有进展了吗？"特里格夫的目光透过树林，射向哈格斯特洛姆家，"这事解决了，孩子们又能自由自在了。你可不想一直盯着他们，对吧？"

帕特里克·奈达伦冲进院子，重复念叨他打电话时大吼的话语。

他说，他实际上是为警方尽责，阻止欧洛夫离开犯罪现场。而警方的无能现在反过来对他和他的家人造成了困扰。

"我想知道你们能采取什么具体措施保护我的妻子、孩子以及住在这一带的所有人？"

"欧洛夫·哈格斯特洛姆有没有以任何方式对你进行威胁？"乔乔问道。

"一个奸杀犯就蹲在距离我们一百米的地方，这还不够吗？他还用得着威胁？现在我都不敢让我老婆单独去我们的海滩游泳。今天早上我在海边看到他，带着那条狗。你知道那是什么感觉吗？"

"没有具体威胁，恐怕我们无法为你提供任何保护。"乔乔镇定地说，"现在我们最好能坐下来谈一谈。如果你们回答我们的问题，我们就能着手解决。"

索菲在门廊上坐下。那年老的妇人——玛丽安·奈达伦端着一托盘咖啡和肉桂卷走出来。

"坐下吧。"她说，"把这事做完才行。"

他们听到一部流行儿童电影的主题曲从屋内飘来。那电影名为《吵闹村的孩子》，如同一首洋溢着瑞典式安全感的田园牧歌：在乡间红木屋舍中度过的童年，那里发生的最糟糕的事……什么？一只需要用奶瓶喂奶的羊羔？

帕特里克继续质疑他们的工作。

"那天七点到八点之间我爸妈在什么地方？你们真心想要他们再说一遍？他们在面包坊里还是在院子里劈柴又他妈的有什么两样？"

"他们不得不问，这完全是工作流程的一部分。"特里格夫安慰儿子。他如慈父般把一只手放在儿子手上，但被帕特里克甩开了。

"好像把你们当成嫌疑犯似的，可他们很清楚到底是谁干的。这他妈的就是在作秀。"

"问完就好了，这样孩子们又能出来玩了。"

"当时我们甚至不在这儿。"索菲说,"我们已经告诉你们了。我们的假日从上周开始,我们在周一下午驾车上路,避开周末交通拥堵。我们停下来吃了点东西,让孩子们伸伸腿脚,直到晚上九点才来到这儿。"

"你们该问住在这里感觉如何,"帕特里克嘟囔道,"问如果在半秒钟内看不到你两岁的女儿又是什么感觉。"

他母亲玛丽安——"人人都叫我玛姬恩"——歉疚地扫了警察一眼,脸上现出紧张的微笑。"只是几个问题而已,帕特里克,他们不得不问。"她身上自有一种坚忍和健硕,即便是邻居被谋杀一事也无法使其动摇,"还要点咖啡吗?"

特里格夫和玛姬恩当天上午都在家里,悠闲地在主宅和面包坊做点杂事,为孙子孙女的到来做准备。特里格夫劈柴,修好大床的床腿,或许还做了一两件其他的杂务。而玛姬恩把面包坊整理成两人的卧室。两个人都忙于自己的琐事,谁会留意是不是有辆车或什么人在哈格斯特洛姆家外头转悠?从这里甚至都看不清那房子,而且机动车道上的来往车辆不停地掀起喧嚣,只是他们对这嘈杂声几乎不以为意。

当乔乔提及他们与斯凡·哈格斯特洛姆的关系,帕特里克又大发脾气。他猛地站起来,把椅子掀翻在地。

"这里没有哪个人和他有任何关系。别烦我们了行不行?光是待在这里就够受的了。"

他狂奔着穿过院子,消失在谷仓后。

"抱歉!"索菲说,"有时他就这样,随口乱说,好像这样有用似的。别太在意他说的这些话。"

"他就是这样的。"玛姬恩说,"帕特里克脾气有点急。"

"瞧你说的,好像他是个难以捉摸的人似的。"特里格夫说。

"好吧,我不是这个意思。"

玛姬恩的丈夫拍拍她的手,这样的动作刚才他也曾对儿子做过。她抓住他的手。

"几个月前我去过斯凡家。"特里格夫说,"不过我和他也谈不上是朋友。"

索菲借故离开,她说她要看看孩子。再说了,她几乎不认识斯凡·哈格斯特洛姆这个人。

"你和他在一起的时间很多吗?"等索菲走进屋内,乔乔立即问道,"我是说作为邻居。"

"他可不是那种你想坐下来闲话家常的人。"

"以前还好,"玛姬恩说,"甘奈尔还在的时候……"

"可是她走了。"特里格夫接过话茬,"她也受不了了,那是什么时候的事?"

"嗯,应该是在那件事发生之后一两年……"

"就是他们儿子那事。"

他们一起点头,继续补充对方未说完的句子。

"斯凡大部分时间都自己一个人待着……"玛姬恩说。

"可以理解,"特里格夫说,"人们议论纷纷,他们也有自己的猜测。"

"什么猜测?"乔乔问道。

"就是一个人为什么会变成那样,是不是父母的原因。"特里格夫看向谷仓,帕特里克已经不见踪影。

"你们住在这儿有多久了?"埃拉问道。

"三十年了。"玛姬恩说,"我们是在挪威打工时认识的。我们努力存钱,直到买下这房子,同年我们就结婚了。你也知道这一片的房价如何,这是最美的地方。不过在这个国家,你也不可能找到比这更便宜的房子了。"一丝光芒掠过她的脸庞,"我们从没想过竟会是这样的结果。"

"我和斯凡以前聊过道路问题。"特里格夫说,"道路维护。这也是为什么最近我老上斯凡家去。你也能看到这路是什么鬼样子。"

"那情况如何?"

"大多数问题上我们意见一致,不过要让市政府干点事得走很长的流程。而我作为一个在政府部门工作的人,不可以说这样的话。"

"那是在财政部门时,不过也是以前的事了。"玛姬恩站起来,开始收拾盘子,把食物细屑扫进掌中,"这样就不会引来黄蜂了,今年的黄蜂可讨厌了。"

"我来帮忙。"埃拉说。

"不用。"

埃拉拿起几个杯子,跟着玛姬恩走进屋内。面包坊包括一个厨房和一间小卧室,翻修过,舒适怡人,但仍保留着原来的特色。屋内洋溢着安宁的氛围,提供了一对一密谈的机会。奈达伦夫妇长久的婚姻几乎把两人融为一体,以至于他们说的话几乎一样。

"在夏天,这里对我们来说就足够了。孩子们需要更多的空间。"玛姬恩小心翼翼地清洗杯子。她解释说,他们还有一个叫珍妮的女儿,她跑到悉尼去了,再也没回来,也没有孩子。因此,帕特里克的孩子就成了他们的宝贝。

"你家很不错。"埃拉说。

"我们想在这世上建起自己的小巢。"玛姬恩说,"我是在这里出生、长大的,不过特里格夫是外来的,但他打一开始就爱上了这个地方。实际上,奈达伦是我娘家的姓,我的故乡是距离这里二十多公里的一个小村庄。"

"整个夏天你们俩都委屈自己挤在这里,实在是太慷慨了。"

"只要他们能回来住就好,这才是最重要的。"

从厨房料理台这一侧的窗户望出去,可以看到哈格斯特洛姆家房子的一小部分屋顶。玛姬恩的目光不停地朝那个方向飘去。

"以前你和斯凡聊过吗?"埃拉问道。

"当然了,见到他我会打招呼,换你也会这么做。有时候我给他送果酱,不过我们很少说话,大多数时候都是聊聊天气。有时候我会想他是多么孤独,感觉他女儿从没来看过他。"

"你有没有听说他和什么人发生过争执,或者有什么人激怒过他?"埃拉继续问道,"我也是这一带的人,我知道人们是怎样议论那种事的,有时候传言会持续几代人的时间。"

水流入水槽中时,玛姬恩在思索。她盯着外面,仿佛盯了很长时间。

"如果有争执那必然都是关于林木的。人们就是为这种事争吵——砍了别人土地上的树木啦,砍了被暴风吹倒的树木啦,诸如此类的。再或者是有人把伐木权转让给大公司,邻居醒来时发现自己窗前是一片被砍光的开阔地。"

这种想法让这妇人打了个寒战,又或是外面的什么东西让她发抖。

"你们肯定不是他儿子干的？那会是谁呢？"

欧洛夫在山顶踩下刹车。一辆车停在他家旁边，一个穿着黑衣的苗条女人站在门外，对着麦克风说话。他看到驾驶座上还有一个人，总共有两个人。

他没空弄清这些人是来自电视台还是电台。他倒车，开回砾石路上。

他记起以前就见过这种人。那些问题在他身边呼啸，仿佛是气枪射出的枪弹。当时他和父母走出警局，车身上印有字母的车子挤在路边。母亲扯了扯他的外套，遮住他的头，紧紧拉着他。父亲则对那些人破口大骂。

他曾经在电视上看过这一幕，看到自己钻进自家的旧车里，外套遮着脸，听到父亲骂声的回响。然后，有人关了电视。

那时候他们有一辆红色的帕萨特——现在正是这车子的气味让他想起这事。欧洛夫把狗领回家时，没有开那辆庞蒂亚克，而是把它停在屋外。相反，他从车库里开出父亲的车。

当他驾车前往弗雷纳的犬舍，他感觉自己就像隐形了一般。没有人会留意一辆2007年产的丰田卡罗拉汽车。那条狗一见到他就舔他的脸，欧洛夫感觉自己把它从囚禁中解救了出来——当然，事实也是如此。

他伸手挠挠狗头。那狗坐在副驾驶座上，竖起耳朵。它对一头牛吠叫，看到几匹马蹦蹦跳跳地横穿一片田地也让它兴奋雀跃。这狗肯定有名字了，再给它起个名字感觉不合适。于是他只是管它叫作"狗"。

"你想出去跑一圈，对吧？"欧洛夫说着朝玛丽堡方向驶去。

他百无聊赖地开着车。那排小木屋沿着海湾延伸,海边草地上长满杂草。如果他转过头,可以看到儿时的家立在山顶。他纳闷儿要过多久那些人才会放弃关注,不再烦扰他。早些时候,他曾两次听到引擎声,还有敲门声,不过他躲了起来,保持安静。

他们打不通他的电话,因为他已经把手机关机了。当他从警察那儿拿回手机,他听到了老板发来的语音信息。老板咆哮怒吼,说有个买家正等着提走那辆庞蒂亚克,质问欧洛夫要如何才能赔偿他的损失。

他在克拉姆福什买了十个热狗,现在他伸手去拿第五个。热狗已经像石头一样冷,不过没关系。食物如同毯子,抚慰着他焦灼的心。他把第六个热狗给了那条狗。那狗让座椅沾满蛋黄酱,可欧洛夫不在乎。他父亲再也不需要这辆车了。

一段上坡路。对于自行车骑手来说,这段路可算是全宇宙最长最难走的山路。旧合作社立在山顶。他在路边停车,打开车门放狗出去。狗蹿到了树丛中。

"旧合作社见。"以前他们总是这么说。然而没人想起那里曾经是个店铺。那栋房子空置已久——正因如此,他的那个小团伙有时会在那里晃荡。或许是因为有人弄来了"带劲的东西"。其他人知道吗?知道莉娜会经过吗?她背着单肩背包,裙子在腿边飘舞,上身只穿了一件薄薄的开襟毛衣。毛衣看上去金灿灿的,如同蒲公英,如同阳光,耀眼夺目。

如果不是想让人跟着,她为什么沿着那条狭窄的小路,径直走进森林?

当欧洛夫回忆起那一幕,他想道,她的穿着并不适合进森林。他感觉自己开始冒汗，或许他要呕吐了。如果他跑进森林更深处，就没人能看到他了。那条狗在他身边打转，马上嗅闻他洒在羊齿草和岩石上的呕吐物。

欧洛夫把狗赶走。他找到一些植物——或许是酢浆草，嚼嚼叶子，去除嘴里恶心的味道。

小径蜿蜒，先向上，然后急转直下，通往旧锯木厂。就在那边某个地方，庞大的旧建筑如同一栋宅邸，赫然耸立。就在那栋建筑更远处，在树林里，没人能看到他们。她正是在这里停下脚步，等着他。

"你想做什么？你在跟踪我吗？"

她笑了。他觉得那是矜持的笑。

欧洛夫感觉从那时起就没人走过这条小径。当然了，警察曾经来过。他们把整片森林和周边地区都翻遍了，还放出狗去找她。一段时间之后就是重构罪案现场。他们把他带到那儿，让他指认。那里有一片林中空地，一棵倒下的树——这两者现在都看不到了。白桦树长得那么高，小径变得那么窄，最后完全消失了。这都得怪那些蔓生的杂草，小径被欧越橘和荨麻掩埋了。他能尝到泥土的味道。

"你把她怎么样了，欧洛夫？"

然后，他去到河边，在那栋被称为"梅肯居"的砖棚后头。河边，以前运木码头的残迹依然立在水中，如同一堆腐朽的桩柱。他们就是在这里找到了她的遗物。

"你就是在这里把她扔进水里的吗？还是在更下游的地方？"

那栋巨大的金属仓库已经开始生锈。走到这里——深水码头的水泥柱之间。

"有时候我们不愿记起，"他们告诉他："大脑会压抑可怕的事物。"

因此他们回到这个地方,帮他记起。

"你想记起来,对吧?欧洛夫。"

"就在你脑子里,所有你做过的和经历过的事。"

"是在这里吗?你把她扔下水时她还活着吗?你是不是把她抛过了码头边缘?你知道这里的水有三十米深吗?"

"你记得,欧洛夫,我们知道你记得。"

第六章

纯粹出于习惯,埃拉绕道前往图书馆。这意味着她可以避开狂风大作的开放广场。那里一览无余,水池边还摆放着长凳,她或许会在那里碰到哥哥。

她没有穿警服,好处是这样没那么显眼。然而也有坏处。如此一来,哥哥或许会变得过分亲密,向她借钱,问她母亲如何了。

绕过街区走远路还是值得的。

乔乔回松兹瓦尔去了,他花了几个小时给周边辖区的戒毒所打例行电话,试图找出最近被释放的瘾君子。

"埃拉,你好啊,很高兴见到你。"这个图书管理员名叫苏珊妮,这二十年来她大部分时间都在这里工作,"你一定得告诉我你母亲怎么样了。"

"还行,不过不怎么好。"

"那种病很可怕,我很清楚,我父亲……"

"她还是有明白的时候。"

"你找人帮忙了吗?"

"你也知道克里斯汀,她总想自己搞定。"

"过渡期是最难受的。他们觉得自己可以应付,为此你还得尊重他们，可你明白他们应付不了。她还读书吗？"

"每天都读。"埃拉说，"不过通常读的是同一本书。"

"只希望那是本好书。"

两人笑了，不过这笑与哭相去不远。

"事实上我来是为了公事。"埃拉说，"你肯定听说了家住贡格尔登的斯凡·哈格斯特洛姆那件事了吧。"

"当然听说了，很可怕，我能帮些什么吗？"

"他有没有从这里借过书？"

苏珊妮思索片刻，然后摇摇头。她当然可以查看记录，不过她认得自己的用户，尤其是老年人。或许斯凡曾在某个时候使用过图书馆，不过最近这几年没有。这和埃拉对他的印象相符。在斯凡家里，她没有看到任何一本图书馆的书。她还查看了现场照片。当然，没有人会把图书馆的书放在自家的书架上，他们肯定会忘得一干二净。

"他在五月中旬给图书馆打过电话。"埃拉说，"打了几次。你记不记得曾经和他说过话？"

"哦，当然了，我怎么没想起来？"苏珊妮跌坐进椅子里，"他想找几篇文章。肯定就是他！"

埃拉感到一股哀伤。图书管理员具有特殊的记忆力，几乎等同于活生生的分类目录。她母亲向来如此，直到最近才有变化。她总是知道所有借阅者想要的书——而借阅者本人都不知道自己会喜欢那些书。就在去年，克里斯汀还能从几百次电话通话中——假如他们真有接到那么多通电话——记起某一次通话。或许人们不再借那么多书了。在到达后的一刻钟里，埃拉只看到三个人走进图书馆，其中一个还是来借用洗手间的。

"可是我们这里无法使用报纸档案馆。"苏珊妮继续道,"现在所有一切都放在网络上了,在那之前的报纸都存放在北博滕或西博滕。我告诉他如果他没有电脑,欢迎来图书馆使用我们的电脑,我可以帮他联系。"

"他来了吗?"

"或许他是在我同事当值的时候来的,他从没来找过我,如果他来了我会记得的。"

"当然。"埃拉说。

"如果你妈妈还记得我的话,替我向她问好。不,无论记不记得都替我向她问好。"

当她回到警局,奥古斯特正坐在她的办公桌前。严格地说,他们的办公室并没有固定的办公位,而且从表面上看,埃拉现在算是借调到其他部门。然而,她还是认为那位置是她的。

"我猜你想看看这个。"他说着微微向后滑动椅子。

当埃拉凑过去,她发现自己和他靠得很近。一股她不愿承认的感觉在她体内翻涌。

"我女朋友在她的社交媒体推送上看到的。"奥古斯特说。

那是社交媒体的一页,满屏都是关于欧洛夫·哈格斯特洛姆的评论:"把这个人和他所有同类阉了;把这样的人放归自由实在令人义愤填膺;警察保护强奸犯,因为警察自己就是强奸犯,这就是为什么这类杂碎的姓名要被公开、被唾弃;为所有敢于做这些事的人加油……"

埃拉暗骂一声。

他们尽力不让他的名字见报。当然了,所有警察都知道他是谁。可能泄露这一信息的源头有上千个,更不用说当地所有人都知道他是谁。

奥古斯特伸出手,他的手臂擦到了她的臀部。

"已经有上百次分享了。"他说着下拉页面,"从我坐在这里时算起,分享量已经翻了七倍。"

其中一条评论写道:"我们要告诉所有人这些浑蛋的住址,我们要相互提醒。媒体想要把我们蒙在鼓里,但我们有知情权。"

"那你女朋友呢?"埃拉说,"她有没有写点什么?"

"她只是分享。"

"或许你该让她停手。"

克里斯汀"明白的时候"通常出现在早晨,大概在五六点之间,就在她起床煮咖啡的时候。

有时她很明白,少数几次又明白得过头了。不过埃拉对此不发一言。早晨如同庇护所,早晨过后,白日里的那些景象和声音会让形势变得纷繁复杂。此时,兰德旧码头旁的阜地静静舒展,默然无声。以前那是个热闹的地方,来自世界各地的船只在这里停靠。大约九十年前,这个码头也是抗议者止步的地方。在那一刻,他们的队伍僵在那里,短短几秒钟之内造成了五起伤亡。

最后,死者平平无奇的墓碑上刻着"一个瑞典工人在此处安息"。他们的罪过是饥饿,不要忘了他们。

阿达伦河谷的枪声永远在兰德回响。很多人更愿意称之为"阿达伦事件"——这听起来更中性,仿佛语言可以消磨现实的锋刃。这段往事太过震撼，无法摆脱。当天谁参加了，谁没有参加；那是谁的父母、祖父母……这些问题永远重要。人们不愿提起，却又不忍忘却。

"瑟维肯的跳蚤市场？"克里斯汀从报纸上抬起目光。她一版接一版地阅读，可是很快就把其中大部分忘了，"我当然知道，就在弯道旁的一栋白房子里。我以前去过那里买布料，那女人叫什么名字来着……"

埃拉知道自己可以跑去瑟维肯，打听那个开跳蚤市场的女人叫什么名字。斯凡曾经是她的"零工兼情人"。不过这算是个话题，是让克里斯汀回忆起过去的方法。她经常想，过去这一年那么多事情都围绕类似的提问打转：你记得他／她吗？你记得那首歌／那部电影／那本书吗？你记得我们做过的这件事吗？是什么时候的事？

当埃拉准备离开时，克里斯汀叫道："凯琳·贝克！就是这个名字！或许我可以去那儿一趟，看看她进了什么新货？"

"我去那儿是为了工作。"埃拉说，"事关斯凡·哈格斯特洛姆之死。你记得我们聊过这事吧？你在报纸上看到的。"

这一新闻已经成为旧闻，从报纸的头版撤下。现在报纸头版关注的主要是警察不发一声，没有新进展。通过网上资讯，埃拉得知他们忽略了一条关于外国盗窃集团的线报。

"想想你做的事。"克里斯汀说。她的目光再次变得焦灼，担忧总是潜藏于表面之下。她的手指正在摸索，寻找任何可以摆弄之物："你要小心，好吗？"

她递给埃拉一条围巾，仿佛她还是个孩子，仿佛现在还是冬天。

埃拉把围巾扔进车里，给警局打电话。乔乔正在等待另外一名探案人员。他们正要追踪几名立陶宛建筑工，这些人所住的营地距离罪案现场七公里。

"公众线报是不能忽略的。"他说。

他对埃拉很有信心,放手让她去应对凯琳·贝克。

瑟维肯的这栋房子也是小而杂乱,不过却略有不同。斯凡家里堆满了一层层的垃圾,这里可不一样。埃拉能捕捉到环绕于家具摆设之上的一些"主旋律"——花瓶,蓝色瓷器,无数只玻璃鸟。

"我不再卖东西了。"凯琳·贝克解释道,"不过我总是在买东西。人们说要断舍离,这样后人就用不着在前人去世后处理这些东西了。可我总是忍不住四处逛荡,找些东西。不然我还能怎样?"

她头发白了,一言一行中透着优雅,有点像那种细致周到的咖啡馆服务员,人们以前请来帮忙招待客人的那种。

"你知道葬礼如何举行吗?"她问道,朝厨房餐桌上的报纸轻轻一挥手,"我没有看到公告,如果到时教堂里空荡荡的,那不是很可怕吗?葬礼是在教堂里举行吧?"

过滤咖啡壶发出"咕嘟咕嘟"的响声,从这里可以看到河对岸,手机屏幕显示一本有声书正处于暂停播放的状态。餐具柜上摆着一些照片:儿孙和已故丈夫的照片,黑白结婚照,老几辈人的照片——这些人曾经环绕在这女人周围,现在很多已经不在了。在这个国度,只要是有家人去世,他家人家中的摆设都和这里大同小异。

埃拉解释说斯凡·哈格斯特洛姆还不能下葬,或许要等一段时间才能发还尸体。

"大概在九、十年前,他经常上这儿来,去谷仓那儿。"两人坐下时,女人说道,"来看看我帮他弄到的小玩意儿——老式气压计,战争年代的指南针……他当真对这些东西感兴趣。后来，我想我们俩算是好了一段。他总是来我这儿，总是在晚餐时分来。我为他煮饭，他帮我干各种家务杂活，像更换水龙头垫片之类的。家里总是有什么东西会坏。我们也一起看看电视，看的大多数是纪录片。不过后来还是持续不下去了。他太阴郁了，我可不想让自己的家染上这种阴郁。然而，有时候我仍然怀念有人在身边呼吸的感觉。"

"他有没有提到他儿子的事？"

"没有，没有，那就越界了。他们管这叫什么来着——禁忌。我曾经问过一次，可他发脾气了。当你活了好长一辈子之后，你可不想面对这样的情形。"

埃拉问了一些寻常问题：你最后一次见到他是什么时候？他有没有仇人……一般人真的会有仇人吗？

最后这句她没说出口，只是问道："他和什么人有矛盾吗？"

"和大多数阿达伦人都有矛盾。"凯琳说，"不管怎样，或许他就是这么看的，仿佛所有人都跟他作对似的。所有人都认为那是他的错，他儿子会做那种事，都是他教养的结果。可是我怀疑即便是斯凡也没想到自己会因此送命。他是怎么死的？"

"恐怕我不能说。"

凯琳找出一张她那位"零工兼情人"的照片，是五年前在跑马场拍的。照片上的斯凡一脸强硬，然而和拍摄于七年前的驾照照片相比，这张照片上的他显得更加生动。

当时她在跑马场碰到他，给他拍了这张照片。她打算和他一起好好吃顿晚餐。

"可当时他只对跑马赛感兴趣。他和其他老头一起站在赛道旁，在那里看得更清楚，能真正感受到速度和马蹄敲击地面的震撼。"

他们没有保持联系。当然了，他们会时不时碰到对方。在不久前她还见过斯凡，就在晚春时节，是最后几块顽固不化的浮冰最终向大海漂去的时候。

"斯凡正在遛'啰唆'。"凯琳透过窗户看到他，打算出去。

"'啰唆'是狗的名字吗？"

她笑了："斯凡觉得这个名字和狗很配。他从动物收容所领养了这条狗。狗的血统很糟糕，不过他擅长和狗相处。狗不需要他全身心投入。"

最后一次见面的奇异之处在于斯凡哭了。当时他们走在码头上，一直去到了水边。站在那儿可以看到斯凡的家。那房子趴在海湾对面的山坡上，如同林中一个孤零零的巢箱。或许是距离的原因，或许是因为在那一刻他真实地感受到自己在这世上的位置及其变化，他才会哭起来。

他说，他们之所以把他送进宗教裁判所，并不仅仅是因为他说地球在转动。

凯琳意识到他说的是伽利略。他们曾经一起看过一部关于伽利略的纪录片。斯凡对科学史感兴趣，他经常说，我们现在真正知道的一切都是古老的知识，只是这些知识中的大部分开始时都被当成异端邪说。对此凯琳并不赞同，不过她明白他的意思。

她记得斯凡继续说道："教会和宗教裁判所无法忍受的是平行真理的整体理念。伽利略发现地球不是被太阳和群星围绕旋转的宇宙中心，而这终于触碰到了他们的底线。他们只能应对一种真理——《圣经》的真理。他们不能容许他将他们推进不确定的领域，那种茫然、混乱把他们吓坏了。"

"还有吗?"

"当然了,我问他还好吗。"

"然后呢?"

凯琳摇摇头。一绺松散的银发落在她前额,她将散发往后抹,用发卡固定。那发卡上装饰着一根小羽毛。

"他只是叫了那条狗。"

第七章

他尽可能等到很晚的时候才去河边洗澡。等到太阳没入树梢，周围只听得到鸟鸣。狗游了一圈，疯狂地拍水，仿佛害怕自己被淹死。

狗抖抖身子，挂在皮毛上的豆大水珠四处飞散。在回去的路上，那条狗跳到几米之外，喘着粗气，仿佛空气是什么好玩的东西。它跃起拍打黑蝇。

突然，它停下来，在空中嗅闻。欧洛夫注意到房子另一侧有响动。白天停在那里的车子已经不见了，现在有其他人在树丛中窥探，他看到一辆自行车的反光。

"想干吗？"欧洛夫朝他们走近几步，想弄出响动把他们吓跑。他听到树丛中的窸窣声，有人跟跄着往前爬。

他的心怦怦直跳，体温上升。

"滚开！"他抬起手臂，往前几步。你必须表现出你乐于打架——在他被送去那个地方后，他明白了这一点。要想别人不来烦你，你要变得比别人块头更大更沉。

少年犯拘留所的工作人员受到保密职责的约束，然而这也没用。其他孩子向来知道他杀了人。每当有人来惹他，他会主动说出这事。他上回挨打是很久以前的事了。

那些浑小子带着自行车，跟跟跄跄地逃离树林。他看到有三个人，其中一个骨瘦如柴，小个子，看上去不满十岁。眨眼之间他们就消失了。

欧洛夫走进屋内，锁上身后的门，听到屋顶上传来海鸥的叫声。他发现海鸥在烟囱里做了窝。有那么一阵他也想过要生火——不是为了取暖，而是为了赶走那些鸟儿。如果它们每年都飞回来就麻烦了——他记得父亲曾这么说过。可他没有精力做这事。他想起自己以前在生火时会偷偷往木柴之间塞报纸团，还不让父亲知道。因为男子汉生火是用不着借助纸张的。

他没有打开屋里的灯，一盏都没开。他坐在一楼，拉上窗帘，直接从塑料餐盒里吃肉丸和土豆泥。屋子里并非一片死寂：树枝敲击着房子，什么东西"嘎吱"作响，或许外面起风了；一只老鼠在墙体内爬来爬去，匆匆跑过。人或许会死去，不过他的声音依然留存。楼上传来脚步声，头顶的天花板传来"砰砰"声。

欧洛夫发觉自己坐在同一个地方，就坐在沙发边缘，像那个时候一样。当时他母亲坐在他旁边，和他保持一点距离，以免躯体触碰。她仿佛缩小了，仿佛他的个头已经盖过她。父亲坐在扶手椅里，英吉拉坐在妈妈的另一侧，靠得很近。没有人看向欧洛夫，他的大块头填满了整个房间。他们看向地板，看向窗外。他盯着地板看，盯着自己的手——他那双恶心的手。

如果他没记错的话，当时没人说话。

脚步声从楼梯上传来，警察走下来，其中一个警察手里拿着一个塑料袋。塑料袋里装着一件柔软的物件，是黄色的。

他们在他床下的箱子里翻找。警察把塑料袋放在桌上，袋子里的东西黄澄澄的，如同蒲公英，如同阳光，耀眼夺目。突然之间，所有人的目光都知道该落向何处，如同苍蝇般落到那个袋子上。

"你能告诉我们这是什么东西吗，欧洛夫？"

"它怎么会出现在你的床底下？"

所有人都假装看向别处，却又都在盯着他。那个时候他说不出话来，是那气味在作怪——她的香水味，或是她使用的除臭剂，又或是她的头发。她的体味那么浓烈。

"这是一件开襟毛衣，欧洛夫。"

他不知道那是谁的声音。当他抬头看向父亲的眼睛，他发现自己已经认不出那双眼睛了。

"她失踪时穿着一件这样的衣服。"

乌云飘过，但没有洒下雨点。空气干燥炎热，在起跑线上热身的冷血快步马掀起一团团烟尘。

"原来所有人都跑这儿来了。"奥古斯特说道。他的眼睛盯着数字显示屏上的号码。弗兰克·普利恩斯具有压倒性优势，赔率为11∶1。不过如果埃克塞尔·西格弗里德赢了的话，可以赢得780倍的奖金。当奥古斯特听说，要派个人和埃拉一起前往跑马场，他马上自告奋勇地跟了过来。

"这是冷血马标准赛，"埃拉说，"是V75跑马大赛之后这一季最重要的赛事。"

"我能不能拿二十克朗下注？"

她看他一眼。

"开玩笑啦。"奥古斯特说。

自从旧餐馆被烧毁之后,丹纳罗的跑马场就大变样了。新的建筑明亮通风,缺少以前的住宅那种让人提不起劲的风格。以前埃拉全家偶尔也会来这儿,尤其是在举行午夜场比赛的时候。那种场合算得上是夏季里最盛大的派对。埃拉想起醉醺醺的观众,想起她和马格纳斯拿十克朗去下注时那种难以名状的兴奋,更不用说他们还可以在大人们的脚下爬来爬去,搜寻人们喝醉时可能落下的下注单。她还回忆起,那种由触手可及的梦想所引发的冲动,那种可以在眨眼间暴富的妄想。

新餐馆和贵宾室挤满了人,外面也很快挤满了人。据凯琳·贝克说,当时斯凡就站在这里。这里离赛道那么近,你可以感受到马儿跑过时掀起的微风,感受马蹄敲击地面的雷鸣,闻到马儿那令人上头的浓烈气味。埃拉捕捉到周围人群的只言片语。尽管现在气温有二十五度,可年老的男人们还是戴着帽子,穿着羊绒外套。他们挤挤挨挨地站着,轻声说话。她听到一个和养马场有联系的人得到的线报:拜斯克·菲利普在训练赛中跑得不错,而艾尔布罗肯在上个冬季受伤之后,本赛季不可能表现得太出色。

当艾尔布罗肯出人意料地领先时,扬声器里传出来的呼喊声越来越急促。它超过拜斯克·菲利普,冲过了终点线,其赔率之高令某些人痛哭流涕。

在获胜者接过花束并绕场一周接受观众的欢呼之后,埃拉感觉到自己的手机在振动,很可能是跑马场的执行董事。之前她联系不上他,不过电话里他说可以在两分钟之内去热狗摊后面的兑奖处见面。

"在这样的日子里,要忙的事可多着呢。"他擦擦额头上的汗珠,解释道。他已经卷起袖子准备大干一场,但可以在接待赞助人的空当给他们挤出点时间,而这顶多三分钟。

斯凡·哈格斯特洛姆这个名字,他不认得。

"不过很多人你认得但不知道他们的名字。"埃拉向他展示那张照片——照片拍到的地方是距离他们所站之地约三十多米处。

"哦,好吧。"执行董事说,"我认得他。他经常和那边那群人混在一起。在我来到这儿之前,他们就是常客了,大多数时候只是小额下注。"他指了指一群老人——那群人正松松散散地站在围栏边。还有两个坐在长凳上,看上去也是他们中的一员。"他干什么了?"他问道。

"我们得和曾经认识他的人谈谈。"

"曾经?"那人的目光游移不定,在两名警察之间逡巡,之后又投向观众席,在显示屏上稍做停留。此时显示屏上闪现了下一场比赛的赔率。"这是不是说他……哦,天啊!和那边那些老家伙谈谈吧。哈克是退伍老兵,还有那个叫科特·厄尔伯格的家伙,从帕拉茨蒙来的,以前是养马的……其他人我就不知道了……恐怕我也帮不上什么忙了。"

他们向他道谢时,他已经跑开了。

又一场比赛开始了。埃拉买了两杯咖啡。一看到嘉芙颂·乔汉娜在牝马比赛中夺得桂冠,他们便走向了那群人。那一小群人散布在长凳之间,有人狂喜,有人沮丧;其中一个人赢了,其他人输了。他们根本用不着看照片,他们当然认识斯凡,也知道他的遭遇。

"他屋子里根本没有钱。"那个名叫哈克的人说道,他脸上长满了花白的胡子,"在五月底 V75 跑马大赛的时候,斯凡赌上了全副身家,不过我记得在那之后他就没走什么好运。这种事经常发生。"

"你们确定他不是自杀的？"一个叫古斯塔夫什么的人问道。埃拉根据他的口音缩小范围，确认那是内陆某处的口音。她朝奥古斯特做个手势，让他记下那人的名字。一旦下一场比赛的赔率闪现，要想继续吸引他们的注意可就难了。这并不是因为他们对斯凡漠不关心。他们对这件事颇为关注，情绪激动地围着两名警察，越挨越近。然而一旦越来越近的马蹄声响起，他们仍会不由自主地转向那个方向，如同刻在肌肉里的记忆被激发。

"为什么有人想要害他？"

"那老家伙没啥不对劲。"

"不太爱说话，脾气有点臭，不过谁老了不是这样？你自己看看这个社会变成什么样了。"

"你们会抓住那个浑蛋的，对吧？还是斯凡最后只会变成某个地方档案柜里的一份文档？医院搬到海滨去了，真是岂有此理。不然他或许还有救。"

"他被发现时已经死了。"

"话是没错，不过嘛……"古斯塔夫凑得更近，酒气和糟糕的个人卫生所形成的臭味让埃拉不禁想往后退，不过她还是忍住了。"他可以在更早的时候得到救助。你知道吧，就是关于这个……"古斯塔夫一手拿着一塑料杯啤酒，一手拿着吃了一半的热狗。他朝自己的脑袋挥舞了一下热狗，表明他觉得斯凡原本可以在哪方面获得帮助。

"什么意思？"

他咬了一大口热狗，瞟了她一眼。那目光中夹杂着刺探，或许还有挑衅——这两者原本具有清晰的界限。

"你有孩子吗？"

"还没有。"

"你希望他们能获得最好的。"那人继续道,"总有一天你会知道的。如果他们摔倒了,你得坚强。如果你应付不来,如果他们从你的双手间摔落,落到谷底,你就会求助于这个……"他比画时,啤酒漫出杯口,"如果你都救不了自己的孩子,你还算是什么人哪?"

"他酗酒?"

"他嗑点'带劲的东西'。"

"斯凡·哈格斯特洛姆?"

"不,不是,你疯了吗?我是说我儿子。他现在不和我们在一起了。我想正是因为这个我才从他身上看到这一点……我是说斯凡,就是经过事情后的空虚。"

"你们曾经聊过这事吗?"

"我不知道那算不算聊过。他一直逃避这个话题,如果感觉太过痛苦,人们就会这样做。"这时扬声器大叫"开始!"古斯塔夫立马转过身。马儿起跑,马蹄敲击地面,所有人都屏住呼吸。假如霍尔斯塔·贝姆斯夺冠,那赔率可是难以置信的 639 : 1——这群人为此如痴如狂。埃拉并没有留意到奥古斯特就站在她身后。他已经消失了好一会儿了。

"你得听听这个。"他说。

"等一下。"

在最后一处弯道,霍尔斯塔·贝姆斯在压力下摇摆不定,开始快步跑。当弗特洛拉德最终以明显的优势领先,扬声器里的叫声化作假声男高音。期待或害怕的感受并没有袭来,一阵骚动如涟漪般在观众中扩散,众人长舒一口气。

"猜猜看强奸犯会躲在什么地方？"奥古斯特在她耳边说。他站得那么近，已经触碰到她的耳朵了。她能感受到他呼吸的热气。

"什么地方？"

他朝那群人点点头："在上一场比赛过后，有个人去兑换奖金，我跟着他进去。老实说，他赢了一千克朗。我听到了些消息。"

"说吧。"

奥古斯特微笑时那趾高气扬的神情几乎让人无法忍受。这或许是他参加工作以来的头一个突破，埃拉心想。她看了一眼手表，确定接下来的一段时间内不会有人离开。

"我请你去餐馆吃点东西吧。"她说。

"吃烧肉加土豆？"

"我肯定他们这里也有生菜叶。"

素食运动尚未波及诺尔兰郡的跑马场，因此奥古斯特点了一份寡淡无味的混合沙拉和一份奶酪三明治，而埃拉要了加土豆泥的肉丸，配上越橘酱。

他们总算找到了一张桌子。坐在这里看向跑道的视野最差，因此这也是唯一一张还空着的桌子。奥古斯特凑过来，想要盖过餐具撞击的"铿锵"声和话语的"喃喃"声，盖过每场比赛前播放的恼人乐声——那是七十年代热门金曲《爆米花》糟糕的翻唱版。

领取奖金时被奥古斯特跟着的人正是科特·厄尔伯格，曾经养过马的那人。奥古斯特读着自己颇为潦草的笔记：

"在春天的时候——他觉得应该是五月上旬，他从一个表亲那儿听来的……他那表亲的大舅子是那个女人的邻居，又或是那个邻居就是他的大舅子……总之，那女人在尼兰五金店认出了那个人，那店铺是卖五金的……"

"这我知道。"

"那人的说话方式或嗓音,让她在隔了四十年之后还能认出他来。"

"认出谁?"

他翻找笔记本:"亚当·维德。"

埃拉转动脑子,可她想不起曾经在侦办这起案件或其他案件过程中听说过这个名字。

"不过很明显,现在他已经不叫这个名字了。"奥古斯特继续说道,"厄尔伯格说,人们总是跑到这一片的森林里寻找避难所——美国逃兵,逃避都市化的人,从有虐待倾向的丈夫身边逃离的女人。"

"欢迎来到荒野边际。"埃拉说,"可这和我们这起案子有什么关系?"

奥古斯特擦去嘴角的沙拉酱,喝完他那瓶矿泉水。

"这个叫亚当·维德的家伙现在就住在贡格尔登。"他说,"也是因为这个,厄尔伯格才把这事告诉斯凡的。他觉得斯凡最应该知道这事。让我引用他的原话:'在经历他儿子那件事,承受了屈辱之后,他知道自己并不是唯一一个。'"

"这说的是什么强奸案?"

"发生在上诺尔兰的一起轮奸案,显然是一起非常残忍的案件。"

憋屈的房间,人群散发出的湿气和热量,嘈杂的氛围——所有这一切让埃拉无法好好思考。当他们走到室外,她才抓住关键问题。

"厄尔伯格知道那个人现在叫什么名字吗?"

"很不幸,不知道。他的表亲或表亲的大舅子不想说出那个名字,万一那女人弄错了呢?也可能他们根本不知道。"

当天最后一场比赛已经结束,不过老人们依然在跑道附近滞留不去。即使是远远望去,埃拉也看得出他们的塑料杯已经满了。

"不过我弄到了那女人的名字。"奥古斯特继续道,"她住在帕拉茨蒙,我还记下了厄尔伯格的电话号码,以防万一,说不定我们还想从他那儿问出点什么。"

"干得不错。"埃拉说。

他微微一笑,从口袋里掏出一张纸片:"现在我可以去领奖金了吗?"

第八章

埃拉通常不会在下班后和同事去喝瓶啤酒。通常她会直接驾车回到兰德的家中,确认母亲吃了晚餐,一切安好。

在瑞典语的语境中,"喝瓶啤酒"总是意味着至少灌下三四瓶,意味着要喝到打车回家,而埃拉的家距离酒吧将近十公里。

尽管如此,埃拉还是主动提出了。当他们重新梳理在跑马场得到的关键信息时,奥古斯特的语调透着点悲凉。他们走出门的时候,他问她是否知道有什么好看的电视节目,不过大多数好看的节目他已经看过了。

"不然在克拉姆福什的晚上还能干什么?"

"你有没有去过兑莱姆酒店?"话一出口埃拉就后悔了。即使他觉得孤单,那也不是她的责任。

"听起来很带劲。"奥古斯特说。

"等着瞧吧。"

克莱姆酒店的霓虹灯招牌缺了几个字母。在遥远的过去,埃拉曾在这里度过许多醉酒之夜,还碰到过一两次疯狂的一夜情,只有肉体,没有清晰的面孔。

奥古斯特从吧台走回来,拿着两瓶滨海高岸啤酒。

"你觉得强奸犯这事怎么样?有关系吗?"

"在酒吧里谈论案子——你觉得这样真的好吗?"

"我们还在餐馆里谈呢。"

"那时你只是告诉我最新消息,再说了,那里不会有人听的。"

两人环顾酒吧:铺满地板的地毯,软垫椅子,一群四十多岁的本地女人,几个神情阴郁的生意人。

奥古斯特拿起酒瓶喝了一口:"一辈子待在同一个地方,所有人都认识你,是什么感觉?"

他往后靠,眼睛闪着光。埃拉感觉到第一股酒劲在此刻直冲上头。没事的,他太年轻了,再说了,他告诉自己他有女朋友了。

"我在斯德哥尔摩住了几年。"埃拉说,"我总是想一旦我自己能做主,我就离开这里。"

"然后被爱拖了后腿,对吧?"

"从某种意义上说,没错。"她透过窗户向外望,看着柏油路面和停着的汽车。是她母亲拖了她的后腿,可是这个话题太过沉重,太过私密。母亲的病,她的责任,害怕自己格格不入——这正是她去年搬回来的原因。这个当然能归因为"爱"。

他用酒瓶轻敲她的酒杯。

"埃拉。"他说,"真是个好名字,不同寻常。"

"在阿达伦这里可不算。"她等着看他有没有反应,看他没反应,接着说道,"1931年,一个女孩被流弹击中而死亡。她名叫埃拉·索德伯格,我的名字就是来自她。"

"哇,酷啊!"

埃拉还是拿不准他有没有听明白她的意思。她原本不想成为那种随时随刻都能讲一段故事的人,可现在她不管了。不管怎么说,阿达伦的枪击事件已经是人尽皆知了。埃拉·索德伯格死时只有二十岁,她甚至不是抗议队伍中的一员。当她被子弹击中时,她只是站在一旁,看着抗议的人群。那一刻从本质上改变了瑞典,后来所谓的"瑞典模式"也是从此刻开始发展。在这片和解之地上,工人和资本家和谐相处。

埃拉将剩下的啤酒一饮而尽。

"好吧,为这个干杯。"奥古斯特说罢站起来,再去买一轮酒。

二四瓶啤酒下肚之后,她站在酒店门前,拨打克拉姆福什出租车行的电话。奥古斯特去了洗手间。屋顶的霓虹灯闪闪发亮,灯光映射在金属车身上。她听到他走出来,来到自己身后。她转过身,突然之间只觉得他靠得太近了。不知怎的,她落入他的怀中,紧贴着他的嘴。他的嘴不知从哪儿冒出来的,她自己也不知道事情怎么会变成这样。

"你在干吗?"她嘟囔道。

她不明白。可是他太年轻,太帅了。我真是饥渴难耐,她心想,太久了。

"我们是同事。"她说。他们停下来喘气的时候,她的话蹦了出来。

"你就不能不出声吗?"

"你说你有女朋友。"

"不是那种关系啦。"

出租车总是怎么等也不来,埃拉都忘了她曾经叫过出租。他的临时公寓太远,转头回到酒店前台更方便。她任由他以他的名字开房,用他的卡付款。"用的是从丹纳罗跑马场赢来的钱。"当他将她压在电梯内壁上,抵着电梯按钮,让电梯停在错误的楼层时,两人都笑了。当值的夜班服务员是从叙利亚来的,是最后一波难民潮过后留下来的人。那人不知道她是谁,不会到处乱说的。

当奥古斯特胡乱摸索,弄掉了房卡,埃拉心想:不管怎样,就一晚,没事的。

阳光直射在她脸上。此时是凌晨四点一刻。奥古斯特趴在她身边,舒展双臂,如同某种耶稣像。

她悄悄地穿好衣服,悄悄地踮着脚走出去。那个夜班服务员已经不见踪影。克拉姆福什正在沉睡,不过于奥默又或者是班加罗尔的出租车调度中心居然还在营业。

二十分钟后,她坐上一辆开往兰德的出租车。当她想到回家后可能面对的景象,一股惊恐在她心中不断膨胀。

像往常一样,那栋黄色的房子依然立在那里。门没有开,母亲没有四处晃荡,或落入河中。没有烟雾飘在空中,也没有人因摔倒在地而胯骨骨折。

埃拉设法请到了白日护工。护工在这里逗留的时间不长,不过会定期过来。护工会加热食物,检查她母亲的身体,喂她吃药,甚至会一周为她沐浴两次。如果埃拉离家的时间较长,她会打电话给邻居,又或是打给她母亲硕果仅存的某位朋友。只是后者的数量越来越少,她们或是因工作而搬走了,或是被"祖母迁徙大潮"给卷走了——她们的孩子在大城市安家落户,而她们为了离孙子辈更近,也跟着迁徙到那里。

她发现母亲正躺在自己卧室的床上。克里斯汀和衣睡着了，阅读台灯还亮着，眼镜歪歪斜斜地挂在脸上，书掉落在地板上——那是玛格丽特·杜拉斯的《情人》。书页污渍斑斑，书脊的胶水已经开裂。几行字映入埃拉眼帘：

他告诉我等一会儿。他和我说，说他在我们渡河时已经知道了。他知道我在拥有第一个情人之后就会是这样的，知道我所爱的是爱本身……

当她合上书时，一枚书签落下来。埃拉把书签塞回去，不过位置错了。发现自己的母亲阅读情色文字，让她感觉到一种孩子气的羞耻。

或许是因为情人在她的肉体上留下的痕迹如此新鲜，任何一个鉴识科的技术人员都可以轻而易举地找到。她突然想到自己对母亲在过去十九年里的爱情生活一无所知，十九年前的情况她也不知道。她的父母勉强达成一致，离了婚，而她父亲在离婚不到一年后再婚，这让她怀疑他们离婚都是她父亲造成的。可如果事实正好相反呢？

她把书放在床头柜上，暗下决心总有一天要读读这本书。这样就有话题可谈了——或许每天早上都有话题可谈，因为克里斯汀似乎忘记了自己所读的内容。埃拉不清楚母亲是否还能从语言和故事情节中获得相同的乐趣，又或是她之所以还要躺在床上读书只是习惯使然。

她走到浴室洗澡。她的躯体仿佛又存在又虚无，某些地方还有刺痛感。她刷牙刷了三遍，然而那气味却不愿消退。

那是醉酒的气味，他的气味，一切的气味。

她赶到时会议已经开始,有点晚了。埃拉颇为谨慎地往嘴里塞了一块口香糖,和同事打招呼时屏住了呼吸。

她还是没搞清楚究竟有谁参与了这起案件的调查工作。过去他们的探案团队更为稳固,而现如今人们时而加入时而退出,这取决于需要,以及将他们从别处调来的是什么人。所有一切都是灵活变动的。从某种意义上看,这和更大范围内的社会变化不乏相似之处:"团队"一词只是一个流动不定的概念,信息在不断变化的庞大的人群中传播,知识量不断扩大,然而其中的联系却越来越难以把握。埃拉不知道明天这些人中哪一个还在,哪一个或许再也见不到了。

"假设你发现自己的父亲死了,被残忍地谋杀了。"说话的是西尔婕·安德森,埃拉只是在和松兹瓦尔连线时听过这位办案人员的声音,"或者就是你亲手捅死他的。那你干吗还要在那房子周围转悠?什么样的人才会想要待在那里?"

"比如说《惊魂记》[①]里的那家伙?"博施·林恩说。埃拉以前见过他几次。他是有三十二年警龄的老人了,从警之前还在军队里混过。他长着一个鹰钩鼻,看上去像个拳击手,戴着薄薄的眼镜。

声音具有欺骗性。连线会议也有视频功能,可是大多数人都懒得打开摄像头。西尔婕·安德森深沉的嗓音略显嘶哑,光从声音判断,埃拉还以为她是一个中年妇女,花白的头发漂染过,戴着老花镜,而不是眼前这个胸部丰满、头发呈白金色的美人。这样的人或许能让罪犯心甘情愿地跟着她回警局。埃拉为自己留意到这些事而感到不安。

"说实在的,那故事到底是怎么回事?"博施继续道,"他没有杀

---

① 《惊魂记》:1960 年由阿尔弗雷德·希区柯克导演的惊悚电影。

死自己的母亲，对吧？"

"谁？"乔乔从自己的电脑上抬起目光。

"《惊魂记》里的那个家伙啊。他只是把她藏在阁楼里，又借用了她的扶手椅，对吧？"

"顺便说一句，我找到了关于欧洛夫·哈格斯特洛姆的几份报告。"西尔婕说，"其中一份来自他少年时被送去的那间少管所。他曾几次殴打其他孩子，不过没有造成严重伤害。在那之后，他最终被送到乌普兰区的某个领养家庭。他没有从学校毕业，在过去这些年做过好几份工作，包括在当地木料场的一份工作。有不同的临时地址，但没有犯罪记录。"

"或许是因为他从来没被抓到？"博施说。

"让我感到蹊跷的是作案手法。"西尔婕继续说道，"那样的刀伤不需要很大的力道，不过却需要一点技巧，这透露出自信和冷血。一个紧张的凶手会不停捅刺受害者，确保他已经死亡。假如是有仇怨或受到过某种感情伤害的，涉及个人恩怨的，那凶手可能对受害者泄愤。"

埃拉想象着那具苍白的尸体，咽下一阵恶心。

"斯凡的全科医生回复了。"她开口说，"他说斯凡在四年前因从梯子上跌落而导致股骨骨折。而那张沐浴椅原本只是临时借给他用的，但似乎没人想过要叫他归还。"

"答应我，万一哪一天我需要坐着洗澡，你就把我毙了。"博施说。

之前埃拉还顺便取了一杯咖啡。她啜饮着咖啡，感觉这咖啡和口中的薄荷味口香糖简直是绝配。乔乔转向她。她觉得他看上去很疲急,眼睛红红的,仿佛没有充足的睡眠。

"我们正在讨论你早些时候在跑马场搜集到的信息,你怎么看?"

"还不确定。"埃拉因自己迟到而感到难为情,"信息来源似乎可靠,不过那是三手或四手的信息了。"

"先放飞一下想象力,那个女人在五金店见到的有没有可能就是斯凡?就是那个原本叫作……什么名字的人?"

"亚当·维德。"

"斯凡过去的记录没有显示他曾经改过名字。"西尔婕说。

"或许他在泡妞的时候给自己起了这个名字。"博施说,"人们在外晃荡时可以给自己随便起个名字。我有一个朋友,他曾经问我们在确认某人真实身份时到底使用了什么技巧。他说他和一个女人聊过天,那女人说自己叫作'大胸妹'。"

"'我有一个朋友'?"西尔婕轻声说道,"这句话在社交媒体上和在心理咨询师面前意味着同一件事,你知道吧?没人真的会为了自己的朋友去打听的。"

"西尔婕,你和埃拉一起去。"乔乔说,"去找那个女人,看看能不能从中发掘点什么。如有需要,再和传播这个流言的其他人聊一聊。"

他和博施要去工地看看,对那些人施加点压力。那些立陶宛建筑工正忙着把一栋老旧的校舍翻修成一间B&B品牌家具店,他们坚持说他们每天早上六点就开始工作了。

"我们得查证他们的说法。还有一些关于逃税和薪水减少的信息,这样的事通常会让人议论纷纷。"

他们还计划将本地一些有可疑历史的人纳入调查,而这些人名来自埃拉列出的名单。

"这些人之前曾因攻击他人或攻击他人未遂被定罪。"她说,"不过他们并没有谋杀或过失杀人的嫌疑。"

"凡事总有第一次。"乔乔说,"不说别的,我敢肯定他们藏着点小道消息。他们能捕捉到任何流言蜚语,知道人们在小木屋里藏了什么,谁又去度假了。他们总是在不适宜的时间跑出去晃荡。"

"斯凡几乎不去旅游。"西尔婕说,"他的护照在上世纪末就过期了。"

"或许他们还会吐露点别的什么。"乔乔说。

我们已经走进了死胡同,埃拉心想,没人觉得这样做能取得进展,我们却不得不这么做,假装还有希望。

"有没有人考虑过这实际和钱财有关?"西尔婕问道。她列举了受害者的财务状况:在做了一辈子的林木业季节工后得到的一笔微薄的养老金;一栋课税价值为19000克朗的房子,13700克朗的存款。"我敢打赌那是他为自己的葬礼存下的。他那代人不想成为别人的负担。"

"我们要进行彻查。"乔乔对她说,他的声调稍显尖刻,"这意味着在结果完全确定之前,我们不能排除任何可能性。日子一天天过去,其他老人会越来越焦虑。有人开始锁门,还有人会写文章说警察不尽责。"

就是两周前的今天,几乎就是这个时候,有人将一把刀捅进斯凡的腹部,切断了动脉。

然而他们还没有找到凶器,也没有找到关键的目击证人。

乔乔真有必要提醒他们吗?

为了压下恶心的感觉，埃拉买了一瓶可乐。现在她们正驾车穿越博尔斯塔布鲁克。埃拉放缓车速，拿起可乐喝了几口，店铺从她们身边掠过。在这个经济萎缩的锯木业小镇上，那些店铺都装了门板，透出一股荒凉。

　　和新同事的对话总是一样的，实际是遵循了某种模式，比如：你从警多久了？你怎么会来到这儿？唯一稍有不同的是对这些问题的回答。不过话说回来，西尔婕也不是刚从警校毕业的菜鸟。

　　"实际上，我想成为一名地质学家。"她说，"所有女孩都沉迷于马、狗和男生乐队，可我却沉迷于岩石。我的心理医生说这和我的童年经历有关。"

　　在这个看上去很不可靠的世界里，岩石是持久之物，要花上几千年才能消磨它们，让它们转换形态。这一信息让埃拉开始用一种不同的眼光来看待自己的同事。在决定从警之前，西尔婕还攻读了心理学学位，完成了一半学业。

　　收音机开始进行新闻播报，两人便不说话了。

　　几天前，这起谋杀案已经从当地头条撤下，现在媒体的关注点放在一条被曝光的消息上：富有的斯德哥尔摩市政府暗中将福利领受人员，送到诺尔兰郡更贫穷的地区。只要有空的公寓，市政府就组织集体租赁，给福利领受人发放旅费和一个月的租金，然后就撒手不管了。直到那些初来此地的人出现在当地福利救济中心，克拉姆福什当局才得知此事。

　　"你觉得和乔乔共事怎么样？"西尔婕问道。

　　"我觉得他还好吧。"埃拉说，"挺有经验的。"

　　"你觉得他为什么让我们俩管这事？"

"感觉挺合理——我们要对一个女人进行询问,事关一起性侵案。"

不用追踪本地瘾君子已经让埃拉感激不尽了,他们肯定会让她向马格纳斯转达问候。不过她没提起这事。当她们经过不甚有名的贝尔伯格山,她也没提起这座山的典故——在这座山里被当成女巫斩首或烧死的女人数量比全国任何一个地方都多。在十七世纪晚期某年的六月,一天之内该教区四分之一的女性在这座山里被杀害。

"或许只是因为他女朋友不喜欢他和我混在一起。"西尔婕扫了埃拉一眼,"你也小心。"

"什么意思?"

"他挺有品位的,你觉得呢?乔乔名声不好,不过或许还没有传到那么北边的地方?"

"我尽量不和同事闹出绯闻。"埃拉对她说,她们正朝那个女人位于帕拉茨蒙的住址驶去。"对名声不好的男人也是一样。"她补充道。只有在紧随而来的沉默中,她才意识到自己可以那么迅速而轻易地转变成一个伪君子。

"当然。"西尔婕微笑着说,"在出事之前都这么说。"

那个女人名叫伊丽莎白·弗兰克,五十岁出头。不过当她坐下,西尔婕让她讲讲事情经过时,她仿佛又变回了十六岁。她将双手塞进两腿间,拨了一下并不存在的刘海儿,看上去比前一刻缩得更小。

"你们为什么问这个?"

她丈夫握着她的手。

"他是不是又犯事了?"她问道,"就是这个原因吧?"

"如果你能和我们讲讲事情经过，那就很好了。"西尔婕说。

他们的房子是她丈夫从父母那儿继承来的，经过了颇有品位的翻修。或许那房子立在十七世纪的地基上，或许曾经有个女巫住在这里。油光滑亮的地板，巨大的木柴炉子，淡丁香色的窗帘在微风中轻轻飘动。户外的大片草坪上，两台小型自动除草机"嗖嗖"地跑动，正在碾平任何不平之处。伊丽莎白穿着一条阔腿裤和与之相配的上衣，两者皆出自一个昂贵的瑞典服装品牌。她丈夫解释说他们在哥德堡过冬，不过他妻子来自更远的北方。

"杰弗里德尔，不知你听说过没有。"

杰弗里德尔位于斯凯勒夫特和皮蒂耶之间，坐落在两个最北部郡的交界处。而伊丽莎白再也不会踏足那个社区。

"开始时我还不确定。"她说，"我听到背后传来一个男人的声音，感觉我还没来得及思考，我的身体就已经知道了。我开始发抖，你能相信吗？"她向外望去，顿了一下，不知是要忍住眼泪还是别的什么。

西北方的天空暗下来，一场暴风雨从山上席卷而下。

"你以为你可以忘记，很久以来你不再想那件事。然后你碰上一个好男人，和他结婚，建立家庭。你拥有美好生活，开始以为那事已经永远过去了，消失了。可是并没有，它永远不会消失。"

"花点时间去适应，无论要花多少时间都好。"西尔婕说。

"说得我好像真需要时间似的，你真么想吗？"

伊丽莎白端详着警探。

"知道吗？你让我想起她。她是那样一个金发碧眼的美人，那么自信，那么漂亮。我看自己的老照片时还觉得自己挺漂亮的，可站在她身边我根本就没机会。我觉得像你这种人不会明白这种感受。"

"什么感受?"

"被拒绝的感受,总是被拒绝。可是和其他人相比,我还是想和她在一起,你知道为什么吗?"

"就像阳光。"埃拉说,"我们都想沐浴阳光。"

伊丽莎白缓缓点头,可她继续仔细地打量着西尔婕警探,仿佛想从她的皮肤下方挖掘出什么。

"你能否告诉我们,那天在尼兰五金店到底发生了什么事?"埃拉问道。

"我真希望那天去那里的是我。"她丈夫说,"不过她坚持要去,为了我的六十岁生日。"

伊丽莎白去尼兰是为了买些生日派对所需的小玩意儿,还要取回他们订的酒。这家五金店也是城里国有售酒店的取货点。

"我想找到合适的灯泡——这可没那么容易,瓦数和我们用的对不上。我就站在那里,听到他的声音从身后传来。他在谈论钻头。我体内的某样东西肯定马上认出了那声音,当时我很忙,家里还有很多事等着做,可我还是停下来听着。那人正和一个店员说话,看来他们都认为某个牌子的钻头比其他的要好。可他还是不能下决定。然后我听到他说出那句话,一阵震颤突如其来,仿佛瞬间就把我击穿了。"

她丈夫将手放在她的背上,温柔地抚摸。

"我清楚地记得他说的话,他流露出以前的那种语调,那种北地口音。我看到的只是他出现在架子上方的后脑勺,不过我知道是他。我脱口叫道:'亚当·维德。'他转过身。当时没有别的人在店里,只有他。那双眼睛!和以前一模一样。他看向别处,放下钻头,匆匆忙忙地走到收银处,走出门。不过我可以肯定就是他,以前我听他说过同样的话。"

"他说什么?"

伊丽莎白让丈夫去弄些咖啡来。他离开房间后她继续说下去,语速急促,嗓音低沉。

"'在这里面她是最正点的',当天晚上他说过同样的话。只不过当时他说的是那个'金发碧眼的美妞',不是钻头。亚当·维德就是这样的人,只不过当时我不知道他的名字,只是后来庭审的时候……我们当时是在加油站,吃着热狗,我看上他了……他们有一群人,我觉得他挺帅的,但又不至于帅过头,你懂我的意思吧?我以为他对我有意思,他正在看着我。我觉得他的眼睛很漂亮,蓝中带绿,像假日时的大海。可是他想钓的是安妮特。当然了,总是安妮特。我去卫生间时经过他们身边,'如果你想,你可以撩另一个',我听到他对他的朋友说——'另一个'显然说的是我——'不过别惦记着那个美妞'。"

伊丽莎白当天晚上在洗手间待了很久,当她走出来的时候,安妮特已经任由亚当·维德搂着,嘻嘻哈哈地离开了。她喝醉了,所有人都醉了。当时他们是在赛车短程拉力赛上,那也是杰弗里德尔最大的年度盛会。人们从周边地区蜂拥而来,那些男孩也不是本地人。当一群人跌跌撞撞地走出去,朝车子走去,安妮特朝伊丽莎白大叫,让她跟他们一起走,那些男孩在湖边的帐篷里还有更多的酒。"来吧,别扫兴。"

"我最后看到她时,她正夹在两人之间,坐在一辆车身上绘有火焰图案的凯迪拉克的前排。她坐在亚当·维德的腿上,他正对她上下其手。她则拎着一个酒瓶喝酒。当时雷鸣般的歌声在赛车场上回荡,她也跟着哼唱。后来他们在庭审时说那些酒是私酿酒。我一点都不想喝那些东西。之前我曾经和几个我并不是真正喜欢的男孩睡过觉，好让自己不显得那么'扫兴'。有时我假装爱上他们，这样感觉会好受点。"

当她丈夫回到房间，她坐直身子，伸手拍拍他的脸颊——那姿态中透着爱与保护的意味。

"最好让我和她们单独谈谈。"她说。

"你用不着为任何事感到羞愧，你明白吧？你知道我一直都在。"

"我明白。"

他亲了一下她的前额，然后退到房子里的另一处。

"他并不是什么都知道。"伊丽莎白解释道，"从那时起我也想过这事，这件事一直在我脑海中挥之不去。我应该把她从车子里拖出来。我感觉到不对劲，可因为很生她的气，所以什么都没做。我现在仿佛还能看见她：他们驾车离开时，她的手还在空中挥舞。可我做了什么？我只是跺脚哭喊，穿过树林走了两公里路回家。我觉得自己很可怜。"

第二天下午晚些时候，她接到了安妮特妈妈的电话。此时已经有人在帐篷里发现了安妮特，并报了警。

七个年轻男子参与了轮奸，其中最小的只有十六岁。当伊丽莎白知晓事情经过时，安妮特已经进了手术室，她阴道撕裂。

"第一轮庭审时我参加了几次，可再多我就受不了了。我转学了，新学校位于更南边，这样那群人被开释后我就不会在街上碰到他们了。他们只被判了一年。我不知道她怎样了，是不是还活着，能不能生孩子。或许我离开的真正原因是为了避开安妮特。我偶尔会在脸书上找她,想看看她是否还好,是否努力创造自己的生活。可是我从来都找不到她。我猜她或许是改名了。"

"你丈夫说得对。"西尔婕说,"这不是你的错,那些性侵者才应该感到羞愧。"

伊丽莎白转过身。埃拉有一种感觉:她把那身昂贵的服装当成戏服,有点像是在掩藏身份,在任何情况下都能保护自己。

"看看那家伙,他还在为买哪一个钻头犹豫不决,好像之前的事根本没有发生……过后我发现自己在琢磨,当时我身边有那么多沉甸甸的物件,都是些危险玩意儿,我可以拿起一把铁锹或灌木割除机,或者任何一样东西,砸到他脑袋上。可我什么都没做,只是站在那里,看着他离去。"

一道闪电点亮了外面的天空,把三个女人惊得跳起来。暴雨云显现出蓝黑色,如同某个人遭受严重侵害后带着瘀伤的皮肤。然而外面并没有立刻开始下雨。伊丽莎白站起来,关上窗户。她停了下来。十秒钟后,一连串雷声响起,这意味着暴风雨大概在三公里之外。

"从那时起我就再也没有去过尼兰。"伊丽莎白说,"哪怕要绕远路我也宁愿去索莱夫特奥。我和我丈夫经常在河里划独木舟,可现在我不让他往下游去,不能往那个方向去。"

"你怎么知道那人住在贡格尔登?"

"他走出去时有人和他说话。当时我正躲在架子后头,不过我听得到他们的话:'贡格尔登怎么样了?那里装了光纤宽带吗?'没有,我是说没装光纤。他还抱怨说等了那么久。"

直到那人离开五金店,她才敢走到收银处。她总得说几句话。"那人是叫亚当·维德吗?"她问。

不是，那人不叫这个名字。

"你没有问他叫什么？"

"没有，我做不到。"

西尔婕让她描绘她认为是亚当·维德的那个人：高个子，比一般人高，或许有六英尺两英寸；作为一个将近六十岁的人，体形保持得还可以——正是这一点让伊丽莎白生气。她宁愿自己面对的是一个残废，只要是能表明他日子过得不好的，什么都行。他的头发还是那么浓密，不过已经花白了。

埃拉和西尔婕对视一眼——这样可以排除斯凡了。斯凡年过七十，而且要矮得多。

"那也是很久以前的事了。"西尔婕说。

"再过不到两周就满三十八年了。"伊丽莎白轮流端详她们俩，"还有他的动作和声音。如果不是他，为什么我喊那个名字时他要转身呢？他甚至没买钻头，没有买下他认为很不错的那个钻头。"

当天她付钱买了灯泡，不过却把取酒的事忘得一干二净，所以后来她丈夫还得跑一趟。也正因如此，在当天下午晚些时候，在客人们到来之前，她最终把这件事告诉了他。他可以看透她。她向来把家庭的集体记忆和他们的项目经理摆在首位。伊丽莎白尽力保持神态如常——不管怎么说，他们毕竟是在开派对。可她还是烧煳了馅饼，打碎了一个玻璃杯，然后为此崩溃痛哭。

这是她丈夫头一次听说那个夏天在杰弗里德尔发生的事。

"我想从他身上发现某种变化，我不停地找，可却找不到。你能相信吗？他居然还爱我。有时候这让我很生气。我觉得如果他没能完全看清我的真面目，那他必定是个傻瓜。他爱着他自以为了解的某个人，可那并不是我。"

在那个派对即将结束时，当只剩下几个最亲密的朋友时，他提议伊丽莎白把这事告诉他们，那样他们就能理解这氛围为何会变得如此诡异。无论如何，他们置身于亲友之间，置身于爱她的人之间。他觉得这样会对她有好处。

这或许能让她最终卸下担子，获得自由。

她任由他说了，但条件是他们不能再告诉其他人。

之后伊丽莎白就上床睡觉了。

"不过我想肯定还是有人多嘴说出去了，告诉了其他人。人无法保守他人的秘密。"

暴风雨越逼越近。她丈夫走下楼，把插头拔出来，防止电击损坏电视和其他电器。

"我今天之所以还会谈论这事，"伊丽莎白说，"是因为感觉你们为什么事逮住他了。"

当他们在门厅里道别时，她丈夫站在她身后，他的姿态中透出保护的意味。

"我真心希望这消息很重要。"他说。

"我们也不知道。"埃拉说，"只是在调查另一起案子时收到这一线报，我们要从所有角度进行调查。"

"是强奸案吗？"

"谋杀案。这一信息或许重要，或许不相干。"

当伊丽莎白和她们握手道别时，她的手又冷又湿。

"现在我再也不要想起这事了。"

第九章

埃拉提前离开警局，驾车前往哈纳桑去取庭审记录。该案件的庭审记录被封在厚厚的信封里，尚未拆封过。八十年代的案件记录都没进行过数字化处理，而皮蒂耶区法院也早就关闭了。国家档案馆的女档案员花了不少时间才将它找出来。

然后就该吃晚饭了。

"你得离开这里。"克里斯汀嘟囔道。此时她们正在清理餐桌，她手里拿着奶酪切片机，停了下来。

"什么意思？"

"你本该成就一番事业，可你却留在这里原地踏步。"

"或许我喜欢我的工作呢？"埃拉说，"从实际角度出发，我也应该留在这儿。"

"可是你那么有才华……"

"我知道。"埃拉对她说，一边把奶酪切片机放进洗碗机中。很久以前，从她开始记事时起，人们就开始对她说这些话。他们说多亏了前人的努力，现在才有那么多机会摆在她面前。人们告诉她，她可以心想事成。

感觉她的人生在她尚未出生时就开始了似的。

成为一名警察让人失望，几乎与背叛无异。对于大多数老一辈的人来说，制服依然会让他们想起 1931 年的事。

她本可以学习人文科学或自然科学，成为任何人；前人已经为她建造好了这个社会，在这个社会中锯木工人的子孙也有机会读书。他们可以脚踏树苗和锯木，向上攀登，最后投身文学，站在食物链顶端。然而埃拉却要做具体、现实且明确的工作，避开书籍和那些夸夸其谈的文字，要站在对的一边，不能滑向错误的一边。

有一次，埃拉说出自己的职业选择后，仿佛一枚炸弹落入了家中，让整个家庭四分五裂，支离破碎。当时埃拉大叫："我没干坏事，你们就该偷着乐了！"

她随意选了一集瑞典电视台的电视连续剧《谢特兰群岛》，然后把一杯茶放在母亲面前。她不知道克里斯汀是否真能跟上屏幕中的剧情，不过至少她挺喜欢看那些帅气的警察——这一幕让人既开心又伤心。

自西北而来的火烟味飘过河流。本地电台的新闻播报说雷电引发大火，着火点位于玛丽堡，一直延伸到盐湖。土地干燥的状况点燃了所有人的恐惧。他们都记得上个夏天的大火：大火摧毁了大片森林，迫使人们逃离家园。

埃拉拿着皮蒂耶区法院的庭审记录，在厨房餐桌旁坐下。

记录很厚，其详尽程度异乎寻常。哈纳桑的档案管理员说这桩案子记录得非常详尽，她声称这简直是前所未见。"其详细程度令人难以置信。"她反复念叨了好多次。埃拉因此意识到这东西让她大受震撼。

庭审日期是 1981 年 11 月。

七名年轻男子面临指控。第一个侵害受害人安妮特·里德曼的是亚当·维德。根据其他人所说，整件事都是他挑起的，也是在他的帐篷里把她剥光的。

根据亚当·维德的记忆，是她自己脱掉衣服的，她完全是自愿的。他觉得她很乐意做这事，她还跟着他去到他的帐篷里——这当然可以证明她想做这事，对吧？

不然他还能怎么想？

其他人作证说他们到达营地的时候，安妮特已经醉到快要断片的程度，没人扶着她都走不了。

在八十年代早期，DNA鉴别技术尚未成为罪案调查中的关键组成部分。因此，尽管检查时在安妮特体内发现了大量精液，也无法说清究竟有谁。

亚当·维德声称自己醉得厉害，只是趴在她身上。后来他把她扔在那里，跑出去呕吐。

在帐篷外面，他碰到一个不认识的家伙。他也说不清为什么，不过他告诉那人自己的帐篷里有个性感妞儿，那人应该和她结交一下。

或许他只是说："你应该上她。"

不同人的证词在这里开始出现分歧。

亚当·维德跑到其他地方去，喝得更醉了。不过那家伙听了他的话，钻进帐篷里，一起去的还有他的一群朋友。没有人抗议，也没有人阻止他们。事实上，他们轮流犯罪，还鼓动自己的朋友快上——甚至还有人拍其中一人的屁股给他加油。

一个接一个，一页又一页，详细讲述了每次强奸的过程。没有一个人有所反应，去叫停这件事，阻止他们进行下去——这怎么可能呢？！或许有人想这么做，不过最终还是保持了沉默。

其中一个说她反抗了，其他人说她已经失去意识。究竟是谁剥下她衣服的还不清楚。最后一个是那个十六岁少年，也是这群人中年龄最小的。有人告诉他用其他方法，他照做了，直到他意识到自己满手是血。

亚当·维德在第二天上午才回到自己的帐篷，发现安妮特一丝不挂地躺着。当他问她怎么样时，她没有回答，然后他就离开了。

最后终于有人报了警，安妮特被送到医院。她依然昏迷不醒，她血液中的酒精含量为0.4%。

她不知道自己遭遇了什么。

亚当·维德和另外五人因性侵罪被判一年有期徒刑。从法律的角度来看，那不算强奸，因为女孩没有进行任何反抗。年龄最小的那个同时被判犯有故意伤害罪，移交至社会服务部门。

埃拉站起来，再煮点开水泡茶。

她意识深处某个地方在隐隐作痛，事关她曾上过的一堂法律课里的一个细节。在针对这起案件进行了一番激烈的讨论之后，法律变得更为严格——那是九十年代初的事吗？她用谷歌搜索一下，找到一份国会文件，里面在提到该法案时也提到了杰弗里德尔性侵案。要放在今天，那七个强奸犯不可能仅判一年徒刑就算了。

她坐下来，找到她一直等待的那一部分。为此她怀着几乎无法忍受的耐心，如同一个孩子慢慢学会了不再偷偷看一眼自己的圣诞礼物。

埃拉再次翻看庭审记录，查找每个被告的细节。在瑞典要改名字很容易，不过身份证号终身不变——除非发生某种特殊情况，政府才会同意让当事人完全告别过去。

这并不适用于一个被判犯有性侵罪的人。

全职办案人员才有可以带回家的办公笔记本电脑。如果不去警局，埃拉无法获取各种注册号码和数据库的使用权限。不过有几个对公众开放的网站可以查找身份证号。虽然她目前不知道身份证最后四位数字，不过问题也不大。

她输入亚当·维德的身份证号。出生于1959年8月，最近就快到他的生日了。生日快乐，亲爱的亚当，她心想。同时她输入"尼兰"——那是包括页格尔登及其周边的邮编地址。

点击一下。

老天爷！她心想，在厨房里走了一圈，然后再坐下，盯着屏幕上闪现的名字。

埃里克·特里格夫·奈达伦。

她之前居然没有发现？就在庭审记录里，就在那个方框里，写着被告的全名。

亚当·埃里克·特里格夫·维德。

他把"亚当"去掉，结婚时换上了妻子娘家的姓——这种伪装算不上高明。

可这意味着什么？

她回想起他们在院子里碰面的时候，特里格夫·奈达伦握手有力。当然，他很高，头发浓密，可他的眼睛是蓝色的吗？埃拉疑心如果自己当真出现在犯罪现场会是一个糟糕的证人。每当她与他人对视，她通常会集中注意力想要看透潜藏其下的东西。

奈达伦家容易情绪激动，有时甚至会歇斯底里。而特里格夫是这一家子中头脑最冷静的人，是最理智的人。

埃拉意识到她听不见电视的响声。那集《谢特兰群岛》已经结束。埃拉走进去时，克里斯汀抬眼瞄了瞄她。显然克里斯汀刚才睡着了，此刻一脸茫然。

"嘿，你好啊，是你吗？"

脱衣，换上睡衣，刷牙。做这种一成不变的日常小事让埃拉感到开心。这是透着宁静安详的小小胜利，这意味着又度过了一天。

母亲拿了本书上床睡觉，拿的还是昨天那本。埃拉在一张便笺背面列出时间线。

五月，转瞬即逝的春天，始于融冰时，终结于夏季。五月刚开始时，斯凡听到流言，得知一个性侵犯就住在他家附近。

还是五月，他联系图书馆。埃拉或许记不清眼睛的颜色，不过却能记住日期。在5月14日和16日，即将成为谋杀案受害人的斯凡打电话求助，希望能查看北方的报纸，八十年代的旧报纸。

她记下：给另一个图书馆员打电话，此人或许了解得更多。埃拉披上一件开襟毛衣，走出门。火烟已经形成一团黄色的浓雾，遮住了河对岸的森林。

给警局打的电话是在6月3日。或许斯凡想要投诉，或问些问题，或朝某人大吼大叫，只是他改变主意，挂了电话。

或许他并不相信警察。

这个老人并不是搜集信息的高手——他没有电脑或手机。埃拉只花了一分钟左右的时间就把亚当·维德和特里格夫·奈达伦联系起来，而斯凡有那么多时间——几周、一个月乃至几年，那他是不是也能做到？

晚春时节，凯琳·贝克说她最后一次见到自己以前的"零工兼情人"。那肯定是五月末。他站在海边，看向海湾对岸自家的房子。他哭了，这个从不倾诉感情的男人。他说了些话，关于双重真理，关于两种真理能否同时存在。

她当然可以等到明天档案馆开门的时候，再去申请调阅二十多年前那起案件的调查记录——尚未经过数字化，从未送交庭审，因而一直封存，埋在几十年的罪案记录之下。

然而，她只是找出一个号码——一个她存在手机里但许久没有拨打过的号码。

响了七声，之后她听到他的声音——沙哑而亲切。

"抱歉，我吵醒你了吗？"

"哦，不，老天！我正在练习萨尔萨舞步。"埃勒特·格伦兰说。

"祝贺你呀。"埃拉说，"听起来你真的是在享受生活。"

"非常享受。"她的老同事答道，并响亮地打个哈欠，"但愿你是为了有意思的事才来打扰我的。"

"为了斯凡·哈格斯特洛姆的事。"她说，"虽然你一直说要停止看报纸，不过我猜其实你一直在看吧？"

"我听广播。"埃勒特说，"得知他一直活着简直让我吃惊。想想他儿子那件糟心事。一个人居然能熬过那样的难关，简直难以置信。"

"在办案过程中出现了一个问题。"埃拉说，"我可以为这事打扰你吗？"

"现在你是办案警探了，对吧？"他为她所取得的进步表示祝贺，这让她颇为感动。埃拉有时会怀念老同事在分享信息时那牛气冲天的样子,还有他那深入骨髓的丰富经验。"那些浑蛋肯定要瑟瑟发抖了。"他叫道,声音大得让埃拉不得不把手机挪远一点。

埃拉想说句风趣的话,以回应他的戏谑。不过她所感受到的只是一种愚蠢的感觉——想哭。或许这源于过去一周加诸她身上的压力。没有哪个暴力犯罪小组的警探质疑她的能力,唯一质疑她能力的是她自己,向来如此。

"不管怎么说,那件事真是糟透了。"埃勒特咳嗽一声。埃拉想起了他的小雪茄冒出的青烟,但愿她听到的咳嗽不是因肺癌引发的。

她的老同事曾说自己盼望着退休,那样他可以在任何时候睡觉,不会被该死的报警电话吵醒。他还可以教孙子、孙女记鸟儿的名字,诸如此类的。不过埃拉觉得她能从他的话中听出一丝疑虑。现在她为自己没有早点打电话而愧疚。真是奇怪,一些你每天都见到的人可以如此迅速地退出你的视野。

"当时你参与了那起案件的调查工作,对吧?"她问道,"你记不记得曾经对一个名叫特里格夫·奈达伦的人进行询问?"

"我们对很多人进行询问,问他们看到了什么,听到了什么。不过那是二十多年前的事了。如果我没能马上想起来,你可得原谅我。"

"他有案底,根据当时的法律标准,他因性侵罪被判入狱。我看了庭审记录,受害者失去意识,阴道壁破裂,七人参与性侵。如果你看过类似的东西,你不会忘记的。"

"老天!不,我不记得我们曾经有询问过……不过我记得那起案子。是发生在北方某地吧?如果我想的没错的话,那起案子还导致了法律的修改。你能肯定吗?"

"很肯定。"

电话另一头陷入沉默。

"你要知道,对于莉娜·斯塔弗雷之死的调查并不是一般意义上的谋杀案调查。"他最终开口了,"找不到尸体,没有犯罪现场。开始几天那只是一起人口失踪案,直到我们收到指向欧洛夫·哈格斯特洛姆的线报才当成谋杀案进行调查。有确凿的证据,我们要做的是让他认罪,然后结案。把这事告知那女孩的父母时我也在场,你可以肯定我会记得这事……你想从这里找到什么呢?"

"不知道。"埃拉说,"我在调查中碰到了他的名字……"

她突然后悔了,自己不该给他打电话的。她听着自己的话语,如同从河对面埃勒特·格伦兰小屋里传来的回响。

她感觉那话听起来像是猜疑。

"或许没什么。"她说,"抱歉那么晚打扰你。"

"没事的。"他开心地答道,只不过那嗓音中多了一丝踌躇,就像他聊起退休或鸟儿时一样,"你知道,你可以随时给我打电话。"

第十章

隆隆的雷声穿透了他的梦，摇晃着他，让他活了过来。他的头垂在自己胸前。在他面前，通往门廊的门大敞着，空气中充斥着烟味。雷电肯定击中了附近某处。

之前欧洛夫把沙发拖过来，这样他就可以看闪电划破河流上方那浩渺的天空，等待永远不会降临的雨水。

一道"闪痛"从他头骨底部蹿起，跃动着穿过他的头部。欧洛夫想起母亲管这种疼痛叫作"闪痛"。下雨时她的关节也会这样痛。她就像个人形天气预报仪，只有阳光不会引发疼痛。

他四处张望，寻找那条狗。他以为那狗或是跑到哪个角落睡觉去了，或是偷偷溜出去了。在雷声最响亮的时候，那狗曾坐在他的腿上，颤抖呜咽，而欧洛夫则拍拍它的背。

他从来不怕打雷。他喜欢看闪电划破天空的奇观，一边数着"一比尔森，二比尔森……"，计算闪电和雷声之间的间隔时间，以此推算出距离。他父亲告诉他，一秒钟比他想象的要长，因此要加上"比尔森"，以防自己数得太快。另一个原因是这样听起来挺好玩。然后你再除以三，就知道雷电距离你还有多少公里。这是魔法，仿佛他拥有可以操控暴风雨的超自然力量。暴风雨慢慢逼近，让人觉得兴奋。

他们以前会坐在一起，数数，计算——暴风雨现在是在帕拉茨蒙吗？还是更靠近尼兰？直到后来天空被点亮，一阵突如其来的炸响让窗户"咯咯"作响——欧洛夫总是在等待这一刻，这一刻来临时他会大喊大叫。

可是周围一片寂静。显然，梦中的雷声只是存在于他脑海中的记忆。那条狗到底跑哪儿去了？

他最终站了起来，他的身体在抗议。不停地徘徊往来构成了尘世的生活。他不知道这话是哪儿来的，只是从他心里冒出来。尘世的生活，闪痛，用"比尔森"计数——再也没有人那样说话了。

欧洛夫走出去，来到门廊上，透过栏杆的缝隙撒尿。云层依然厚重，烟雾让夜空暗下来，仿佛残夏已经来临。之前他在地下室找到了几瓶啤酒，在闪电划破苍穹的时候，吞下了三罐罐装热狗。他心想：等到明天，等到他的躯体把酒精排出，他就要开车离开，朝着夕阳前进，像个该死的牛仔一样。不过当然了，现在太阳几乎不会落下，而他也无处可去。

房东给他发了语音信息，让他把东西搬走，本周是最后期限。"我可不想警察来找麻烦。"

那些人去过那里，问了关于他的问题。他们挥舞着一张纸，那张纸授予他们翻找他东西的权力。

老板也打过电话来了，尖叫声从电话另一头传来。他说欧洛夫偷了他的车，如果不赶紧把车送来他就要报警。那是在前天。不过老板的下一条信息是说他再也不想见到欧洛夫。警察肯定也去找他了。

欧洛夫再次呼唤那条狗。他听不到狗吠，听不到狗爪踩踏青草的声音，也听不到暗示狗正在干坏事的低吼声。只有一辆重型货车在远处驶过。是轻微的"嘎吱"声吗?听起来像是落在砾石上的脚步声,就在房子的另一侧。或许是狐狸,或许还是那条狗——它还是没弄清楚谁是主人。

他走进屋内。房屋正面墙的窗帘拉上了,因此他也看不到外面是否有人。就在那一刻,窗户炸开了,玻璃碎片在空中飞溅,窗帘一起一落,仿佛是慢镜头。与此同时,某样东西落在他脚边——是石头吗?接着又是一声响亮的撞击声,这回是在厨房。他看到一团亮光,火焰从门口冲进来。欧洛夫晕头转向,忙着寻找可以扑灭火焰的东西——一条毛毯,他父亲的旧夹克。到处都是火焰,在过道的镜子里,在窗玻璃上,他已经不知道火焰到底在哪儿了。火焰在他四周,包围他,舔舐他的腿。

他跌跌撞撞地冲出门廊的门,跑下窄窄的阶梯,一头栽倒在草地上。又一扇窗户被打碎了,火焰追着他。他滑下陡坡,爬起来,脚上只穿着袜子——一对厚厚的旧袜子,他在屋里找到的,闻起来像是他父亲的气味。倒下的树木将他绊倒,泥土沾在他脸上,进入他的口中。他吐唾沫,拍打自己的脸颊,想要摆脱这可怕的泥土气息。

他仿佛能感受到她的阴影,她正居高临下地站在他面前,挡住了光亮。她就是树木,是云彩,是坍塌的天空。

你这个恶心的浑蛋!你想什么呢?你以为我会亲吻你这样的人吗?你有口臭,你刷过牙吗?

他毫无准备,只是站在那里,想要抚摸她。她用力把他推开,让他跌倒在地,落在丛丛荨麻底下的泥土上。他挣扎着再站起来,拉住她,可是拉住的只是她的开襟毛衣。那毛衣脱落了。她踢他,一次又一次，一边破口大骂。他只得以手护头，挣扎着想要跑开。这时她居高临下地站在他面前，手里攥着一把泥土。她往回扯他的胳膊，把泥土塞进他嘴里，用衣服的纤维钩下一些荨麻，抹到他脸上。"亲吻这个吧，你这个该死的变态！"

欧洛夫听到身后火焰的轰鸣声，听到引擎转动的声音和尖啸声。他知道他要继续跑，要逃离。森林"嘎吱"作响，枝叶发出"嘶嘶"声，它们都告诉他有人在追他。树木变得越来越密，他找不到林中小路了。

他从来没学会如何在森林里认路——就是类似蚁丘在树木的北边还是南边，每样东西的名称，诸如此类的。他不明白树木为什么要有那么多名字，地衣和苔藓，上千年的羊齿草。谁会在意这些？地面上覆满植被，他已经看不到地面了。植物牵扯着他的袜子，细枝抽打着他的脸，死树的残骸伸出长矛似的枝干，朝他刺来。森林意味着在采摘欧越橘时爬满双腿的红蚁，看起来有毒的蘑菇，敞着大口可以把你吸进地里的落水坑。你会就此消失，全身覆满苍苔。

他曾经看过一部电影，里面有个人被丛生的植物覆盖全身，整个人都看不见了，不过还是能听到他的声音穿透层层纤维状的厚实苔藓传出。

欧洛夫以为他认出了两棵树之间的那条小路。然而等他跑到那儿，小路消失了，他踏入某种动物的粪便中。好大一堆，不会是熊的吧？他转着圈，开始意识到有什么东西藏了起来。

莉娜那刻薄的笑声渐渐消散，她已经走了，只留下那件开襟毛衣，落在泥土里。欧洛夫的伤口刺痛灼热。他要清理伤口，以免中毒。他坐在一块岩石上，尽可能地等了很久，可是光线开始暗淡，蚊虫飞来了。在当年的蚊虫季，蚊虫甚为猖獗，树林里长满树苗，又靠近水边，那些小浑蛋喜欢这样的环境。他无法忍受更多的蚊虫叮咬，更多的刺痒。他猜测其他人或许已经走了，他用不着面对他们。在玛丽堡一带，森林还没有那么荒蛮，那么浓密，不过却依然能耍弄他，让他晕头转向。无论他转向哪个方向，看上去都一样，但其实又不一样，让他原地兜圈子。每回他认为自己找到了一条新路，却总是又回到同一条路。

大路上很安静，只是偶尔有车经过。他在裤腿上擦擦手掌，发现一侧膝盖处的裤子破了个洞。

无论他在哪里落脚，都会踩断细枝，仿佛树木朝着各个方向生长，树根朝上伸展。树木抽打着他的脸，可他再也感受不到疼痛，也看不到自己的脚。脚上的两只袜子都脱落了。他想到了蛇，想到了在死树之间爬行的所有东西。他想到父亲曾经将一棵死树一分为二，让他看看在树干内部不停蠕动的幼虫和恶心的小虫子。看到了吧，在死物中也有生命，这是自然的循环。

他们还站在路边，所有人都在。不知是在等他，还是等着什么事情发生。他们只是和自己的摩托车一起立在那里，无所事事。当你长到足够大，不再玩耍，却又不知道接下来会怎样时，就会变成这个样子。

这种沉默源于他们围在一起看的那本杂志——肯定是里肯弄到的

一本色情杂志。欧洛夫只想回家，可是他还没有来得及离开，有人发现了他。

嗨，"妈宝男"欧洛，你在里面可够久的啊。怎么了，你碰到一头熊了吗？

他把开襟毛衣塞进套头衫里，朝他们走去。不然还能怎样？满是泥土，脏兮兮的，他的脸在灼烧，火辣辣的。

看看他，老天！真该死！你们俩肯定滚到一块了吧。

哈哈！看他的裤子。你是不是让她跪下来？你这个该死的家伙！

他感觉有人拍他的背，看到他们瞪大的眼睛。

哦，该死！里肯说，那是吻痕吗？

欧洛夫咧嘴一笑，昂首站着。他几乎是个子最高的，不过他的年龄却是最小的。

没错，该死。他费劲挤出一句，作为回复。他试着擦擦嘴边的泥土，然而这样弄得他的脸更痛了。

莉娜真棒！妈的！她真棒！

他脚下的地面塌陷了，突然之间只剩下一片虚空。欧洛夫摸索着，想要找到可以抓握的东西，然而他抓到的只是一根断裂的粗壮树根，让他头朝下摔了下去。某样尖锐的东西击中他的脑壳，扎在眼睛旁。森林朝他压下来，某样重物砸在了他的头上，之后连空气也消失了。

只有泥土的气味再次袭来。

第十一章

黑色的卷式遮光帘放下来了,这意味着她不知道现在究竟是早晨还是夜里。自然本身仿佛也犯糊涂了:户外永远都是亮的,而她躺着的地方却沉浸在浓厚的黑暗中。

埃拉摸索床头柜上的手机,手机落在地上。屏幕亮了,出现一个名字。

"抱歉,把你吵醒。"

这个声音。她无法摆脱这声音对她的影响。

"什么事?"

"你相信天谴吗?"奥古斯特问道,"一个报复心强的上帝?"

他听起来挺兴奋,气息有点急促,仿佛他正在跑步。这就是为什么昨天她见不到他的原因:他在上夜班。她对他最后的记忆依然是手脚舒展着躺在克莱姆酒店的一个房间里,一丝不挂。

"你在凌晨三点吵醒我,真的是为了讨论宗教问题?"埃拉踢开被子,太热了。

"昨晚有几处遭到雷击。"他说。

"我知道,我在广播上听到了。"她说,"在盐湖附近,还有玛丽堡某处。你想说什么?"

"可不止这些。"她听到他在吸气，嘈杂的风声灌进电话里，远处传来咆哮声，"我正站在斯凡·哈格斯特洛姆的家外头。"他说，"或者说，他家的遗骸。"

"什么？"

"我们已经控制住火势，我猜你可能想知道。"

埃拉掀开遮光帘，让潮水般的阳光涌进来。她拾起椅子上的衣服，煮了一保温壶的咖啡，这样克里斯汀就无须摆弄电器了。直到她驾车开上桑多桥时，她才想起那个被他的电话打断的梦。

那是她从小时候就开始做的噩梦。在梦里，随着水流漂往下游的浮木变成了尸体，卷着白沫的怒涛将它们抛来抛去。她走进水中，想要抓住衣服，或一只手，可是却一脚踏空，被拖到水底，在死人之间游泳。

或许这梦魇是在莉娜那件事发生后开始出现的，或许更早。在埃拉出生时，木材水运业已经成为过去，不过河里还是有不少沉木，或是陷在淤泥里，或是落在岸边。在春洪肆虐的季节，这些松动的沉木，可以将一个孩子敲晕。这也是为什么不能独自游泳的原因。

当她听说桑多桥坍塌的故事，得知尸体当真会被水流卷走，这个梦魇变得更加恐怖。1939年，人们计划建一座桥横跨大河，取代最后一条渡船，将这个国家的两部分连接起来——从最南端一直到位于遥远北方的哈帕兰达。那将是世上最大最现代化的拱桥，以兰德为起点，爬升到五十米的高空，巨大的桥拱横跨桑多和斯万诺，一直延伸到遥远的海滨。这样的桥简直是前所未见。然而在八月最后一天的下午，桥坍塌了。钢筋水泥落入下方的水中，二十多米的大浪骤然升起，出现在桑多上空。十八人死亡。第二天第二次世界大战爆发，把媒体关于这次灾难的报道完全湮没。不过对于住在当地的人来说，尸体如同洋娃娃被抛上空中的印象一直留存，环绕在最终建起的大桥周围，如同摄影中的二次曝光。

　　远在几英里之外就能看到烟。埃拉在邮箱后头的草地靠边停车，给急救车辆留出车道，然后走完剩下的路。
　　首先看到的是烧焦的云杉。她扯起套头衫，遮住嘴，以免吸入烟雾。其中几堵墙还立着，不过屋顶已经塌陷。焦黑的烟囱柱体伸入空中，落下的灰烬如同灰色的阵雨。她看到一些物件的遗骸，烧焦变形，已经融化，没人能指着其中的一件说"我记得这玩意儿"。
　　即使是户外建筑也没能逃过一劫。
　　那辆庞蒂亚克还停在屋外。
　　奥古斯特朝她走来。
　　"他在里面吗？"她问道。
　　"不知道。等到消防员来的时候，整片地方都烧起来了。消防员在盐湖一带忙不过来，只派出了一辆消防车。他们没法闯进屋。或许他没有及时醒来。"
　　他们没有看向对方，他们的脸都转向了房子那焦黑的遗骸。某些地方还有火苗，消防员正忙着扑灭余火。一处火焰灭了，另一处火焰又冒出来。
　　"我不信。"埃拉说。
　　"不信什么？"
　　"我不信上帝或报应。我认为雷电不会选择被击中的地方。这栋房子建在高地上，屋顶上还安装了老式的电视天线。"

她想靠在他胸前,不过她还是忍住了。

"只要条件许可,他们就会冲进去。"奥古斯特说,"到时我们就知道了。"

还要过几个小时当地大多数居民才会起床,于是埃拉开车返回兰德换衣服。

克里斯汀醒了。她已经把报纸取回:"噢!你真臭!你跑哪儿去了?"

当埃拉告诉她火灾的事,她的目光立刻开始游移,搜寻一个坚实的落脚点。

"你不应该整个晚上都待在外面。"

"我是一个警察,妈妈,我已经不是十五岁的孩子了。"

"这我明白。"

埃拉把面包放进烤面包机,心里纳闷儿母亲到底是不是真的明白。这时母亲的注意力已经转移到报纸的讣告栏,她自言自语,轻声嘟囔:"哦,不是她,不是他。哦,真让人难过。"她也把信件拿进来了——看来昨天没有取信。克里斯汀现在还能做这件事,埃拉也由着她,不愿将这种琐事也夺走。一张账单,一封银行来信,一份养老金收益的说明。当她拆开信封,把重要的东西放在安全处,一个想法冒了出来。

或许一个人不需要手机或电脑,甚至无须知晓"谷歌"是什么意思,也可以做到。

"斯凡·哈格斯特洛姆可以翻看邻居们的信件。"几个小时后她对博施·林恩说。此时他们正驾车返回贡格尔登。

七点的时候,她给乔乔打电话,把自己找到的关于特里格夫·奈达伦的一切告诉他,像是轮奸罪的性侵罪判决,以及他试图抹去自己的身份。

"把他带回来讯问。"乔乔刚到克拉姆福什就跳上一辆警车离开了。

于是对付这一家子的任务就落在了埃拉和博施身上。现在他们正为了这事前往该处。当天早上,一辆警车带走了这个家庭中的一员。这导致整个家庭四分五裂。现在他们正要上这一家去,昨夜大火的气味透出一丝灾难的意味,在空中飘荡。

埃拉从偏僻小路转入,从这里走一小段上坡路,爬上崎岖的阶丘。其他车道已经被消防车堵住了。

"邮箱排成一排。"她继续道,"他只要从奈达伦家的信箱偷一份账单——就是那种写着全名的正式信件,他就能知道特里格夫也叫亚当。他甚至可能偷拆一封信,查看他的身份证号。"

"可这里至少有二十户人家。"博施说。此时他们找到了那条小路,正往山上走。"你是说这老头去翻看了所有人的信?"

"或许当他在跑马场听到流言时,他已经疑心某个人了。那种年龄的人,原本是从派特河谷一带来的……"埃拉和特里格夫说话时并没有发觉他带有北方口音,或许是因为他尽力遮掩。或许三十年前他刚搬到南边时口音更加明显。显然,现在他的口音还不时地冒出来,例如在五金店的时候。

"如果他跑去和奈达伦对质。"博施接过话茬,"如果他让奈达伦想起以前的事……好吧,想想看,对于一个近四十年来一直试图隐藏自己真实身份的人来说,那会产生什么样的影响。"

他们来到树木葱茏的山顶。那栋宅子显得很安静,看不到任何人。

埃拉注意到几个塑料玩具在戏水池里飘荡,看到两辆车中的一辆不见了。

"不知道他老婆是不是知道这事。"她说。

"人们总是知道的。"她的同事答道,"即使是你还不知道自己知道。"

玛姬恩面露倦容,上衣腹部的一颗扣子没有扣上。她涂了睫毛膏,画了眉,可似乎没有注意到那颗扣子。

一个想要维系家庭的女人,埃拉一边想,一边关上厨房的门。隐约还能听到帕特里克那激动不安的声音,他和博施待在起居室里。两个警察分工,这样奈达伦家的人就不能串供、相互影响、暗示另一人保持沉默或者改变说法。一瞥,一声叹息,一次呼吸或许就已经足够了。在应对一家人的时候,切断忠诚的纽带是最大的挑战。这些纽带根深蒂固,即便是对那些卷入其中的人来说也具有不确定性。他们彼此之间既爱又恨,在感受到保护欲的同时又想要背叛。

索菲不在房子里。早上警察出现后不久,她就带着孩子离开了。

"她去哪儿了?"埃拉问道。

"回家,回斯德哥尔摩。"玛姬恩看向别处,仿佛在端详一扇橱柜门,端详那刻在松木上的手工雕花。她们正坐在厨房的餐桌旁,面前放着一保温瓶的咖啡。玛姬恩并没有要为埃拉再倒一杯咖啡的意思。"或许这样也好。"她说,"你们当着孩子的面,把他们的祖父塞进警车,还拒绝说出原因。"

"对于你丈夫的过去，你知道多少？"埃拉问道，"在他搬到这里之前，他在北方的历史？"

"我和特里格夫之间没有秘密。"

"杰弗里德尔这个地名对你来说有什么特殊含义吗？"

"原来是为这事。"

"什么意思？"

"你们想知道关于那个女孩的那件事。"玛姬恩说，"那几乎是四十年前的事了，可在你们的数据库里，一个人永远不得自由。你以为看到白纸黑字的记录，就能了解一个人。"

"特里格夫热衷于保守这个秘密吗？"埃拉问道。他妻子知道性侵案这一事实让她愈发好奇。知晓这样的事，还要生活下去、爱下去。

"你那个鹰钩鼻朋友是不是正在把这事告诉帕特里克？"玛姬恩站起来，朝门走几步，然后转回头，仿佛她正考虑要冲出去，"抱歉，不过他看起来有点像黑社会。"

"所以帕特里克完全不知道这件事？"

"你觉得呢？"

"是我在问你问题。"

玛姬恩继续踱步。在这狭小的空间里，她走五步就得转身，低头躲过一条横梁。

"帕特里克最爱的是他的孩子，可现在他老婆把孩子带走了。索菲来自一个不同的世界，我不知道那是什么样的。在那个世界里，家庭不是被放在首位的，人们更看重的是自我和舒适。帕特里克之所以决定留下，是因为他不想抛下我一个人。他对我和他父亲忠心耿耿。"

"你知道这事多久了?"

"我不知道你们为什么要把这件陈年旧事挖出来,特里格夫已经服满刑期了。"

"如果你能回答我的问题,我会谢谢你的。"

玛姬恩顿了一下,僵僵的,撇开脸,不再面对埃拉,而是盯着墙上的一幅刺绣画。那画上绣的是本郡的郡花野生三色堇。她那花白的头发看起来很雅致——有些女人就是可以做到这点。

"我们第一次见面后的六个月,他请我去野餐。"她说,"那是在奥斯陆的阿克胡斯城堡旁边,在那里你可以看到海的另一边。我以为他是要求婚。他看上去很紧张,想要好好表现,还带来了酒和所有东西。然后他要和我分手,告诉我他找到了一份石油钻台上的工作,而他经常不在,我们的关系不会长久。'肯定不会有事的。'我告诉他,'没事,我等你。'你不知道他当时有多帅,可是他依然很谨慎。"

玛姬恩转过身,与埃拉对视,毫不退让。

"我们之间没有任何秘密。如果真有人了解他,那人肯定是我。"

每个人都有自己的秘密,埃拉心想,尤其是那些一直声称自己没有秘密的人。

"开始时我以为自己才是问题所在。"玛姬恩继续道,"我从来没有认真想过我会和这么帅的一个人在一起。可是问题不在我,他对我说了一次又一次。我问他那到底是怎么回事,我不愿放手。最后他把整件事都告诉了我。他觉得一旦我知道了这事,我就不愿和他在一起了。就是这么回事,就是因为这个,他才想逃到北海中央的石油钻台上。"

"可你还是愿意?"

"我怀孕了。"玛姬恩说,"当时我还不敢告诉他,生怕他不想要那孩子。可我别无选择。'我不能成为父亲。'特里格夫对我说。当时我哭了起来,我可不是那种轻易哭鼻子的人。我说:'你当然可以,你会是最好的父亲。'然后我提议我俩结婚,这样他就不会有顾虑了。"

"他对你说了什么?"

"看样子你们已经知道了。"

"我已经看过庭审记录了。"

而玛姬恩的说法却有所不同。埃拉不知道那究竟是特里格夫的说辞,还是她为了自己更容易接受而进行的修正。

"有一次他伤害了一个女孩。"她说,"不过特里格夫从来没想过要伤害她,他以为她喜欢这么做。当然了,他当时喝醉了。"

"他是这么说的吗?"

玛姬恩再次坐下,坐在沙发床的远端,尽可能远离埃拉。

"当时他是个不同的人。"她说,"法庭裁决和在牢里度过的那段时间让他醒悟了——他甚至为了重新做人而改了名字。开始时的一段时间里,我叫他'亚当',不过我向来更喜欢叫他'特里格夫'。我们第一次见面时他几乎不敢碰我。不过你也不喜欢一个男人笨手笨脚的,对吧?我告诉他我不是玻璃做的,当时他很害怕。"

"怕你吗?"

"怕他自己。"

"这里还有谁知道这事吗?"

她是颤抖了一下吗?她的肌肉是不是过于紧绷了?埃拉也拿不准。这一停顿不到一秒,可埃拉还是把这当成了犹豫的迹象。

"我没有告诉任何人,我觉得特里格夫也不会说的。我们没理由这么做。因为我们正在过自己的日子，好日子。"

她焦急的目光射向门外。帕特里克的嗓音已经听不到了，博施必定是想法让他冷静下来了。

"对特里格夫来说，不让人知道那起性侵案是不是很重要？"

"如果你坚持要那么说的话，是这样的。我肯定你也知道人们有多喜欢议论纷纷，对其他人评头论足。事情发生时特里格夫还是个不成熟的孩子，他对女人没有经验。如果你想的是那方面的事的话，我可以告诉你，我们没有任何问题。"

庭审记录给出的多个细节仿佛给埃拉的双眼装上了滤网：七个人，阴道壁撕裂。开诚布公地问问题，她提醒自己，仔细倾听。让那女人说话，这是关键所在。

"假如帕特里克从其他人那儿得知此事，你觉得他会怎样？还有你的儿媳，你的女儿？"

"怎么了，你们也给她打电话了？"

"还没有。"

玛姬恩看向别处，嘟囔了几句。

"你能重复一遍吗？说大声点，这是要录音的。"埃拉说。

玛姬恩站起来，拧开水龙头，喝了一杯水。埃拉试图解读她的举动，紧张、愤怒、震惊——或者三者皆是。她想知道更有经验的询问者接下来会问什么问题。她眼睛酸痛，烟气依然留在她口中，萦绕不去，像是苦味；烟气沾在她的衣服上，笼罩她全身上下。她忘了自己几乎没睡觉。

"斯凡·哈格斯特洛姆。"埃拉最终开口了。

"怎么？"

"特里格夫有没有说过曾经和他聊过？比如说，在五月或六月的时候。"

"或许吧，我不知道，你不是已经问过了吗？"玛姬恩仿佛在思考，想要记起当时说过的话，"他们聊的是道路光纤之类的，就是邻居会聊的话题。"

"我们觉得斯凡可能听说了性侵案的事。"

"所以你们就是为这事来的，把所有一切弄得天翻地覆？"玛姬恩毫无征兆地跳起来。当她抓住桌子时，杯子"咔嗒"作响。"特里格夫为市政府工作，为他们打理财务方面的事。你们当真是疯了！"

"斯凡有没有威胁说要告诉其他人？"

"不知道。"

"你能告诉我当天早上你们在干什么吗？"

"我们不是说过了吗？说了一遍又一遍！"玛姬恩拿起杯子，还未喝过的咖啡洒出杯沿。她将咖啡倒进水槽，说道："我认为当时特里格夫在干疏通浴室水管、劈柴之类的活儿，为帕特里克和他一家准备好所有的一切，这才是最重要的。索菲有点挑剔，说实在的，可不止一点。虽然她只是来做客，可她总想让所有一切照着某个样子来。"

"你亲眼看到你丈夫做了这些事？"

"整个早上我都在两栋房子之间忙来忙去，在厨房里干点杂务。如果他离开了，我会注意到的。"

响声让两人有所反应。那是门厅里的脚步声、人声。透过窗户，埃拉看到博施走到院子里，帕特里克在他身后狠狠地关上门。玛姬恩瑟缩了一下，仿佛那响声是对肉体的真正一击。她上回是怎么说的，"我们想在这世上建起自己的小巢"？

当埃拉走出来的时候,博施正要钻进车里。他挥挥手,让她快点。

"怎么样?"她问道。

"点燃哈格斯特洛姆房子的不是雷电。"

焦黑的废墟和周围的夏日美景形成鲜明对比。阳光落在河面上,闪烁不定,提醒人们任何事物都不能长久。

火已经被完全扑灭了。幸运的是,大火只波及最靠近宅地的树木,烧焦了干燥的草坪。鉴识技术人员在烧毁的房子里缓慢挪移,在废墟中仔细搜寻生命体的痕迹。

"你们找到他了吗?"埃拉问道。

负责犯罪现场调查的警探走来迎接他们。这人的名字是考斯特,她忘了他姓什么了,不过她记得那个姓是罗马尼亚语"森林"的意思。他来自特兰西瓦尼亚,曾经告诉她这两地的地貌——包括山峰和峡谷,是有关联的。

"屋里没人。"他说。

"你确定?"

"没有比林鼠更大的活物。"

他转向那片废墟,所有人都转过去。坍塌的墙壁变成一堆黑漆漆的废木。头顶的天空一片湛蓝,默然无声。考斯特是参与斯凡被谋杀一案现场鉴识的技术员之一。对了,阿德里恩,这是他的姓,森林的意思。埃拉在报告上见过他的名字。

"如果我知道这里的原貌。"他继续道,"会有所帮助。"

他们还在绘制火势蔓延的示意图,确认起火点在哪儿以及起火的方式,画出大火在整片宅地中肆虐的路线。他说他们在屋内找到了一些碎玻璃,这些碎片落在地板上的方式表明窗户是从外面被砸破的。还有几个根本不应该出现在起居室中央的破瓶子和一块石头。

博施走到一旁,给地区调度中心打电话,询问诸如火警电话是什么时候打来以及是谁打来的这类细节。埃拉听到了狗叫声,不过她并没有马上反应过来。几个好奇的旁观者在附近聚集,站在封锁线外。无论在哪儿,狗总是要叫的。不过,之后她意识到那狗叫声如此之近,并发现了那条狗。它被拴在房子不远处的一棵树上,就是之前那条皮毛蓬乱的黑狗。它正在呜咽,打转,啃咬那条绳子。

"看来这狗逃过了一劫。"她说。

"是一个邻居在树林更深处发现的。"考斯特说,"更靠近山下的某个地方。它被绳子套着,拴在树上。有人把它带走了。"

"知道欧洛夫·哈格斯特洛姆在哪儿吗?"

"他不接电话,手机关机了。两辆车都在。他父亲有一辆旧的丰田车,停在车库里,不过那车现在不剩什么了。"

埃拉踱了几步,想要思考。她绕着房子走了半圈,走到屋后。门廊上方的塑料屋顶已经塌陷融化,落在焦黑的木头和灰烬上。

有一种可能的解释是欧洛夫干了这些事。他把狗带到安全处,然后点燃了自己童年的家。

一片云彩的阴影落在地上,缓慢挪移。

"我们要去找他吗?"埃拉刚加入其他人的行列便马上问道。博施告诉她,他们还要等更多人来。

"有个驯犬师要从索莱夫特奥过来,他们半小时就到。"

"我们真的要等吗?"

森林没有表现出任何抗拒。埃拉不假思索地低头躲过低垂的树枝，跃过倒地的树木。在她身后，博施自顾自地咒骂着，跌跌撞撞，被树枝挂住——如果一个人在远离大山的城市街道上长大，在那种一马平川、一眼可以看到几英里外的地方长大，就会发生这样的事。无论如何，她猜博施就是这种人。这个同事从来不提起自己的事。和大部分人不同，他不会花费时间谈论自己从哪儿来以及家乡如何。在经历了乔乔那稍显过分亲密的孩子气的闲聊之后，埃拉觉得这颇让人耳目一新。

啰唆蹲到一棵云杉下，把狗绳绷紧。那不过是一堆麋鹿粪便。这条狗在搜寻方面毫无用处，总是不停地打转。或许它还在寻找那个老人。把它带上可能并非最好的选择。

或许它以为这一切不过是一场游戏。

她身后传来电话铃声，博施停下来接电话。看起来他不知道该如何在同一时间讲电话和进行导航。埃拉在树木之间张望，想要发现任何断裂的树枝、被踩踏的苔藓以及诸如此类的迹象。她希望自己能更好地解读森林。她认得出植物，可是却搞不清它们的名字；她能看出不同树木的树龄，注意到树干上的寄生植物，却忽略了蕴含在精妙的生态系统中的联系。在以前的某个时候，当时她年龄还小，林中小径已经不属于她了，指认可食用的植物和研究昆虫生活被可以在家里进行的活动所取代，例如烘焙和手工。但她父亲却继续带着马格纳斯走进森林，因为他年龄更大，他得学会如何狩猎和使用链锯。

在童话故事里，男孩走进森林，学会做个男子汉。可当女孩做同样的事，她们或是被巨怪绑架，或是被狼吃了。

"等等，他们已经到了。"博施在她身后嘟囔道，"他们带来了正经的狗。我们回警局去,这样更能帮得上忙。"

对你来说或许是的,埃拉心想。她刚发现了几根断枝,以及出现在他们正前方的一处豁口。显然有某个人或动物曾经从这里经过,或许是一头麋鹿,或许是欧洛夫。埃拉往前几步,发现地上有只袜子,半埋在几根枯枝下,还看到一棵倒地的云杉。她把狗绳递给博施,折下一根树枝,小心翼翼地挑起那件织物。那只袜子远大于四十码,脚跟上有个破洞,不过并不是太脏。

"这玩意儿在这里的时间不长。"

"他跑出来时没穿鞋?"

她的同事保管了这一发现,而埃拉继续寻找。她弯着腰,缓缓向前挪移。她回忆欧洛夫的身形,思考他可能会走哪一条路。她不用拽着那条不听话的狗,行动也变得容易多了。她在树木之间曲折前行,不再关心她的同事能否跟得上。她听到远处有狗叫声和人声,那声音在溪谷沟壑之间回响。她小时候把这种地方叫作"巨怪的国度",这里的岩石被内陆冰川侵蚀雕琢,被古树拥抱。上个春天的暴风雨留下一条"毁灭小径",她沿着这条小径,绕过倒地的树木,避开敞着大口的坑洞。那些坑洞是树木倒下时留下的,而它们的根系却保持完好。

她听到细枝断裂的声音,听到附近急促的脚步声。

之后是一声狗叫,一声叫喊。

"在这里!"

警犬从另一个方向跑来,埃拉直到快踩到他身上才发现他。他蹲着,在一棵树脚下弯着腰。他的狗耐心地坐在几米之外,喘着气,吐着舌头。

"我打电话让人派直升机来,随便他们能派出什么都行。"

埃拉想弄清她到底看到了什么。一条腿,一只光脚丫伸出地面,被泥土涂得黑漆漆的,也可能是血迹。周围的土地都经过翻动,仿佛有人曾在这里挖掘,之后又重新填好了那个坑。一个她记不清名字的警察正抓着那粗壮的脚踝感受脉搏。整棵树相当于长在那具躯体之上,仿佛有人藏在树根下,又或是被埋葬在此处,蛇一般的树根缠绕着他们的脚,就如同……

"不可能。"埃拉说。

"什么?"

"一棵树被连根拔起,所有人都知道不能躲在那个树坑里。这棵树可能再次立起,封住树坑——这是人们用来吓唬小孩的话,我以为不会真的发生这样的事。"

"他还活着。"她的同事说,"还有脉搏。"

"不可能。"

那人站起来抓住树干,想要移动那棵树。

"如果他还有呼吸,得让点空气透进去,透过树根,穿过泥土……妈的!我也不清楚。我们得将这玩意儿从他身上搬开。"

他们竭尽全力将树干往后拉。那棵树经过部分修剪,最粗壮的枝干已经不见了,然而它还是抗拒着,不愿让步,仿佛它的根再次深深地插入了泥土之中。

"怎么可能呢?这棵树倒地的时间并不长。"

"我猜那是因为形成了某种吸力,某种真空。"

埃拉跪下来,开始挖掘泥土。根据他的脚的角度来判断,她意识到他正头朝下躺在那里。在她身边,她同事的电话响了。此时他正忙着在另一侧挖土。

"他们说什么?"

"他们说没办法把装载机派到这里,有什么禁令……有火灾隐患,不能使用任何林业机械,只要有一点点微小的火星,就能……"

"那就让他们把消防队派过来。"

她触碰到某种柔软的东西。一只手,完全瘫软的手。不过埃拉还是抓住它。温暖柔软的大手。他的脉搏急促而微弱,不过还能摸得到。埃拉摸到他手腕上的手表,她尽力挖出更多的泥土。

那只配着嵌入式指南针和气压计的手表。

"是他!"她说,"是他的手表!"

他们继续挖出一把又一把的泥土,直到他们听到远处传来螺旋桨的声音,听到救护直升机从头上掠过。

第十二章

当下午在不知不觉中变成傍晚,埃拉独自一人待在可以俯瞰铁轨的办公室里。她的指甲里还有泥土。

最后他们还是尽力派出了一辆小型集材绞车,把那棵树移走。现在欧洛夫正在于奥默的大学医院里。他还没有醒来。医生说他的头骨有一处挫伤,还有几处脑出血。他们正准备将他送进手术室。他身上还有其他的伤——肋骨断裂,双肺充血。医护人员也说不准他能不能撑得过来。

现在谋杀案的调查已经出现几条新支线,而人力资源也要因这起纵火案而重新配置。

埃拉几乎一口气工作了十二小时,还没算上她上午早些时候前往犯罪现场的时间。然而总得有人对资料进行总结,发现其中任何矛盾之处,于是乔乔把这活儿留给了她——又或是她主动要求的?反正是其中之一吧。他们的声音环绕在她周围,还有询问过程的文字记录。

一个家庭,三个人。

如同裂缝不停延伸,将岩石碎块剥离。

帕特里克的声音传入她耳中。

"你们搞错了,你们把他和其他人搞混了。我爸爸绝不会做这样的事。你们他妈的错得离谱！说真的，你们这群人到底做了什么？你们派到这里来的警察该有多无能？我明白了，你们就是那种刨根问底的人，那种连邮件都找不到的家伙。谁他妈是亚当·维德？！"

某样东西被狠狠一摜或打破的声音。

博施那安静而循规蹈矩的声音和帕特里克的爆发形成鲜明对比。他的声音听起来温和友善，甚至带点慈父的意味。埃拉从没听过他这样讲话。

"你这次来这里小住有没有发现什么异样？这房子里的气氛如何？你是否曾经见过你父亲使用暴力？"

帕特里克的嗓音紧张到难以置信的地步，比埃拉之前听到的话音高了八度。他发誓说所有一切都和以往一样，只是索菲和他母亲之间有点小矛盾，是关于孩子衣着之类的问题。

"老实说，我记不清当时爸爸在干什么。这种事发生时他一般很少露面。不过，过后我们俩还在门廊上喝啤酒。如果你刚刚杀死了你的邻居，你觉得你会做这样的事吗？疯了，你们刚才说的事，简直是疯了！"

更长时间的沉默。此时她的同事让帕特里克看他父亲被判决的罪状。

又是一声"咔嗒"声——他站起来时带翻了椅子。

"现在你们是不是正在把这事告诉我妈？该死！她知道这事后还怎么能活下去？"

听起来这些话像是从他体内挤出的，一字一顿，如同正在绞紧一条近乎干透的抹布。

"做这事的人……就是这里面说的事……应该永远被关起来，不能将他们放归自由,把他们关起来,再把门锁钥匙扔掉……"

又是一阵停顿,或许他意识到如此一来,他就不可能出生在这个世界上。

"老天爷!真是浑蛋!想想看,他和妈妈……我真不敢相信,我从没看出来。一个人不可能改变那么多,不可能的。你是什么样的人,就是什么样的人。你是想告诉我他就是为了这事杀死了那个老头?"

一阵"嘎吱"响声——帕特里克在厚厚的木地板上来回踱步。

玛姬恩的说辞言犹在耳。她已经原谅他并做出妥协,她发誓说自己的丈夫现在已经改头换面。埃拉发觉自己想起了那个曾受人尊敬的诗人——她的丈夫名声不好,管不住自己,最终被判犯有强奸罪,而这位诗人极力维护他,谴责那十八个做证指控他的女人在撒谎。

她马上把这想法赶走。这是另一回事。每个案子都是独一无二的,应该分别倾听每个人的话。真相是相互矛盾的。

在对话结束前,帕特里克最后说道:"想想看,我居然把孩子带到这里。我告诉你,我再也不会这么做了,再也不会。"

对特里格夫·奈达伦的讯问记录就摆在埃拉面前的桌子上,她把注意力转向这里。她已经听过此次讯问的全部录音,不过看到讯问内容出现在纸上,可以给她一个不同的角度纵览全局。长长的停顿去掉了。而在讯问过程中,他无休止地解释说四十年前究竟发生了什么事。他不时情绪崩溃,为自己的家庭遭受这样的事而自责,为自己的儿子以这种方式发现这段过去而自责。埃拉决定跳过这些片段。长久以来,他一直担惊受怕,而这一天终于到来了。那是在五金店里,一个女人叫出他以前的名字,他跑了。然而,有时他也盼望这种事情发生。这段时间以来,他即使买个螺丝也要驾车二十公里跑到克拉姆福什去。他本来就不该有孩子的,如果那样会好得多。

不过他并没有杀害斯凡·哈格斯特洛姆。

"我不是那样的人,我绝不会这么做。我完全理解你们为什么认为那是我干的,对不起,对不起。我不想伤害她。"

然后他又开始讲杰弗里德尔那件事。

特里格夫听起来很诚恳,不过同时他也有点……埃拉不太拿得准,有点过于急切,过于胸有成竹?而玛姬恩宣称丈夫的过去不会让她感到不舒服,那是真的吗?或许她正是那种典型的受虐型女人,在否认,在维护?

还有帕特里克的怒气是因何而起?他们第一次见面是他们出警去到斯凡家门外的那个上午,当时帕特里克因警察速度慢而恼火。当时他身上就充斥着那种怒气吗?他是不是想陷害欧洛夫?他是不是怀疑自己的父亲?他知道的是不是比他透露的要多?

埃拉站起来,去咖啡机那里灌满杯子。时间太晚了,不应该摄入咖啡因的,不过她知道自己反正是睡不着的。

特里格夫是在午餐时分被拘押的。这给了他们三天时间——或者更确切地说,是从现在算起的两天半。

她往脸上泼些冷水,然后再次坐下来。

乔乔给她这项任务不是让她进行心理分析的,她也从没想过这样做。

检察官之所以能让特里格夫继续处于被关押状态,其主要原因是在犯罪现场找到和特里格夫相匹配的指纹。在房子里、厨房里和过道的一个门框上,发现了特里格夫的拇指和食指指纹,是不久前留下的。

埃拉要找到相似的具体证据——那种让人无法靠撒谎糊弄过去的

证据。

她注意到特里格夫和妻子的说辞存在一个小矛盾，事关他当天早上在做的事。疏通水管或者加固床腿——当然了，这类杂活人们很容易记不清或搞混。两人都提到他在劈木头——干这种活时的声响即使隔着院子也能听到，不过或许玛姬恩并没有亲眼见到他在室内做什么，只是选择维护他。

如果她在这样一个细节上撒谎，其他细节也靠不住了。

林中道路，她心想。特里格夫说他去找斯凡是为了道路问题。埃拉找到一个处理此类问题的市政工作人员的名字，心想或许应该就这事问问其他邻居。

凶器。他们找到了一把猎刀和两把枪，一起妥妥帖帖地锁在橱柜里。想在这把刀上发现斯凡的 DNA 简直是妄想，不过狩猎团体成员之间的关系很亲近，或许他们能看到人们的不同面目。那把刀是特里格夫在两年前买的，不过他或许还有一把旧的。人们会丢弃这种东西吗？

"看来你今天过得蛮辛苦啊。"

埃拉在椅子里转过身。奥古斯特站在门口，他的刘海儿稍显凌乱，身上穿着牛仔裤和蓝衬衫。那衬衫像矢车菊一样蓝，颜色真美。

"到克莱姆酒店喝瓶啤酒怎么样？"

她意识到自己身上的衣服还是进森林时的那一套，尘土和松针沾在套头衫上。她意识到自己嘴里有股味道，会形成口臭。

"我得查看讯问记录。"她说着用手抓抓头发，手指碰到一根被头发缠住的细枝。

"要忙通宵？"

"如果真需要那么久的话，是的。"

"好吧,那就改天?"

在斜阳暮色中,她的影子被拉长,延伸到地板的另一头。如果她抬抬手,她的影子就能碰到他的腿。她得回应,得说点风趣但又不会显得太过急切的话。但又不能让人以为她觉得两人之间有什么特别——她当然不会这么想。不过她还没来得及说出一个字,她的手机就响了。

未知号码,是个男人,联系埃拉似乎让他松了一口气。

埃拉冲出门,之后又回来抓起钥匙。这时她才把那人的名字和一个邻居的脸联系起来。他住在河边,就在旧海关大楼附近。

"是我妻子发现她的。她正在我们附近的一栋房子周围晃荡,那栋有白墙边的蓝色房子。她穿着睡衣……"

她觉得自己已经能辨别出八月的气息了。尽管还有一个月才到八月,可随着每一分钟的流逝,残夏正在逼近。黑暗的降临总是突如其来,令人吃惊。秋天也快来了。

埃拉坐在门廊里,裹着毯子。天气根本不冷,不过她正在想的事情却是令人感到寒冷的——霜冻,冬天的寒冷。如果克里斯汀在冬天穿着拖鞋外出游荡,在那种暗淡的天光之中,可不会有友好的邻居发现一件粉红色的丝质睡衣在房屋之间飘荡……

当埃拉回到家时,他们正坐在厨房里,喝着茶聊天。邻居告诉她,克里斯汀坚持要这样。她最糊涂的时刻已经过去,不过他们并不知道她在外游荡了多久,也不知道原因。

"就这样剥夺一个人的权利是艰难的抉择。"那个名叫英奈兹的妇女在离开时说道,她拍拍埃拉的手,"艰难的抉择。"

克里斯汀睡着之后，埃拉实在太累了，根本无法爬上床。她筋疲力尽，她的身体感到疼痛。距离起床的时间越来越近，让她感到紧张。

再也不能这样下去了。她早就知道了，可她一直没能下决心做出任何改变。克里斯汀总是拒绝，她哪儿都不去，这里是她的家。她们的讨论往往就此结束。她知道所有东西放在哪儿，住在这里花销也不大。随着送走她的需要变得越来越迫切，这种想法也变得越来越可怕。

她的固执分毫不让。

有时候她会说"我只是负担罢了"，埃拉就得安慰她"根本不是这样"，直到这种讨论再次陷入僵局。

就这样剥夺一个人的自由是艰难的抉择。埃拉看向窗外的夜晚。为自己母亲做出抉择，违反她的意愿，剥夺她的权利？埃拉身上的每一丝每一缕都在尖叫，说这么做是错的，然而任何符合逻辑的思维都在引导她这么想。

如果自己做出了抉择，结果不尽如人意，那怎么办？

埃拉想在毯子里缩成一团，希望有一个拥抱，有人抱着她，给她提建议，或者至少可以就此事发表意见。

埃拉伸手去拿电话，她甚至不用下拉名单翻找他的名字。尽管她很长时间没有给他打电话了，可他的名字还是会出现在联系人名单顶端。时间挺晚了，又是夜里，不过马格纳斯什么时候在意过这种事？

她也是你妈妈，她心想，你不能让我单独承受这一切。

"咔嗒"一声，之后她听到一个细微的声音传入耳中。

"您拨打的号码是空号。"

第十三章

乔乔看起来也没睡好，他的眉头比以往更灰暗，皮肤暗淡无光。埃拉决定对他衬衫上的污渍绝口不提。她不想知道他晚上干了什么。

"我们不是要去教训他们。"两人刚在车里坐定他就说，"本地巡逻队过了二十四小时才联络我们，可我们不会为此生气。"

埃拉本可以取道桑多桥抄近路，节省几分钟的时间，不过他们又不赶时间，只是去喝杯咖啡，和几个愿意与警察合作的人聊几句。于是她选择开往上游方向，取道汉默桥过河，如此一来她就无须原路返回了。本地巡逻队由一群志愿者组成，他们晚上驾车巡逻，留意任何不同寻常的事，不过他们自己却不会卷入。多亏了他们，埃拉阻止了一起入室盗窃，抓住了盗车贼。

"距离太远了，如果没有他们的耳目，我们毫无胜算。"乔乔继续道，"不过问题总是在于，我们到底注意到了什么，我们观察某样事物时究竟看到了什么。"

他们在一栋砖房外停下车。花园里有几个侏儒和精灵的玩偶，还有一尊小鹿雕像，欣欣向荣。一看就知道花园被精心打理过，倾注于此的呵护显而易见，令人动容。

真的有人选择在此处定居，埃拉心想，在全世界范围内选择了这个地方。他们并不是偶然流落此地,不是那种出生于此或因各种原因最终待在这里的人。

两个男孩在门厅里立正站好,一本正经地和警察打招呼。后来他们的父亲打发他们去做点别的事。

咖啡,总是咖啡。

"我们当时没觉得有什么不对劲。"埃里克·奥林凯讷说着,将一撮口含鼻烟塞到嘴唇底下。他的年纪在三十岁上下,身材已经开始发福,身上的T恤印着某个品牌的水泵广告。"我是说没什么特别的。"

"我们要当心的是任何不同寻常的事,吸引我们注意的事,知道吧?"年纪更大的邻居接过话茬。他名叫伯尔杰·斯托尔,住在大路另一侧——他说着指指那边,就是那栋森林边上的白房子。当天晚上两人一起巡夜。"所以说你们要怪就怪我们俩好了。"

当天夜里,一场雷暴将所有一切搅得天翻地覆。没什么雨水。或许这是气候变化的征兆。

是不祥之兆。

"不管怎么说,等到海平面抬升的时候,我们住在这么高的地方,还算幸运。"奥林凯讷说。

雷电击中了盐湖附近,他们一看到烟雾出现在树木上空,就立即拉响了警报。接下来几个小时里他们忙得团团转,等消防车并指引他们开上正确的林中狭道。在午夜前后,他们完成了社区的例行巡逻。再次回到那里时,看到火势已经被控制住了。之后他们把车停在路边,拿着保温杯喝咖啡。因为经历了过去的几个小时的忙碌,他们又来了点能补充能量的东西,开始分享食物,打开收音机听音乐。那段时间如同雷暴激烈爆发后的安宁一刻,随后路上变得热闹起来。

"我们认出了那车子。在大多数傍晚的时候，那些孩子都会开车出门玩，有时深夜里也开车出门。像他们这么大的时候，我们也做过这种事，就是当你得到第一辆'经过环保署认证的拖拉机'时——你也知道吧，就是那种改装的小货车，十五岁就能开的那种。"

"我们从来没报告过这种事。"年纪较大的男人补充道，"我们甚至都不会注意他们。"

"那是什么让你们改变了主意？"

"当我们听说发生了那件事，我们想……老实说，我们和警方协作，不愿让任何人说我们不尽责，即使这算不上什么大事。这份工作就是这样。我们报告，你们决定采取什么措施——这话我们听了一遍又一遍。"

"你们看到了什么？"

两人交换一下眼神。其中一个对另一个点点头，另一个继续说："有三辆车，一辆沃尔沃，两辆改装车，他们往贡格尔登跑，总之是往那个方向跑。当然，也可能是去索莱夫特奥，又或者是经过汉默桥去尼兰。我们也说不好。"

"什么时候？"

"刚过午夜。我已经说了，我们没有在工作日志上记下来，不过当时我们正在搜索广播电台。我们总是听 P3 广播秀，一直听到午夜时分，所以应该是在那之后。"

"当时我说那些小子或许会惹出点事，那样我们早上就有的忙了，还记得吧？"

"你在巡逻时总是说各种类似的话。"

"你们有记下车牌号吗？"

"用不着。"奥林凯讷说。

他们知道那几个孩子的名字,知道他们住哪儿。其中一个是伯尔杰·斯托尔表亲的孙子。他说这话时目光低垂,盯着咖啡杯,慢慢搅动着杯中液体。

"他们不是坏孩子,只是做得有点过火。他们像所有孩子一样,无所事事时就会这样。他们没有坏心眼。"

他的邻居抬起目光,不过没有说话。随之而来的是漫长的沉默。不仅是沉默,显然还蕴含着更多迟疑和苦恼,他们俩等着看谁先开口。

奥林凯讷从嘴唇下掏出口含鼻烟,用手指捏碎。

"然后他们又跑回来了。"他静静地说道,把烟荷包放在茶碟上,"开得飞快,比改装车能跑的速度快得多。不过这也不稀奇,人们总是在更换零件,提升引擎马力,也没人说什么。"

"你们觉得在这之间过去了多少时间?"

"半个小时,或多或少,天知道。深夜时你会觉得累,觉得提不起劲。"

"我们正要巡完最后一段。"斯托尔说,"这时我们看到贡格尔登上方出现烟雾和火焰。我们马上打火警电话,不过已经有人报警了。"

"这该死的天气,该死的夜晚。"奥林凯讷把玩着鼻烟盒,"你们确定那不是雷击引起的?"

埃拉总是把自己为第一辆改装车存钱时的感觉和自由联系在一起。那是一辆经过改装的沃尔沃亚马逊汽车,后座已经移除,规定限速为每小时三十公里。但不管怎么说，那看上去像是一辆真的汽车，更重要的是，她十八岁前就可以开这辆车。七十年代的时候，政府曾试图引入一条针对改装车的禁令，然而各个郡的公众对此发出反对的声音，这意味着这类改装车得以保留。

当他们停下车，一辆类似的改装车就停在车道上——那是一辆梅赛德斯，原本后座所在之处换成了一台平板车，车身漆成黑红色。

这家的父母正在度年假。他们已经起床，忙着翻修屋顶和四处活动。幸运的是，他们的孩子还是未成年，刚十六岁。

他父亲花了半个小时才把他叫醒，让他穿好衣服。

他穿着宽松的牛仔裤和过大的T恤，还在半睡半醒之间，手里拿着一杯温暾的巧克力奶。

"他们和很多人谈话。"他母亲说着为儿子在两片面包上涂上黄油，"这并不意味着他们是在指控你干了什么坏事。"

"和他们说实话。"他父亲说。

那孩子名叫安德里斯。他有案底：几起数额不大的窃案，几份与他相关的告示。埃拉在等同事的时候挤出了点时间在数据库里检索并查看了一下。现在她的同事正在找其他几个孩子谈话。

"我们只是开车逛荡。"安德里斯说。

"在哪儿开车？"

"在路上，不然还能在哪儿？"

乔乔在他的平板电脑上调出地图，放在那孩子面前的桌上。

"你能向我们指出你们到底去了哪里吗？"

"我不知道。"

就这样持续了一段时间，直到安德里斯的父亲失去耐心，对儿子大吼:"说实话!哪怕这辈子只说一次都好!"

"我告诉你了,我不记得了。"

"早上的时候,你的衣服还带着烟臭味。"

"那又怎样?或许我们去烧烤了呢。"

"你觉得我分不清吗?你觉得我那么蠢吗?"那男人向前一步,仿佛要摇晃他的儿子,可他的妻子抓住了他的手臂。

"他们总是开车到处逛。"她说,"这里没什么别的事可做,尤其是在夏天不用上学的时候。"

"说得好像在冬天他们就有什么不同似的。"他父亲嘟囔道,"整晚不睡,白天睡一整天。你们究竟在干什么好事,你、罗本还有托特森家那几个?"

"你说的'干什么好事',是什么意思?"

"最好还是让我们来问问题。"乔乔说。

"我看到你借用我的电脑查找的东西,全是下流污秽的东西,就是这么回事。"

"好了,别说了!"他妻子说,"和这事完全没有关系。"

又过去了一刻钟。乔乔让埃拉和那位父亲离开房间。当她再走进去时,恰好听到那孩子终于开口了。他对着桌子轻声说了一句:"总得有人除掉他。"

"除掉谁?"

"那个肮脏的老色鬼。"那孩子抬起下巴,直视警探的眼眸,"很显然你们做不到,在这里我们得自己动手。"

"你是在说欧洛夫·哈格斯特洛姆吗?"

"他再也不能干那事了,反正不能对我们的女孩干那事了。"安德里斯怫然不悦地搜寻母亲的目光,"总得有人干点事。你们这群人简直瞎了,看不到她们正在经受什么吗?"

下午,埃拉在正常下班的时间离开警局。这可是绝无仅有的事情。没人注意到她的离开,他们正在为最新的任务忙活:勾勒四个男孩的行动路线和他们的生活。

除了她和乔乔带进来的这个十六岁少年外,还有另一个年龄相当的男孩——他驾驶另一辆改装车。再加上他十三岁的弟弟和一个十八岁的男孩,十八岁男孩当晚借用了他母亲的汽车。

凝重的氛围跟着她出了门。四个未成年人受到拘押,其中一个甚至不满十五岁。这可不是她完成一天的工作后所盼望的结果。她下班前做的最后一件事是在扣押的几台电脑上查看几个孩子的搜索记录。那些暴力色情片的影像在她脑海中挥之不去。

"他们声称是为了保护女孩子。"站在她身后的西尔婕说,"可他们却在看这些'垃圾',如何强奸他人的'垃圾'。这合理吗?"

不合理,埃拉心想,人是不可理喻的。此时她正穿过市中心边缘的一片红砖公寓区。

她想关注周围的日常生活,关注所有健康的、活生生的东西,比如院子里的花、在喷水器旁玩耍的孩子。

在租约协议上签名的那个女人她不认识,不过那是她哥哥最后登记的地址。她还是没能查到他最新的电话套餐合约信息。

埃拉按响门铃,然后被引进门内。

开门的是一个四十五岁上下的美女,穿着单薄的夏装。那女人名叫艾丽丝。

"不，马格纳斯不在这里住了，我们在春天分手了。"

埃拉看了看她身后的过道，有不足十岁的幼童留下的痕迹：背包和运动鞋。公寓气味清新。

"不过我告诉过他，可以把这里作为登记住址。"艾丽丝继续道，"直到他找到固定居所再说。你没有他的电话号码吗？"

"没有他最新的号码。"

艾丽丝指着过道里一个五斗橱顶上的一小堆信件。

"他有时会过来取信。"

埃拉恨不能一把抓住那些信件，不过她还是忍住了。那些估计是没支付的账单，最后的通牒，取消订阅的威胁——肯定是那种不拆封的时间拖得越长，情况就越糟糕的东西。

"你有孩子吗？"她问道。

"有啊，两个男孩和一个小女孩，现在在他们父亲那里。"

埃拉松了一口气。至少那不是她哥哥的孩子。有两个他很少能见到的孩子已经够多了。艾丽丝对她露出稍显迟疑却温暖的微笑。

"你不进来吗？马格纳斯告诉了我很多关于你的事。"

"谢了，不过我真的得找到他。"

"你干警察工作，真有意思，你很勇敢。"

她想要聊聊他的事，埃拉心想，就是因为这个他依然会过来，这让她开心，哪怕他来只是为了取信。

"你可以在里肯那儿找到他。"艾丽丝拿起一张便笺，在边上写了个号码，"不管怎样，马格纳斯就是这么对我说的。他说他要和里肯住一段时间。你认识他，对吧？也就是里卡德？"

"认识，我当然认识里肯。"埃拉试图让自己的嗓音听起来波澜不惊,"他还在斯泰莱恩吗?"

她想象那栋盖着水泥石棉瓦的小房子,地下室里有个娱乐室,里面放着矮沙发,配上松木镶板。每回经过埃拉总是会瞥一眼——出于职业原因,或许还有其他原因。她知道他还在那儿。

"没错,他和马格纳斯是永远的朋友。"艾丽丝说,"他们管对方叫兄弟什么的。"她的手指游走到上臂,这一无意识的举动让埃拉注意到了她的文身。不是花,也不是心形,而是他的名字。那是略显华丽的漂亮字体,M 的一条腿延伸出去,形成一个圈,圈住了其他字母。

"爱情来了又去,不过友谊恒久不变。他们就是这么说的,对吧?"

第十四章

埃拉停下车,前方是一辆沃尔沃亚马逊的车壳,锈迹斑斑的。

这片宅地上遍布着报废的车辆,有的深深陷入泥土里,仿佛已经扎根于此。啤酒花藤钻进一辆老旧的福特车的车窗。有几辆车看上去还行,如果马上有人把它们修好或许还能发动。不过埃拉不确定到底会不会有人干这事儿。这些废车残骸如同宣言,宣告着无论谁住在这里,他都是这片领土的主人。

克拉姆福什的市政委员会代表曾经试图开启一场辩论,讨论诺尔兰郡大量废弃车辆的处理问题。他希望能说服议会重新引入车辆报废基金,以便将车辆拖到废弃车场这项工作值得一做,而不是随意地丢弃车辆,同时也允许地方政府为此开罚单。他还提到"有碍景观"的问题。

对此里卡德·斯特里兰德或许有不同的说法,或许他会称之为"权力"。在这里他可以随心所欲,至于别人认为那是美是丑,是合法还是非法,他才不在乎。那些跑来这里的人只能怪他们自己。

埃拉立马认出他那懒洋洋的步态,大大的步子,如同风中芦苇般微微摇晃的姿势。还有那微笑,还是那么迷人。

"嗨,埃拉,好久不见。"

里肯在几米外停下,往后拨拨头发,在阳光中眯起眼睛。

"听说你回来了,你是过来办警察的公事,还是单纯来打个招呼?"

"我要找到马格纳斯。"她说,"完全是私人的事。"

"好吧。"

他往后扬扬脑袋,示意她跟着他。里肯的名字出现在当地已知的轻罪的犯人名单上。乔乔要把名单上的人叫来问话。他的案底当然很多——盗窃、毒品,还有一次攻击他人的指控,那发生于诺尔菲肯某次仲夏节派对上。她没能把他从名单上剔除出去。

里肯在屋角停下来。"贡格尔登那个老头被杀的事,"他问道,"抓到什么人了吗?"

"还没有。"

"那个该死的浑蛋!对一个孤零零的老人家下手。如果我知道是谁,我一定把他的屎都打出来,把他大卸八块后装在一个银盘里。我和你那些兄弟们也是这么说的。"

我知道,埃拉心想,我知道你说了什么。

她再次跟着他往前走。他那瘦削结实的身板,永远穿着同样的紧身牛仔裤,还有那不可动摇的自信。她已经查看过他的询问记录了。如果里肯卷入其中,事情就会变得复杂。男女关系就是男女关系,哪怕是好几年前的也一样。哪怕他作为她的梦中情人、她早已长大且远离了无穷久远的过去,也还是一样。

第一个总是第一个,无法改变。

尽管她明白自己不应该吐露一星半点,可她还是说:"我们已经有嫌疑人了,现在只是时间问题。"

"哦,该死!是谁呀?"

"我当然不能告诉你。"职权的轻微滥用,微不足道,但不能做。她已经不是为爱痴狂的十七岁少女了,她是一个警察,是暴力犯罪小组的办案警探。

"当然不能,我明白。"里肯说。

在房屋后头,马格纳斯摊手摊脚地躺在一张摇摇晃晃的花园椅上。他伸出手抓住她的手,可并没有起身拥抱。

"妈妈怎么样?"

"不太好。"

"发生了什么事?"

马格纳斯穿着牛仔短裤和背心。他皮肤黝黑,金发披在肩上,身旁的草地上放着一罐打开了的啤酒。埃拉对此不发一言。她以为自己能闻到大麻味,即便闻到了她也决定不置一词。或许那正是她意料之中的事,或许那只是记忆中的气味。他没在名单里。埃拉能找到的最近的一次记录是五年前攻击他人——一次普普通通的斗殴,而且他并没有因此被定罪,所以把他剔除出名单也不算玩忽职守。

"一直以来她变得越来越糟糕。"她说,"你也知道,得了老年痴呆的人是不会恢复的。"

她在一张老式日光躺椅上坐下。她小时候就喜欢这种椅子,就是一个木架子上绷着一块布料,坐下去会越陷越深,根本不可能在这种椅子上坐直。

"我去的时候她看起来还好。"马格纳斯说。

"那是什么时候?"

"不知道,大概是一周前吧,我们喝了咖啡。"

"她没有提过这事。"

"或许两周前。夏天嘛,很难记清楚时间的。"马格纳斯伸手拿啤酒,喝了几口,点燃一根烟,"你现在是在度假还是什么?"

"我在工作。不是说现在,是其他时间在工作。"

"那算我们走运。"他笑道。埃拉一直都喜欢他的笑容。那笑容如此灿烂,仿佛能贯穿整个房间。当马格纳斯笑的时候,其他人也会笑。"不过管他呢,妹妹,现在是七月呀。他们当真把你压榨得那么厉害?"

"我喜欢我的工作。"埃拉说。

他扬扬一侧眉毛。她正等着他说句损人的话,又或是进行一番说教,指责警察把时间都浪费在追捕轻罪——没杀人的——犯人身上,却任由真正的罪犯逍遥法外,任由那些金融大鳄和腐化的政治家制造混乱。可他没来得及说。里肯透过厨房窗户大叫,问她想来点咖啡还是别的什么。埃拉说来点咖啡,再要一些水。

"我要开车。"她加了一句,仿佛是为了解释为什么自己不能像其他人一样,优哉游哉地在这个夏日里喝啤酒,以及为她一直以来的谨慎和无趣找借口。

"你在的时候妈妈尽力撑着。"她说,"难道你看不出来?她不想让你发觉有什么不对。"

"那你想让我怎么做?我总不能就这样闯进去说:'嗨,老妈,你病得比你想象的要严重。'这也太差劲了吧。"

蜜蜂围绕着他们"嗡嗡"地飞舞,在里肯那杂草丛生的花园里怡然自得。斯特利涅贾德是河流的一条窄渠,在两个村子之间蜿蜒。里肯那片草坪沿着斜坡向窄渠延伸,草坪上长满了盛放的野花。

埃拉告诉马格纳斯，克里斯汀曾经走失，告诉他有时候她糊涂得厉害，不知自己身处何处，一个普通人对她来说也充斥着各种危险。埃拉把所有一切都告诉了他。

马格纳斯往啤酒罐里弹了弹烟灰，然后把烟头扔进罐中。烟头熄灭了，发出"呲呲"声。他再次往后靠，或是漠不关心，又或是在放松。他抬眼看着天空。头顶的云彩缓慢挪移，如同一条条银带。

"我不明白你为什么要回来。"他说，"妈妈也不明白。她说你总是盯着她，好像她不能照顾自己似的。"

"她是不能照顾自己啊。"

"你应该待在斯德哥尔摩，妈妈就是这么想的。你应该成就自己的事业，你读书读得那么好。"

"停下，你根本没在听我说。"

"我听着。"

"你才是她追问、打听的那个，一直以来都是。"埃拉后悔坐在这张椅子上。她想站起来，靠近她哥哥，让他明白情况如何，或者抓住他的手，掐他，让他清醒；或者把他推翻在地，在草地上跟他打一架，挠他痒痒；又或是做一些二十年来他们都没做过的举动。然而，她只是在椅子上陷得更深："你经常去那里吗？有多频繁？每个月去一次？"

"你不能逼她搬离自己的家，不能违反她的意愿。"

"是我们。"埃拉说，"我们两人得一起应对这个问题。她已经无法做出那种决定了。"

"每个人的人生都是他们自己的事。"马格纳斯说，"直到最后一秒都是。任何人都无权剥夺他们的权利。"

"有时候她会尿失禁；当她不知道自己在哪儿时，她会惊慌。"

"或许她不想和一群老头老太太混在一起，一起观看电视上的《跟我唱》节目。如果那里的情况很糟糕呢？如果我们已经把房子卖了，根本无能为力呢？老天爷！你没有看过那些报道吗？关于那种地方的报道？他们把老人锁起来，让老人穿着屎糊糊的尿布，不让他们出门。"

"那是其他地方，不是这里。这里不一定会这样的。"

"你能保证吗？能吗？"

"她喜欢《跟我唱》节目，每周二我们都看。"

"当真？"

里肯走出来，拿着一个崩口的马克杯，里面是为她准备的咖啡。他的到来打断了两人的谈话。他忘了拿水来了。

"我听说今早你们那些家伙在桦树干区抓了好些人。"他说着话的同时，把一罐新的啤酒扔给马格纳斯，自己随后也开了一罐，"我听说你也到那儿去了。"

"别提这茬。"马格纳斯说，"你知道埃拉不能说警察的事。"

里肯在旁边的草地上坐下。昆虫仿佛不出声了，所有的一切变得安静。埃拉看到一条划艇掠过水面，驶入海湾。她哥哥从没发现他俩的关系，整件事都是秘密进行的。

"我敢肯定你们这些人已经下定决心了。"里肯不理睬马格纳斯，继续说道，"一旦某个人做过什么错事，那就意味着他在另一件事上也是有罪的。你们就是这么想的。"

"你用不着告诉她，她是怎么想的。"马格纳斯说。

"那些白痴到处乱吹，说他们烧掉了那栋房子的时候，我就知道你们会抓住他们的。他们太蠢了,都不知道把嘴闭上。不过他们并没有想要杀他。我认识其中两个人的老爹,他们只是些臭小子罢了。"

"如果你当真想告诉我什么。"埃拉说,"那我最好和一个同事一起过来,或者你也可以打电话到警局里。"

"我们没有忘记欧洛夫对莉娜·斯塔弗雷干了什么事。"里肯说,"如果几个小子想要把阿达伦从他手里拯救出来,我也不反对。不过一码归一码,公平即正义。"

"打住!"马格纳斯将半罐啤酒扔向他。没有打中他朋友的脑袋,不过还是洒了他一身啤酒。"当埃拉坐在这里,她不是警察,而是我妹妹。"

里肯将啤酒罐砸回去,没打中。他蠢兮兮地舔着自己身上的啤酒。

埃拉笑了。她喜欢马格纳斯站在她这边,强调说她是他妹妹。里肯想要告诉她什么消息也让她开心。所有一切令她心里暖洋洋的,令她想要和他们分享一罐啤酒,追忆过去的时光,被愚蠢的笑话逗得哈哈大笑,靠坐在那东倒西歪的椅子里。那该死的椅子!她最终勉力站起来时,那椅子几乎要塌了。

"好吧,我得走了。"她说着把杯子放在草地上。杯子倒了,剩下的咖啡洒在了她的鞋子上。

"明天我会去看妈妈。"马格纳斯在她身后叫道,"或者后天。我保证,我会做得更好。"

"让我们梳理一下我们已经获取的所有信息。"乔乔说。他背对窗户站着,身后是天空和那个滨海城市。他身后的楼房有八九层高,一排排公寓楼如同阶梯,沿着山边向上攀升。

不知为何,他们当天在松兹瓦尔开会。乔乔没有解释,埃拉也没问。

她只是钻进车里,驾车过来。

"'我们已经获取的所有信息?'"博施问道,"你是说关于谋杀案的,还是关于纵火案和谋杀未遂的?"

"全部,事关所有牵扯到哈格斯特洛姆这个姓氏的案件。我们应该集中人力,为无须在不久的将来同时应付两起谋杀案而祈祷。"

"看起来有那么糟吗?"西尔婕从她的笔记本电脑上抬起眼睛。

"什么?"

"就是欧洛夫·哈格斯特洛姆的情况。"

"没有变化。他身上还插着管子和器械,全套设备什么的。一个在于奥默的同事今早上去看了。"

"他们怎么说?"

"想让我翻译一下吗?"

"翻译医生的语言?请吧。"

手术之后欧洛夫被注射了镇静剂,插上呼吸机。在他被困在森林中的那段时间里,他的脑膜出血呈现轻度凝结,不过他们已经尽力解决了最糟糕的问题。肺出血的情况也是一样。他们还发现他的肝脏有少量出血的情况。医生也说不准损伤有多严重,也不知道他能不能醒过来。

"那些孩子否认把他赶进森林。"乔乔继续道,"他们声称着火时他们吓坏了。他们看到他冲出房子,然后就离开了。"

"可他们还是顾及着那条狗。"博施说,"别忘了。"

那条狗不知道是从哪里蹿出来的，它看到着火便发了疯。不过其中两个孩子还是把它抓住了。其中一个的手臂被咬伤，现在还有狗的牙印。当时他还颇为自豪地撸起袖子给他们看。

"'我们不能让它跑掉。'"博施照着询问笔录的原话念道，"'它会被车子压死的。'"

"好体贴啊。"西尔婕说。

其中一个男孩回家后给紧急情况中心打了匿名电话，但没有告诉他的同伴们。当问及是他们中的哪一个用燃烧瓶砸破窗户时，他们的说辞出现了巨大分歧。只有那个十三岁少年宣称是自己干的，其他人都推说是别人干的。

"他或许是看了油管（YouTube）上那些'真正黑帮小子行为准则'之类的视频。"西尔婕说，"把罪名揽下，让比自己年龄更大的朋友免受牢狱之灾。"

"或许他只是想让他哥哥对自己刮目相看。"埃拉嘟囔道。

以前她也曾多次来到松兹瓦尔的警局，不过并不是以现在这种身份来的。现在她是探案组成员。当她走进大楼，她仿佛看到自己留在这里，申请暴力犯罪小组中的一个职位。上下班只有一小时车程，在她处理好母亲的事情前，两头跑还是挺容易的。

"或许当真是他干的。"博施说。

房间里一片叹息，四个偏离正道太远的少年让人心里觉得沉甸甸的。

"可是在欧洛夫的林中的遭遇方面他们说了实话。"乔乔继续道。他朝一个犯罪现场鉴识技术人员点了点头——他邀请了这个人参加会议。

无须在各自的电脑上搜寻检测结果让人松了一口气。现在他们可以隔着桌子相互对视——这种事可不常有。

"不得不说，这是不同寻常的犯罪现场。"考斯特·阿德里恩一边将自己的笔记本连上系统，一边说道，"每天都能学到新东西。"

倒地树木的影像填满了墙上的屏幕。昨天夜里晚些时候，他们找来一个护林员查看倒地大树的情况。那是自然的修复，因为枝干缺失，再加上重力导致的。考斯特解释说，最粗壮的枝干和树冠已经被锯掉。有人在搜集木材，在强有力的春季风暴中倒地的其他几棵树木上也出现了类似情况。这也意味着均势被打破，而欧洛夫绊倒时的重量也给了一臂之力，让这棵倒地的树再次立起。

部分树木已经被挖掘出来，送去进一步检验了。

"显而易见，这种事情曾经发生过。"考斯特说，"至少造成了一起死亡，那是2013年在布莱金厄省发生的事。一旦最后一层地面的霜解冻，春季雨水就会让泥土松动，这种情况下尤为危险。"

"你还想投入自然的怀抱吗？那你肯定是疯了。"博施说。

"是这棵树造成他头部受伤的吗？"乔乔问道。他不小心踢到桌下埃拉的脚。她把脚缩回来。乔乔好像没注意到。

"有可能。"考斯特说，"法医说他头部的伤势是被一根沉重的枝条的有力一击造成的。血迹检测显示那可能是根盘，他们在伤口处也发现了树皮。"

在接下来的短暂沉默中，埃拉发觉自己正在掂量里肯说的与火灾和那几个少年有关的话。看来物证印证了他们的说辞，这意味着她不用提起这事。她可以把生活中凌乱复杂的部分和她的职业生活分割开来。在她的职业生活中，所有一切都清晰而纯粹。

她往后靠，舒展双腿，在那之前还得先确保没有其他人的脚挡道。

"无论如何，"乔乔说，"现在我们也做不了更多，只能等待。等待检测结果，等待欧洛夫醒来。假如他还能醒来的话。那些孩子已经认罪，无论如何，他们当时就在现场，他们将面临纵火罪的指控。"

"这事真是扑朔迷离。"考斯特说，"同一犯罪现场的两起罪案调查，却如此不同。父与子，一栋房子，一片废墟。"

"毋庸置疑。"乔乔说。

他们就此把注意力转向谋杀案。

还有二十四个小时。时间一到，假如他们还想继续拘押特里格夫·奈达伦，检察官就得提出延长拘押时间的申请。

"这意味着得开车跑去哈纳桑，从头走一遍那烦琐的安检流程，还要解下皮带，把口袋里所有钢镚都掏出来，才可以开口问问题。"

"现在谁口袋里还有钢镚啊？"西尔婕说。

而且这样做的前提是他们得找到充分的理由继续拘押他。

犯罪现场已经被烧成平地。之前他们在房子里找到了指纹，证实特里格夫曾经进过那栋房子，不过无法证实他留下指纹的时间。法医能说的都说了，他们已经发还了斯凡的遗体。

特里格夫依然坚持自己是无罪的。他或许是个坏人，可他和自己的邻居之间没有争端。

"好吧，现在我们找到了什么？首先，一个可能的动机。斯凡发现他的邻居是个被定罪的性侵犯，而奈达伦想要让他闭嘴。"

"我们发现斯凡当真威胁他了吗？"西尔婕问道，她还没有时间看完所有资料，"我没看到任何可以印证这一点的信息。"

"我们所能肯定的是，"乔乔说着转向埃拉，"斯凡知道那一带住着一个性侵犯，他试图挖掘更多的信息。不过他真的这么做了吗？"

"绝对可能。"埃拉说，"他阅读过关于那起性侵案的报道，看起来他是在搜寻。他的前女友说他变了。"

她知道这话听起来不足为信。几天前，所有一切仿佛都十分确凿，然而事实真是如此吗？或者，那只是她试图推断出来的模式，是她以为自己瞥见真相而看到的景象？

不，斯凡已经知道，不然就太过巧合了。

"还有样东西我想让你们看看。"考斯特说。

他按下几个按键，倒地大树的影像被一把猎刀所取代。那是从嫌疑人枪械柜中找到的一把刀，尺寸和刀锋形状与受害人伤口相吻合。身为技术人员的考斯特滔滔不绝地谈论刀子的型号，用皱纹桦木和橡木制成的、添加了皮革元素的刀柄，以及经过打磨的微弯的刀锋。最重要的是，他提到他们在刀锋和刀柄之间的缝隙里发现了干涸的血迹，而这用肉眼是几乎看不见的。即使过后对刀子进行清洗，那个部位也可能留存下了证据。

"DNA检测尚未完成，不过我们敢说那不是人类的血迹。"

"那是麋鹿的吗？"乔乔说着往后靠坐在椅子里，"又或是他杀了一头熊？别告诉我说你们还能追溯日期，判定那是去年九月份留下的？"九月是当地的麋鹿狩猎季，对很多人来说那可是比圣诞节还重要的场合。

"很快就知道了。"

"有没有可能……假如你在那之后还使用过刀子，然后彻底清洗，那非人类的血迹还会留在那里吗？"

"这取决于你说的'彻底'是什么意思。"

"怎么会有人把凶器锁在自家的枪械柜里?"西尔婕问道。

"这样一来就不会有人注意到那把刀不见了。"博施说,"在那一带,没有猎刀的人比有猎刀的人更可疑。"

房间陷入沉默。有人吃下最后的奶酪三明治。在首相奥洛夫·帕尔梅①遇刺之后,"凶器"一词在瑞典语的语境中多了一层不同寻常的含义——跨越数十年之久的、依然在进行的调查。每个警察,以及大多数普通公民都明白,如果能找到凶器,这起谋杀案就能侦破。那是挥之不去的创伤,是瑞典已经改变的明证。在一个刺杀首相后可以逍遥法外的国度,真正的安全已经不复存在。

"那他会怎么处理那把刀?"乔乔问道,"扔到河里?埋起来?"

"如果我们没有抓到那几个小子。"博施说,"我会说是奈达伦为了毁灭罪证而纵火。不过让我想不通的是起火的时间为什么是那天晚上,我们逮捕他的前一天晚上。"

"或许他认识其中一个小子呢?有没有查一下他们这想法是从哪儿得来的?"

"他们说是脸书(Facebook)。"

"值得一查吗?"

"这类想法哪儿哪儿都看得到。自从欧洛夫被释放之后,人们就忙着讨论各种相关话题了。"

"谁知道我们正盯着奈达伦?"

乔乔看向埃拉。她思索片刻,深感不安。她有没有不小心地向某

---

① 奥洛夫·帕尔梅(1927—1986):瑞典首相,在任期间被刺杀身亡。

人提起？不，她不记得自己曾经说漏嘴。她那位老同事是唯一一个听她提起过这个名字的，而他正蹲伏在自己的小木屋里，假装享受退休生活。

"要去到河边得走挺长一段路。"她最终开口了，"我觉得他不会把刀子扔到那里。"

"那里还有一片该死的灌木。"博施表示赞同，"假如他急急忙忙跑去……那是一个工作日的早上，他有可能会撞见某个人。还有，当时他老婆在家。顺便说一句，他老婆还是坚定不移地维护着他。"

"关于他们当天早上做的事，两人的说辞稍有不同。"埃拉说，"不过他们是在不同的房子里。假如特里格夫不走经过面包坊的那条路，他可以轻而易举地趁妻子不注意时跑出去一会儿，然后跑回来。"

"能看下地图吗？"乔乔问道。

有人找到了地图，投放到大屏幕上。图像不停地跳动，他们先看到了耶姆特兰，片刻之后放大，显示出贡格尔登及其周边地区。

埃拉拿地图和她记忆中的地形进行比较。奈达伦家的位置比哈格斯特洛姆家地势稍高，两家之间除了一片树林，几乎什么都没有。云杉，零星的松树，几棵白杨，越橘和欧越橘灌木。有些地方岩石很多，但土壤不是很深。从逻辑上看，就丢弃凶器的地点而言，大路可以排除在外。除了大路之外，那里还有一条雪地摩托车道，再加上几条被杂草半掩的小径——那可是卫星地图上看不到的。

"好吧。"乔乔说，"我会尽力调动人手，有多少就派多少，带着金属探测仪在那片树林里逛一逛。"

博施将在克拉姆福什与埃拉会合，他们开着不同的车向北行驶。

这意味着她可以顺路在兰德停一下,从冰箱里拿点东西做一顿晚餐吃,而这可以让她工作到很晚。

桌上有一束花。超市卖的花束,包装纸都没拆掉。

"有客人来吗,妈妈?"

克里斯汀的脸焕然生辉。

"马格纳斯来过。他过得很不错,开始做一份新工作,所有一切都重新开始。我告诉他,哪天他得带孩子们过来。"她的目光移到墙上那些配有相框的照片上。照片上是她的孙儿,是在育婴室里拍的。当时孩子们还住在克拉姆福什,后来马格纳斯的前女友在哥德堡找了份工作,搬走了。

冰箱上还贴着几张时间更近的照片。或许是孩子的母亲寄来的。

埃拉拿起那束玫瑰,拆开包装纸,扯下几片枯萎的花瓣。至少马格纳斯信守承诺,来探望妈妈了。

她找到一盘千层面,放进微波炉里解冻。她拒接了一个陌生电话,然后坐了一会儿。或许他们的生活境况没那么窘迫,或许他们齐心合力,可以再坚持一段时间。

"你有没有看到马格纳斯拿来的那些漂亮花儿?"

克里斯汀摆正花瓶里的花。在她们坐下来后那短短的一段时间里,她自顾自地念叨了好几遍。之后埃拉得走了。当她钻进车里时,她意识到她好久没见到妈妈那么开心了。

电话再次响起时她正在桑多桥中央。这回是博施打来的。他已经到了贡格尔登,到了他们计划碰头的地方。照乔乔的话说,"去和他的老婆再对阵一个回合"。

他们去那儿是为了说服玛姬恩·东达伦梳理一遍当天上午发生的

事,并精确到分钟。他们希望能在她对自己丈夫那顽固不化的维护中找到缺口。

"我十五分钟内就到。"说着埃拉踩下油门。

"别急。"他说,"没人在家。我设法通过电话联系上了那个儿子。他说她去恩斯克尔兹维克探访一个表亲去了。"

"我们得跑到那儿去吗?"

他犹豫片刻,然后答道:"我用平常那种友好的语气说'我们只是想聊聊。我们并不是要追捕她,这事可以明天再做'。"

埃拉在一片废弃营地旁拐弯,停车。她要想想自己在哪儿才能派上最大的用场。她可以开回警局,在一台可以浏览完整调查信息的电脑前坐下,不然还有什么人是她可以找来谈谈的?

那些小木屋向一边倾斜,黄色的油漆已经剥落,其中几栋已经倒塌。这个地方透出一股已逝时代(很可能是六十年代早期)的魅力。尽管这片营地的位置不太适宜,正处于一座水泥桥脚下,堵住以前的E4高速路的出口,然而在那时候,人们还是会使用这片营地。

她查看手机,看到两个未接电话。电话打来时,她正和母亲聊天,谈论那些玫瑰是多么美丽。

其中一个是奥古斯特打来的,另一个号码她不认识。

她打过去。

"我是罗尔。"

哈格斯特洛姆在木材拣选场的老工友,桑兹兰的罗尔·麦特森。

"你们逮住那浑蛋了吗?"他问道,"听说那房子也被烧了。斯凡在坟墓里肯定也睡不安稳吧,可怜的老家伙。你知道吧,那是他父母的房子,他从他们手中接过来的。对了,他现在还没有下葬,他可不是一个笃信宗教的老头，你知道吧？"

"或许还得再等一段时间才能举行葬礼。"埃拉说，"你是为了这事给我打电话的吗？"

"不完全是。你们想要联系上本地狩猎协会的主席，不过他在五月里中风了。他妻子让我和你们联系，万一是要紧的事呢？通常警察来找都是为了要紧的事。"

"你也是同一个狩猎协会的成员吗？"

"如果他这次中风当真很严重，我很可能最终成为他的接班人。"

埃拉打开车门，走出去。营地的青草不久前曾经过修剪。即使业主已经忽略了建筑物本身，他们通常还是会在意剪草之类的事。任由杂草疯长通常被看作放弃房子的最后一步，致命一击。

"我想问几个寻常问题。"她开口道，"关于你们在狩猎中使用的装备。"

"问吧。"

"比如说，猎刀。"

"怎么了？"

他们尚未透露有关凶器的任何详细信息。然而像往常一样，总会有人知道，然后流言满天飞。即使之前他不知道，现在他肯定也知道了。

"是不是每个人都使用大致相同的刀子？"埃拉知道这个问题听起来很蠢，不过罗尔给出了肯定的回答。大多数人使用的就是几个牌子的猎刀，尤其是那些在当地五金店买得到的。

"假如说你的刀子有点钝了，你会买一把完全一样的新刀子吗？"

"不会，老天爷！我会把它磨锋利。"

"自己动手？"

"要么自己动手，要么去尼兰五金店找哈利。"

当然。

"每个参加狩猎的人用的都是自己的刀子，对吧？"又是一个特别蠢的问题，那还用问吗？就算你不是在森林里长大的，你也知道答案。埃拉问了这个蠢问题而没有遭到责骂，纯粹因为她是个女人。

"对啊，没错。"他还是很有耐心地答道，"你可不想被困在林子里头却没法宰杀一头麋鹿吧？你得给麋鹿剥皮。有人用一把刀对付麋鹿，另一把对付小型猎物，再加上一把在篝火边用来切香肠的。不过我总是说没必要，造就猎人的可不是工具。"

"所以说你们得擅长使刀？"

"那和枪法一样重要。那是出于对动物的尊重。你可不能笨手笨脚地做错事。"

"特里格夫·奈达伦是你们狩猎团体的一员吗？"

几秒钟的停顿。

在媒体报道中，特里格夫被称为"一名五十九岁男子"，不过他明天将面临一场羁押听证会。假如要对他进行延长拘押，即使他的名字现在还未曝光，也不可能长时间保密了。

"没错，没错。"罗尔说，"他们俩都是。"

"他们俩？"

"没错，他和他老婆。"

"玛姬恩？"

"别表现得很吃惊似的。我们也让女人加入。当然了，开始是遇到一点阻力。不过就像我一直以来说的那样：假如你能让女人们闭嘴的时间足够长，她们也可以成为好枪手。"

他为自己的笑话"咯咯"笑起来。埃拉吸了一口气，闻到了青草的气味。微风如此轻柔、温和，可还是让她打了个冷战。

"那你记不记得，"她继续道，"去年秋天，他们两个之中是不是有谁猎杀到一头麋鹿？"

"不记得。"他说，"我记不清了。当然了，我们有记录册，不过那玩意儿在舒尼家里，就是中风的那个人的家里。不过，等等……我在想玛姬恩是不是打到了一头麋鹿。还是有人觉得狩猎不是女人该掺和的事，他们被某个女人超过时总会叽叽歪歪一阵。是去年秋天吗？还是前年？我一下子记不清了……"

埃拉为罗尔和自己联系而感谢他，然后她给乔乔打去电话。

"他们有两把猎刀。"她告诉他，或许她有点过于兴奋了。她把狩猎协会、不同猎刀以及给麋鹿剥皮需要什么等这些信息告诉他，"所以柜子里的可能是玛姬恩的猎刀。"

"我们会逮住他的。"乔乔说。

她刚想挂电话，他又叫住她。

"下回我们这里有职位出缺时，"他说，"我希望你能考虑一下。"

第十五章

这天奥古斯特休假,不过他还是在餐厅等着她。

他狼吞虎咽地扫光最后一点野蘑菇汤——商店里买来的,照着纸盒上的说明做的。之后他站起来。

"跟我来。"他说。

尽管开窗会减弱空调的作用,可还是有人打开了窗。埃拉感到暖和。他们只是在门口和走廊遇见彼此,都没能聊一下近来发生的事——这种状态持续好多天了。

"我花了点时间来看这个。"奥古斯特解释道,一边打开自己的笔记本电脑,"我是说,在晚上不上班的时候。"

埃拉看着,屏幕亮起来。那是脸书上众多讨论话题中的一个,内容是号召人们把欧洛夫·哈格斯特洛姆阉了。奥古斯特早在很久以前就给她看过了,那是一周前还是两周前?时间好像分岔了,进入了不同的轨道;感觉她把他留在克莱姆酒店的床上已经是很久远的事了。

"狠狠打他。把他赶出这个国家。"

事关那几个有纵火嫌疑的少年,同样的评论也出现在他们的手机和电脑上,出现在针对他们的推送中。

"你真的没有更好的事可做吗?"她问道。

"我乐于听取建议。"他傻笑着回答。

埃拉盯着屏幕。自从她上回看过，推送已经经过更新了。网民们现在也在讨论欧洛夫家的房子被焚毁一事。他们欢呼，热情洋溢地相互点赞。

"真可惜，他没有被烧死。"一个人写道。

"下回他再露脸就会的。"

当她看到被烧毁的房子的图片时，不禁打了个寒战。那必定是较早时拍的，一辆消防车停在屋外，火焰没有完全熄灭，警戒线也没有解除。

"感觉我已经找到来源了。"奥古斯特说。

他放大屏幕上的图片。图片上是微笑的索菲·奈达伦，她的金发在微风中飘扬，她和她丈夫还有孩子在一起。看起来他们正在一条船上。

"你不是在开玩笑吧？"

"可能还有不同论坛上的不同人，不过她肯定是其中之一。"

奥古斯特向埃拉展示索菲第一条帖子的日期和时间，也就是欧洛夫获释的当晚。索菲上传了一张欧洛夫的照片，照片上的他只是一扇窗中的一片黑影。

"我还在想这件事为什么会那么快发生，"奥古斯特说，"怎么会有那么详细的信息——他的名字，以前犯下的罪，确切的地址。"

他滔滔不绝地，埃拉拿起鼠标，沿着年轻的奈达伦太太所创建的话题，一直往下翻，看到其中的戾气越来越重，越来越粗暴。

"我借了个账号来回溯。"他说。

"你女朋友的？"

"嗯。"

"她肯定很信任你。"

"我告诉她分享这些东西可能违反了法律，从她的利益出发，最好的做法是给警察提供帮助。如果这个警察不是我，就是暴力犯罪小组的某个警探。"

他没有面对埃拉，不过她还是能感觉到他在微笑。他微微侧着脸，她所能看到的只是他的后颈。他颈脖上的头发逐渐消失的地方长着柔软的绒毛，被光线照亮。

"而那些警探可不是你想惹的人。"他补充道。

奥古斯特正循着"分享"部分，或往前或往后，穿越由此引出的新话题所构建成的迷宫。埃拉看到一条条评论闪过，被提取出来。偶尔他会停下，有时是要发表意见，有时只是为了调整一下姿势。他在一条评论处停下来——那条评论和其他评论唱反调。

那上面写着：

"你们这些无脑绵羊，只会一窝蜂往一个方向跑。

"有点批判性思维好吗？

"你们中有人读过《替罪羊》这本书吗？不，抱歉，我看没有。知道怎么读书吗，你们这些该死的白痴？"

跟在这条评论后面的是一长串的人身攻击，攻击一个胆敢质疑其他人的人。

奥古斯特往后靠，透过敞开的窗户，看向天空。

"你知道这上面有多少人不赞同主流意见吗？"他说，"我没有全部读完，也没有计数，不过我猜不到百分之一。这又体现了什么样的人性？"

"这并不能真实地反映人们的想法。"埃拉说,"人们愿意和赞同他们的人分享。他们把与自己意见不同的人从推送中剔除。他们没有那个精力,于是他们退一步,放弃、拉黑自己不喜欢的人,假如那人之前还没被拉黑的话。这样你就再也看不到他们了。"

奥古斯特把一只手放在她的椅背上。

"好吧,我希望索菲·奈达伦为此付出代价。"他说。

"我们还以为她离开是为了孩子。"埃拉说的时候意识到他的手在她身后,"不过火灾之后她肯定很害怕,或许她意识到自己引发了什么。"

"至少是鼓动、挑唆。"

"要那么说的话,她只是和好几千人一起鼓动、挑唆。"

"我帮忙把一个纵火的孩子带进来。"奥古斯特继续道,"他们绝不可能自己想出这个主意。那女孩被谋杀时他们还没有出生。他们生活在自己的游戏世界里,如果某样东西没有出现在网上,那就等同于不存在。"

埃拉拿不准自己应不应该在那么靠近他的地方继续坐着。这激活了她的幻想。只有在深夜里,在入睡前,她才敢于任自己信马由缰地幻想。有时候这幻想也会将她惊醒。

"我会和乔乔提起这事。"她一边说,一边还在琢磨着要不要站起来,"松兹瓦尔的社交媒体专家或许已经在查了,我也不是很清楚。"

"那这算是诽谤罪喽?"

"这个罪名要成立,得让欧洛夫·哈格斯特洛姆醒来爬下床,然后举报她。"

"该死!"奥古斯特说。

"谢谢你。"

"谢什么?"

"谢谢你关注这事,尽管从职业角度来看,这种行为有点可疑。"

"什么行为?"

"使用你女朋友的账号。"

她敢于面对他的微笑,只是这勇气仅持续了短短一瞬。

当天夜里晚些时候,时间是晚上九点四十九分,天上的云彩开始变成粉色,他们找到了那个垃圾袋。那袋子埋在地下十厘米处,旁边有几块仿佛来自童话中的巨岩。

一块平板石摞在一块圆石上,简直就像一顶帽子。两块石头都覆满白色的苔藓。近旁的蚁穴生机勃勃,黑蝇在空中飞舞,欧越橘即将成熟。

"你可想象不到人们会往这片树林里扔什么垃圾。"一个人说道。他是加入搜寻行动的一员,埃拉记得他的名字叫乔纳斯。

两名实习警员从松兹瓦尔开车过来,他便是其中之一。一个需要超时工作的年轻助理警员——不是奥古斯特——也加入了他们的行列。还有一个本地女警探,和埃拉是泛泛之交。本地巡逻队的几个成员也加入进来,不过现在已经让他们离开了。

他们不希望让任何人毫无必要地践踏现场。

实习警员指着雪地摩托车道旁的一片林中空地,他们找到的东西就堆放在那里。锈迹斑斑的农用机械零件、自行车轮、两把坏掉的耙子、一条链锯的链子、扭曲的钢筋、一台老旧除草机,还有一个鹿的头骨、一堆旧瓶子、一个完全干瘪的足球遗骸。

黑色垃圾袋还在他们发现它的地方。其中一人拿着一根棍子，小心翼翼地翻开袋子，露出里面的东西。

那用厚布料制成的某样东西，黑色的，也可能是海军蓝色的，是某种衣物，可能是一条连身工装裤。

一只黄色的手套。

"我们不知道还有没有第二只手套。"实习警员说，"我们不想把这周围翻得太厉害。"

"干得好。"埃拉说。她是第一个来到现场的谋杀案办案警探。博施已经在酒店房间里开了一瓶劣质酒，不过他一找到出租车就会马上赶过来。

"这玩意儿被埋在树枝和去年的落叶下边。"实习警员说，"埋得很马虎，不过足以掩盖有人曾经在这里挖掘的事实。"

埃拉蹲下来，用一根棍子轻轻地撩起塑料袋，让它开口更大，里面有某样东西的手柄，用层层不同的木料制成，是皱纹桦木和橡木。她心想，加上皮革元素，刀锋微弯，更适合用来剥麋鹿的皮。

她站起来。

"好吧，"她说，"拉起警戒线。"

周围的树林颇为浓密。几棵云杉看起来正在死去，最低处的树枝已经干枯，覆盖着灰色的苔藓。埃拉往旁边走几步，看到一面红色的木板墙、一扇窗户，窗户的窗框被漆成白色。

他们距离面包坊不超过二十米。

"所有刀子看起来都一样。"玛姬恩·奈达伦一动不动地坐在讯问室里，死死地盯着桌上那张打印出来的照片，"它有可能是任何人的。"

"和我们在你家的枪械柜中找到的那把一模一样,赫勒牌,产于霍尔梅德尔。你们是同时买的吗?"

"我怎么记得?我们有一大堆猎刀。"

"你能认出这个吗?"埃拉问道,把另一张照片放在桌上。那是他们在树林里找到的衣物。

"连身工装裤。"玛姬恩说。

"你丈夫有没有这样的衣服?"

"我不知道是不是和这个一模一样,不过他在漆油漆、自己动手干活什么的时候穿着类似的衣服。他当然有。"

"他通常会把这类衣物放在哪儿?"

她挠挠头:"让我想想,或许放在棚屋里?"

那条连身工装裤普普通通的,在自制品商店或网上都能买到,或许在尼兰五金店也有售。现在他们已经派人去查这事了。大号工装裤,磨损得很厉害,上面沾着点点油漆,或许还有别的东西。

埃拉把塑胶手套的照片推到玛姬恩面前。

"这些都是我们在面包坊后头找到的,距离面包坊十八米的地方。你说当天早上你一直在那儿,你确定没看到有人在林子里吗?"

"当时我正忙着呢,你是说有人在林子里?"

博施越过桌子,凑上前来。目前为止,他一直安静地坐着。让埃拉开启讯问是他的主意。他觉得面对另一个女人,玛姬恩或许能敞开心胸,放低戒心。埃拉对此表示怀疑。她经常发现男人对女人抱有一种颇为天真的想法,以为女人是用更柔软的材料做成的。

玛姬恩的嗓音平稳、沉着。当她再次向他们讲述当天夫妇俩为了迎接孙儿的到来所进行的准备时,她没有丝毫犹豫。事实上,她的话音中还夹杂着一丝责备,仿佛她认为对方根本不理解当时要做的工作是多么繁重。

埃拉觉得自己能在她身上看到某种特质,在成长过程中她身边的女人所拥有的特质——她的祖母和母亲,还有太多个不同的老太太,她们都拥有冷峻的嗓音和不容置疑的知识。

没有,她没有看到有人在林子里挖地。

当他们回到警局顶层,博施马上问道:"你觉得她在撒谎吗?"透过窗户,他们看着玛姬恩钻进车里,倒车,离开停车位。

"她在撒谎。"埃拉说,"只是她还没意识到自己在撒谎。"

第十六章

当乔乔得知是谁躲在幕后挑起针对欧洛夫的仇恨后，他问道："这一家子能弄出多少事啊？"

"去斯德哥尔摩。"过了一会儿他说，"让这位亲爱的索菲明白我们已经知道了一切。让她看看房子废墟的照片，还有那倒霉的家伙一只脚从树下伸出来的那张。干吗不让她也看看那个呢？让这一景象深深地刻在她的脑子里，等下一回她想在脸书上分享所有想法的时候，她就会想起来。让索菲·奈达伦知道我们正盯着她，就算她在网上发晚餐照我们也知道。还有，全程录音。"

而乔乔打算在羁押听证会结束后找时间和检察官谈谈。

"还有，"他补充道，"要客气一点。我想知道这一家子隐瞒了什么，知道他们在卧室里的悄悄话。"

当火车开出克拉姆福什，埃拉闭上了双眼，任由自己神游。那是源于火车的运动，源于自己身处两地之间的状态，源于无法对生活造成任何影响的无力感。她无须和家政护工讨价还价，也不用再给邻居打电话。马格纳斯回复了她发出的信息。他会过去照看妈妈，甚至可能在那里过夜。

自由的气息令人迷醉。

埃拉身处安静的车厢里，将手机调到静音。不过她可以感觉到短信来时的振动。那是乔乔发来的：特里格夫·奈达伦的拘押时间已获得延长。

当列车行至耶夫勒以北，她的手机再次振动了一下——那是索菲发来的第七条信息："或许在户外某处碰面更好？"

埃拉回复："好，有什么建议？"

这已经是索菲第三次改变两人的会面地点了。这暗示着恐惧、紧张，甚至可能是愧疚。

最开始是定在奈达伦家中见面，他们的家位于郊外的一片住宅区。然后她又想在斯德哥尔摩市中心一家颇具人气的糕点店碰面，这样埃拉就不用乘市郊往返列车离开市区，而且那里的对虾三明治很不错。现在她又觉得既然天气那么好，在北马尔斯特朗的某个滨水咖啡屋见面更好。

"好，回见。"

作为回复，索菲发来一个竖起的拇指和一张笑脸，仿佛她们两个是朋友，正计划着一起在阳光下喝咖啡、吃蛋糕。

列车于下午两点三十八分准时到达。

埃拉几乎忘了置身于人海中的感觉。在斯德哥尔摩中央车站的穹顶下，刺耳的噪音回响着，汗味、新出炉的肉桂卷的香味、小售货亭售卖的亚洲风味的面条的气味在空气中弥漫着。上回她来这儿的时候还没见到那些小售货亭，它们肯定是在那之后冒出来的。

她赶到那个建在一个浮箱上的咖啡屋。在等待过程中，她从周围的话音中分辨出七种语言。船在里达涅贾德水道中经过，掀起阵阵波澜，埃拉感觉到由此引发的轻微晃动。身处这样一个地方，大多数人都只是过客，一个人也不认识，这让埃拉生出一种隐姓埋名的感觉。有时候她喜欢住在大城市里，哪怕她租住的公寓距离市中心很远也无妨。

"抱歉，我来晚了。"索菲说。正当埃拉开始以为索菲不会来的时候，她出现了。她穿着薄薄的阔腿裤和轻飘飘的上衣，都是白色的。"我得找个地方把孩子送去，帕特里克早就回去上班了。没事可做的状态他可应付不来。你也明白，现在是极其艰难的时刻。我要一瓶水，气泡水，如果可以的话加点柠檬。"

当埃拉拿着索菲的水和自己已经续杯四次的咖啡回来的时候，一只固执的海鸥正停在她的座位上。海鸥扑扇翅膀飞到旁边的桌子上，索菲低头躲过它。

"整件事都那么可怕，"她说，"就像是看电影，只不过你就在电影中，你明白我的意思吧。帕特里克告诉我，他父亲对那个女孩做的事，可打那之后他就不愿再提起。特里格夫从来没有对我做过什么，没有撩逗、调戏之类的事。你们当真认为他有罪吗？"

埃拉打电话的时候含糊其词，让索菲以为她只是想就这个家庭泛泛地聊一聊。

"你觉得呢？"

索菲将拂到脸上的头发往后拨，然后在矮沙发里挪动一下。

"那事让我直起鸡皮疙瘩。"她说，"就是他年轻时干的那事。我一直在想象他那衰老的躯体，毕竟有时候他只穿着短裤四处晃荡。你怎能任由一个人这样欺骗你？而这个人可能是任何人。"她小心翼翼地对周围的人比画了一下。那些人在其他沙发上坐下。埃拉感觉她能看出其中几对不是真正的情侣：他们说起话来有点紧张，笑得过于频繁，只有初次约会的人才会那样在意自己。

索菲一直认为尽管自己的公公有点难以捉摸，可还是个好人。他不是那种你可以真正亲近的人，他不是特别坦诚，不过她以为诺尔兰郡的人就是这样的。

"和玛姬恩相处更难，开始时我几乎要被她吓死了。她真的很霸道。到最后我逼帕特里克说要整栋房子都归我们使用，不然我就不去了。假日里还有更激动人心的事，知道吧？我猜那就是典型的婆媳矛盾。好像我没有用肥皂水擦地板，没有用羊角芹和荨麻煮汤，我就不够好似的。如果你在网上搜索一下，你会发现上面说那些东西是杂草，你会纳闷儿这种东西对健康能有多少好处。"

索菲垂下目光，看着放在桌上的手机——正处于录音状态。埃拉说不准，看到自己的话被录下来她是感到担忧还是高兴。或许风声太响，她们的对话几乎听不清。

"还有我是从斯德哥尔摩来的，我有一份好工作，挣钱也不少，诸如此类的。你开始纳闷儿她是不是有点自卑情结什么的，可实际上恰好相反——她才是瞧不起我的那个人。不知道是她认为我自视甚高还是怎样。难道这不算是一种种族歧视吗？"

埃拉没有回答。她拿出自己的平板电脑，打开，找到那一页。而在此过程中索菲都没有注意到。

"这样的事再次发生。"埃拉大声念道，"警察又放走了一个性捕猎者。他曾经强奸、杀人，现在他又被放出来了。"

"什么？"

"是你写的吗？"

"老天！我不记得了。"

埃拉把平板电脑放到她面前——那是索菲脸书主页的截屏，上面还有她第一次发的帖子。

她那轻松的一面仿佛消失了："你们在查我的私人脸书账号吗？"

"你的页面是公开可见的。"

"你们没有权力这么做。"

"你写的东西被分享了超过两千次。我的一个同事通过他的女朋友看到了。你管这叫作'私人的'？"

索菲看向里达涅贾德水道对岸，看向索德马尔姆山和那立于对岸水中的崎岖悬崖。她之前把墨镜架在头顶，现在她要把墨镜戴上。她的社交媒体主页并没有设置任何保护，所有人都能看见她写的内容。或许她也在使用社交媒体为自己所工作的室内装潢公司做推广，或许有人让她这么做的。许多公司要求员工使用私人社交媒体账号来推广公司品牌。

"我有权力写任何我想写的东西。"她说，"在这个国家里，我们有言论自由。"

"当那栋房子着火时，你是怎么想的？"

"当我闻到烟味时，我觉得很可怕。我担心大火会烧过来。"

"你就没想过里面有人会被烧死？"

"你有孩子吗？"

"和这事毫不相干。"

索菲抬起墨镜，观察埃拉的反应。"我看没有。"她说，"如果你有，你会理解的。保护孩子是父母的职责。"

"欧洛夫·哈格斯特洛姆以什么方式威胁到你的孩子了？"

"逮捕他的那天早上你在现场。然后你们就放他走了,也不告诉我们。你们根本不会考虑一下那对我们而言是什么感觉。"

"我明白你们或许会感到不舒服。"埃拉说。她想起乔乔说要"客气一点"。

"不舒服?"索菲的脚一晃,朝那只海鸥踢去。它本来还在蹦来蹦去,寻找面包屑。然后,海鸥扑扇着翅膀飞走了,把注意力转向别处。"他强奸杀害了一个女孩,或者说我们知道的就有一个。那天晚上,当我看到他出现在那栋房子里,一个老人刚刚在那里面死去的那栋房子,我觉得自己都要死了。我让帕特里克采取措施,让他不能待在那里。可帕特里克说我们什么也做不了,那是他的房子,是私人产业。他说如果我要去游泳或者去别的什么地方,他可以陪着我。只要出门就要带上自己的丈夫,这简直要把我逼疯了。为什么像他那样的人可以自由活动,而我却不能?"

"我们抓住了纵火烧屋的人。"埃拉说,"他们读过你发起的话题。"

"你是说这是我的错?"

"不是。"埃拉拼命挤出一句,"不过我觉得应该让你知道,万一为了这事要上法庭的话。"

"我只是写出事实,这是犯罪吗?我只是实话实说,没人能保护我们,我们只能自己动手。"

"欧洛夫·哈格斯特洛姆还处于昏迷中。"埃拉说,"医生也不知道他能不能撑过来。"

"如果我知道你来这里是为了指控我,我绝不会来见你。我甚至没有告诉帕特里克,他觉得你们在骚扰我们。你们本应该给我们支持。"

"我没有指控你犯下任何罪，我只是问问题。"

索菲看看手表，一块玫瑰金色的大表："抱歉，我得去接孩子了。"

埃拉预订的酒店位于老城区。她的房间狭小简朴，就是那种花费在警务支出许可范围内的房间。唯一一扇窗户正对着一条暗巷，不过飘窗足够深，可以让她坐进去。温暖而潮湿的空气渗入房中，还有成群结队的游客发出的"喃喃"声。埃拉在手机上翻看那三四个她可以联系的朋友的号码。或许她可以和他们见见面，喝一杯，大致了解一下他们是如何热爱自己的生活和职业生涯的，目前境况如何。不知怎的，这种可能出现的场景让她感到疲惫而非兴奋。自从她搬回家之后，她和这些朋友就疏远了，而她还没有和家乡的任何一个老朋友联系。这意味着她的社交生活陷入停滞，她夹在过去和现在之间。

"社交生活"听起来是不是有点辛苦工作的意味？这个词听起来不像是生活，而像是某样需要构建、积累和为之努力的东西。

她脱下汗津津的衬衫，躺在床上，打开手机上的约会配对应用软件。这个软件可以自动搜索一定范围内的单身人士。也正是因为这个原因，埃拉回到家乡后就把它关闭了。因为几个小时内，这个配对应用就弹出了两个她在学校里的老相识，一个她帮忙逮捕的嫌疑人，还有一个维护警局电脑的员工。

有时候，当她身处奥默或斯德哥尔摩，她会重新激活这个软件，以匿名的方式翻看和她年龄相当的男士照片，他们看着也就是在她年龄的基础上加减五岁。或许她能碰到一个无须知晓她警察身份的人。

只是一夜情,这样她就没有时间将自己的感觉和爱情相混淆。

二十多张脸跳出来,其中一些看起来不错。有两个发出邀请,不过她没有回复。

相反,她给欧洛夫的姐姐打了电话。

响第二声的时候,英吉拉·伯格·海德接听了电话。"我在开会。"她轻声说。

"或许过后你再打给我?"

"不,等一下。"背景声音变了,她走出去,离开其他人,关上门。

"我看到你们抓到一个人了,"她说,"是他干的吗?"

"他还没有被起诉。"埃拉说,"调查正在进行,我能说的就这些。"

"如果你什么都不能告诉我,为什么要给我打电话呢?"

埃拉接下来要说的话,无论用什么方式来说都不会是"好话",无论怎么说都不够郑重其事。

"昨天法医已经发还你父亲的遗体。"

"什么意思?我要去把那个……我是说他……领回来?我做不到。"

"不,不,我只是说他们已经完成了调查,所以死者家属可以开始就葬礼做计划了。"

"家属?你说的家属是什么意思?"英吉拉抬高声调,埃拉听得出她所受的压力陡然升高,"我甚至不知道他想要什么样的葬礼。我觉得他不想去教堂,他不是信徒……还有,谁会来参加呢?"

"不用着急,"埃拉说,"如果你和殡葬司仪联系,他们会安排好一切的。"

英吉拉好像没听她说话。

"还有,欧洛夫的房东几乎每天都给我打电话。她说如果我不去搬走他的东西,她就要扔掉。她还要把账单寄给我。我要把那些东西放哪儿去?我甚至连一辆该死的车都没有!想想看,如果他醒过来,发现所有东西都不见了,你觉得他会怪谁?"

英吉拉呼吸急促。或许她正在走廊里来回踱步,走廊地板上应该铺了柔软的地毯。埃拉听不到任何脚步声。

"我真搞不明白欧洛夫为什么不离开?他为什么要待在那里,待在一个所有人都恨他的地方?"

"我们当时正打算跑一趟对他再次进行询问,不过还没来得及。我不知道他为什么要留下。"

"我不停地被拉回来。"英吉拉说,"我想要离开,然而那是不可能的。我搬到五百公里之外,营造自己的人生,好的人生。我有一份工作,有个孩子,一切顺利。我换上了妈妈的娘家姓氏,也就是伯格,和一个姓海德的人结婚,抹去所有的糟心事。就是这样,或许只是我自己以为是这样。可现在我却要计划一场葬礼,还有一栋烧毁的房子。我弟弟在于奥默,处于昏迷中。所有人都来烦我,保险公司问我要文件,不然他的东西就要被送到垃圾场了,而我还是不能相信爸爸已经死了,这根本就无法理解。哪怕他活着的时候我也很少想到他。"

又一个配对跳出来,埃拉关闭那个约会应用软件。

"我在斯德哥尔摩。"她说,"我可以租一辆车,把你送到那里。"

英吉拉·伯格·海德在瑞典电视台大楼外的停车场等候。如果不是约好要见面，埃拉绝对认不出她。然而，眼前的人无疑还拥有那个十七岁女孩的某种特质，就是埃拉小时候偷窥欧洛夫家时见到的那个。

她的头发染成了黑色，剪成一刀切式的短发。她穿着一件男式外套，一条橙色的腰带系在腰间，耳朵上戴着一对小吉他形状的耳环。

"我还是不知道要把那些东西放到哪儿去。"她对埃拉说，"我们住在一间公寓里，储藏室里有大约两平方米的空间，没地方放那些东西。"

"看看吧。"埃拉说。她把欧洛夫的地址或者说是原住址输入租赁车辆的 GPS 导航上。"我们可以做个评估，或许还可以让那个房东再宽限一下。"

"他十四岁以后我就再也没有见过他了，大多数人都不知道我有个弟弟。"

她们的车开出去，进入瓦哈拉夫根区，朝北向机动车道驶去，在交通高峰段的车龙中缓缓挪移。车载收音机被预先调到一个正播放着美国南方蓝草音乐的电台。在离开酒店之前，埃拉洗了个脸，穿上了早前穿过的那件衬衫，那些可能成形的约会此时统统被她抛诸脑后了。

经过诺图尔之后，车流已经停滞。这里地处更南边，太阳也下落得更快。阳光落在无穷无尽的车龙上，闪闪发亮。埃拉把欧洛夫的情况告诉了她，把医生的话和情况的不确定性告诉了她。他们已经移除了他肺部和肝脏周围的血块，不过他对疼痛还是没有反应。

她们正以龟速前行。

"欧洛夫到底是干什么的？"英吉拉问道，"或者说，在这事之前，他是干什么的？"

"你是说他的工作？"

"我对他一无所知。爸爸拒绝和他的一切联系，不过妈妈刚离婚就给他写信了。欧洛夫从来不回信。妈妈病倒的时候，我翻出他的地址给他写信，可他也不回我的信。他甚至没来参加妈妈的葬礼。"

"他到乡下去收车。"埃拉说，"一个经销商在网上找待售车辆，然后倒卖到城市里，赚一笔钱。当然了，所有这些都是没走正规流程的。欧洛夫好像没有固定工作。"

他们根据欧洛夫的通话记录找到了那个经销商。开始时他大发雷霆，命令他们归还他的车。不过当他意识到这事和一桩谋杀案调查有关，他就改口了，声称自己根本不知道什么庞蒂亚克火鸟。

"他什么样？"英吉拉问道。

"你说欧洛夫？"

"没错，你见到他了，对吧？就在其他事情发生之前。"

"很难形容，当时的情势有点紧张。"埃拉试图回忆起欧洛夫当时给她留下的印象——在那天早上，她朝停在哈格斯特洛姆家外头的那辆车走去。可她能想起的只是不安的感觉，因为她知道他曾经做过什么。

然后就是在河边，当他们追上他的时候，那种诡异的寂静。

"不爱说话。"她说，"我感觉自己看不透他。当时他慌张、困惑，但确切地说并不是很吃惊，我觉得他被吓坏了。"她想到他那庞大的身躯，想要找到合适的词汇来表达，"他提到以前有条船泊在岸边。"

"我记得，记得那条船。"英吉拉看向窗外，此时皇家公园的巨大橡树正缓缓掠过。有那么一会儿她没有说话。收音机里那尖锐的小提琴声已经被一首平和的歌曲所取代，一个清澈的嗓音正在唱歌，歌词的内容是到河边祈祷。

"我们以前经常去划船，就我们俩，就在岸边的浅滩那里。我们寻找海獭，不然就只是划水玩玩。那些树长到水里。我记得所有这些，可我却不记得他小时候的模样，是不是很奇怪？"

车龙终于动起来了。她们经过社会福利房区那片流线型的公寓建筑群，经过亚尔瓦费尔特自然保护区的大片绿地。

"感觉留存在我心中的只是一种存在，感觉我弟弟既在那里，又不在那里。我朝他尖叫，'你这个该死的怪胎，别碰我'，诸如此类的。不过我只是在心里回想他，并没有真正看见他。我怎么能应付得了呢？当时我只有十七岁，我什么都不明白。学校里每个人都盯着我看，想要知道他有没有对我做过那种事。我记得爸爸把他房间里的所有东西都搬出来——统统扔掉。在那个时候，我不知道过去了多少时间，我实在是理不出头绪。"

她渐渐不说话了。当她们靠近乌普兰区时，前面的道路变得开阔。

"你刚才说你理不出头绪，什么意思？"埃拉问道。

"所有一切都乱糟糟的，我应付不了。我不得不转学，搬走。"

按照地址，她们来到郊区边缘，经过一个工业区，沿着一条通往梅拉伦湖的曲折道路前行，穿过一个以前的农业区。

她们在一栋漆成红色的大型别墅外停车，花园里还有一栋户外建筑和一棵苹果树。走来迎接她们的女人五十多岁，穿着一件背心和一条工装裤，头发扎在脑后。她面露微笑，脱掉手上的园艺手套。

她们自报家门,说是来看看欧洛夫·哈格斯特洛姆的东西的。

那女人的微笑退去了:"警察说他们已经完事了。我们只是把那间房租出去,就这样,为人提供住处而已。现在我知道我们本应该对租客进行更详细的背景调查,可你总想信任别人,对吧?"

她已经清空了那间房,不过英吉拉还是想要看看。那个名叫伊芳的女人不情不愿地拿了钥匙,带她们走进去。那间房位于户外建筑中,在一个斜坡下,藏在灌木和树木后头。房东在主建筑中看不到那个房间,因此也不知道房客在不在家。这些话他们已经和警察说过了。

"我们可不是控制狂,我们住在这里是为了平静和安宁。"

户外建筑中空空荡荡,只有几个油漆桶,一张矮凳,一些防护纸落在地板上。面积顶多十五平方米,有一个简陋的厨房兼餐具室,角落里放着一个电炉。唯一的自来水在浴室里,那间浴室侵占了门廊上的一间储物室。

"在再次出租之前,我们对这里进行了深层清洁。我真没想到这里面竟会是这个鬼样子,还有那股臭味!我们不得不使用一些不合规的清洁喷雾剂。"

他所有的东西都被放在外面,用一张防水布盖着。

"我就把这些都留给你们了,可以吧?"那女人迈着大步走开了。

英吉拉扯开那层塑料布。

欧洛夫没什么家具:一张大大的床垫,但没有床架和床头板;卷起来的床罩和床上用品;一张老掉牙的扶手椅,一张桌子和两把椅子;一个雅马哈音响,配上巨大的喇叭,堆成一堆。埃拉数了一下:七个硬纸盒,三个垃圾袋。

"我看所有这些都得送去垃圾场了。"英吉拉说。

"我们有空间放音响,"埃拉说,"还可以放几个盒子。"

她朝离她最近的一个垃圾袋里瞄一眼。她闻到有霉味,那里面是毛巾和衣物,它们就这样被扔了进去。本该租辆更大的车,她心想,感觉求房东宽限一段时间不是什么好主意。一场大雨过后,所有东西都会被浸湿发霉,然后什么都不剩。

英吉拉跌坐在一张椅子上。

"我觉得他就是个窝囊废。我讨厌他,因为我在浴室里时他狠命地拍门,因为他溜进我的房间偷我的东西,都是兄弟姐妹相互争斗的那些破事。我从来不相信我听到的话,不过我还是告发他了。"

她将一个箱子拖到身边,翻开盖子,取出一个锅、几把勺子和一些餐具,以及一封信。英吉拉调转信封。

"妈妈寄来的。"她说。那里面还有更多的信,不一会儿她手里已经拿着厚厚一沓。"看,他拆开过,欧洛夫肯定看过信,可他从来不回。为什么?"当她拿起一个厚重的白色信封,她的声音变得断断续续,"我记得这一封,那是我通知他来参加妈妈葬礼的。"

英吉拉转过身,埃拉不知该说什么。她朝距离自己最近的箱子里张望,里面有一包速食通心粉、几罐热狗。

"你不相信什么?"最终埃拉问道。

"什么?"

"你刚才说你不相信听到的话,不过你还是告发他了。"

"就是欧洛夫跟着莉娜走进树林的传言。"英吉拉将信件整理成整齐的一沓,放在身边。她抽出一张纸巾,擤擤鼻子:"他是我弟弟,还沉迷于组装模型、飞机什么的。我是说,他的房间散发着臭味,不是汗味，是别的什么……他当时十四岁，在那一年他突然猛长，尽管如此……我觉得他们是在胡说、在撒谎，而我也不知道我为什么要把这话告诉妈妈。我只是生他的气，或者说更像是在生爸妈的气。他们总是为我'跑哪儿去了'和我吵架，哪怕我只有三岁的时候也是一样。不过他们从来都任由欧洛夫在外面逛荡，他想在外头待到多晚就待多晚，还和那些年龄更大的孩子混在一起。或许他为他们偷香烟、啤酒，又或是其他什么的，只为了和里肯还有托尔那群人混在一起。"

"里卡德·斯特里兰德？"

"是叫这个名字吗？我不记得他们所有人，那是很久以前的事了。不过我记得我因为欧洛夫和他们混在一起而生气，很生气。那都是些和我差不多大的男孩，其中几个还挺帅的，就是你会想象自己和他们在一起的那种男孩……不过当时和他有关的任何事都会让我生气，我沉浸在自己的世界里，以为自己……"

英吉拉垂下目光，看了看地上那沓信。

"所有人都说是他干的，他也认罪了，对吧？所以肯定就是他吧？"

第十七章

上午第一班车在午餐前开进克拉姆福什。埃拉发现警局里一片安静,空荡荡的办公室,沉闷的空气,没有人告诉她这天余下的时光她要做什么。

在餐厅里埃拉碰见了一个本地警探,对方从警的时间非常漫长,感觉和永久无异。这个女警探名叫安佳·拉里奥诺娃,她似乎从不休假。有传言说,她几年前嫁给了一个俄国人,因此才会有一个这样的姓氏。可她并没有戴婚戒,也没人知道那个俄国人上哪儿去了。还有一些人窃窃私语说,她只是假装自己结过婚。

"案子查得怎么样了?"安佳问道。听她的语气,就像是在闲聊天气一样。

"还行。"埃拉说,"现在没什么事做,我们正在等鉴识报告。"

"就是你们在树林里找到的那些东西?"

"嗯,你呢?"

"越来越多的夏日游客正在赶来。"安佳答道,并深深叹了口气,"他们要来看在罗城找到的那些赃物的照片。他们会指出哪些东西是他们的,而我得解释为什么他们不一定能取回自己的东西。昨天有一对夫妇过来,他们有一对日本屏风被偷了,那屏风上还有樱花图案。

他们保证说这对屏风在整个翁厄曼兰绝无仅有,因此向他们解释为什么我们不能马上去把它取回可着实费了我一番口舌。"

"没有其他可辨别的特征,可以证实那屏风是他们的吗?"

"没有。而那么点樱花还不足以让人颁发搜捕令。"

埃拉洗刷完杯子,说了声再见。她给乔乔发了短信,让他在得空时给她打电话。晨会取消了,乔乔正在哈纳桑的拘留所,而其他人或许正在忙别的事。半小时后他回复了她,当时他坐在一辆前往松兹瓦尔的车里。

"奈达伦保持沉默。"他告诉她,"自从我们给他看了那些东西的照片,就是藏在森林里被我们找到的那些东西,他就一个字都没再说过。"

"有什么特别的事需要我做吗?"

"我们正在等鉴识报告,不过或许那报告最快也得明天出来。还有什么报告是我们不知道的吗?"

"我在想我能不能看一下那起旧案的初步调查记录,"埃拉说,"我想确认奈达伦这个名字没有出现在其他案件中。"

"不要掀起旧日的尘埃。"乔乔说。他听起来有点心不在焉,仿佛他的思绪已经飘到别处:"还有,看在老天爷的分上,不要让记者知道你正在干什么。他们对陈年旧案非常痴迷,他们以为凭那些东西可以为他们赢来奖项什么的。"

那起旧案的初步调查记录深埋在档案室里,埃拉花了近三个小时才将其挖出来。现在的门卫是个夏季临时工,他帮埃拉把档案盒从升降机上搬下来。

根据纸质记录，这些资料自 1996 年存档以来就再也没有人接触过。这些年来，几个记者曾经申请翻阅这些资料，可是他们每一次都被拒绝了。

有好几千页文字，大多数都是询问记录的誊本；还有一个个盒子，里面装满录像带——表面斑驳的盒式录像带，是另一个时代的见证。

当埃拉从一个箱子里拿起文件夹，一只死去的甲虫落在她的腿上。

看那微笑，如此灿烂。微笑凝固在莉娜那永远不变的照片上。

照片背景是蓝色的人工背景，是学生照，是那个夏天到处可见的那种照片。她的一头长发呈暗棕色，梳成柔软的波浪，披在肩上。几乎可以肯定，她在照相前做过鬈发。当时报纸上还刊登了几张更日常的照片，都是私人家庭照或抓拍照，是他们从莉娜的朋友们那里讨来或买来的。不过从初步调查报告中掉出来的这张照片是人们最熟悉的：莉娜·斯塔弗雷半侧着脑袋，对着照相机，正在微笑。

这张照片是在她高中一年级学期结束前的几个月照的。

现在是繁花盛开的季节。

是欢乐之季，大美之时。

如同所有瑞典孩童一样，她肯定也唱过这首古老的歌谣。歌里唱的是柔和的阳光散发出暖意，爱抚从一切死物中冒出来的鲜活生命。

当她靠近，重生即将来临。

当埃拉打开文件夹，她几乎要颤抖了，她的心怦怦直跳。她正在协助一起谋杀案的调查工作，她仿佛又变成了那个九岁的小女孩，沿着沙滩搜寻，寻找证据。

文件干巴巴的，闻起来是陈旧的纸张的味道。

她几乎没有意识到下午已经过去，户外的天光渐渐冷却。现在她正在一个不同的时代工作。日子一天天地过去，周而复始，总是回到原点。

7月3日，一个温暖的夏夜。当时有阳光，几乎无风，莉娜·斯塔弗雷就是在那个晚上消失的。

直到第二天才有人注意到。当时毕竟是夏日假期，莉娜说她要到一个朋友家过夜。直到4日夜里晚些时候，才有人报告她的失踪。

线报迅速拥入。埃拉快速浏览了几页。那几天警察如同弹珠机里的珠子，四处乱窜，调查各处关于莉娜的目击报告。有人说她在涅斯欧克的集体农庄，和一些"环保狂人"混在一起；有人说看到她出现在斯德哥尔摩的马尔姆斯基尔纳茨冈塔，混在妓女之中；还有人说看到她在河里的一条船上，在海上，在哈纳桑的一家酒吧外，在斯卡尔波杰特山脚下的一个派对中；有一个人甚至声称曾经在梦里和她做爱，并想自首。除此之外，还有无数关于该地区可疑人物的线报，尤其是各色不同的外国人——来自俄罗斯、立陶宛和南斯拉夫的人。"或许你想说，现在该说是塞尔维亚人了，对吧？不然就是波斯尼亚人？我不知道他们是打哪儿来的，反正对我来说都一样。"这些可疑人物还包括在自己家里被发现的赤身裸体的邻居，还有到处晃荡不干正事的年轻男子。

最后，她发现了特里格夫·奈达伦的名字，与登门排查行动有关。

警察和住在周边社区的人们谈话，逐家逐户地寻找可能的目击者。

一段短短的记录，仅此而已。

在家吃晚饭，已被其妻子及妻子的姐妹证实。7月3日晚上：和六岁的儿子以及外甥乘船在河里捕鱼，没有看到受害人。

仅此而已。

此时埃拉可以放下文件夹，和其他东西一起塞回箱子里。

让尘埃再次落定，永远落定。

可既然现在一切资料都摆在她面前……

她再也不会有机会查看这些文件了。无论外界有多么热衷于重启时过境迁的旧案，警察都不会为了这类事情花费太多时间，尤其是那个案子已经结案，存档，盖上了"机密"的印章。

关于欧洛夫·哈格斯特洛姆的线报是在7月6日上午收到的。

"或许没什么，不过你也知道，你想……"

埃拉盯着那个名字，盯了好一会儿：甘奈尔·哈格斯特洛姆。

是他母亲打的电话。

"好像是有几个人看到那女孩走进树林，或者说他们就是这么说的。我没有亲耳听到，不过那些十几岁的孩子都说欧洛夫……好吧，他……我不希望你们从别处听说，因为你们会以为……"

埃拉试图想象当时位于贡格尔登的那栋房子是什么样的——整洁的过道，厨房窗台上摆着花，挂着轻薄的夏季窗帘。当时那里还是那一家人的家。英吉拉回到家，无意中提起她听到的话——年纪大点的男孩子传说欧洛夫如何如何，莉娜如何如何，说他们在树林里做了什么，或者说他声称自己做了什么。

甘奈尔一直等到第二天早上。她上床睡觉，或者睡不着——可能她度过了一个难熬的夜晚，然后她起床，打电话给警察。

这是因为她相信那些话吗？还是因为她不知道该怎么想？

接听她电话的人和任何心不在焉的警察无异。每当他们向公众征集信息，总会有大量傻瓜打来电话。最疯狂的往往是最执着的。

真相通常会被怀疑掩盖。

两小时之后，警察进行了与这一家人的第一次谈话。提到的问题也大致是埃拉会问的问题，回答颇为简短。欧洛夫没有说太多的话。

欧·哈："不。"

欧·哈："谁说的？"

欧·哈："不知道。"

欧·哈："不。"

对于大多数问题他以沉默应对，然后他父亲说话了：

斯·哈："说实话，然后我们就可以完事了，警察还有更重要的事要做。"

看到斯凡·哈格斯特洛姆以这种方式死而复生给人一种诡异的感觉——或者说，至少是他的话语死而复生，以白纸黑字——或者是以泛黄的纸和黑字——呈现出来。

斯·哈："照实说，小子。"

然后对警察：

斯·哈："我就是这样教育自己的孩子的，让他们只说实话。"

埃拉在心里琢磨：不知道当时英吉拉是不是在同一个房间接受询问？欧洛夫知道那线报的来源吗？他知道正是他母亲给警察打的电话吗？

警察第二天又来了，还带着检察官签署的文件。他们提取了他的指纹，还搜查了这栋房子。

埃拉浏览着那份报告。她可以想象出当时那种沉寂——当他们从他床下拖出那个箱子时，欧洛夫童年时的房间里所弥漫的沉寂。那个房间位于二楼，她从没有亲自去过那里。可她从描述中得知那是一间狭窄的储物室，位于斜屋顶下方。这种格局在这类房子里很常见。

根据报告，那箱子里塞满了东西，几乎要爆开了：漫画书、糖纸、腐烂的香蕉皮、一架折翼的飞机，还有一件黄色的开襟毛衣。

埃拉对于那段时期的电视新闻还有些记忆。她母亲尽力不让她接触到这些事，不过并没有成功。

突破——当时他们就是这么说的。她之所以记得，是因为她并不理解这个词的意思，她还以为那与骨折有关，并因此觉得自己在母亲的朋友面前表现得像个傻瓜。当时她母亲的一个朋友正住在她家。

当时她母亲和朋友相互对视，在她面前斟酌词句。不过母亲最后解释说这意味着他们找到了那个人："我们很快就知道莉娜到底怎么样了，亲爱的。"

他们并没有直截了当地说莉娜已经死了，不过所有孩子都注意到了那些窃窃私语——一旦孩子们靠近就会压得低低的嗓音，还有那些生硬的宽慰："现在没什么可担心的，不过还是不行，你不能自己一个人出去。"

或许就是当天晚上，他们找到了莉娜的开襟毛衣。

而调查工作进入一个新阶段。

埃拉跳到第二天开始进行的讯问记录。她意识到还有几百页记录在等着她。一周接一周的讯问。

埃·格："你能不能告诉我们，你跟着莉娜进树林后发生了什么事？"

欧·哈：（不回答）

埃·格："你为什么跟着她走进树林？你喜欢她吗？看看这张照片，她很漂亮，对吗？"

欧·哈：（摇头）

埃·格："你得说话，要录音的。我们谈话时你要看着我的眼睛，欧洛夫，看着我。"

欧·哈："嗯。"

埃·格——埃勒特·格伦兰，埃拉的老同事。她没有意识到他曾经如此深入地参与此案，也没想到他偶尔会主导讯问。一页接一页——长达几小时的讯问；一天接一天，持续了一个多月。她查看这里或那里的文字记录，阅读到其中一小段，发现有一个她不认识的首席讯问员加入，这回是一个女人。埃拉试图想象欧洛夫坐在她面前，那个十四岁少年——在"不回答"和"摇头"后面隐藏着什么？

关门声吓了她一跳。调查资料堆成一摞摞,环绕在她周围,仿佛一堵墙。她没有意识到有人来来去去。夜间巡逻的总部在索莱夫特奥,这意味着在克拉姆福什没有警察值班。整栋大楼静悄悄的。有那么一会儿,她还以为自己是唯一留在这里的人,不过后来她听到了敲击声和咒骂声,是那个临时工门卫,他正忙着清理咖啡机。咖啡机上的红灯闪了一整天,提示他们要换滤芯什么的。

"这根本不是我的活儿。"他嘟囔道,"不过如果不管的话,明天早上就喝不到像样的咖啡了。"

"你知道上哪儿能弄到一台录像带播放机吗?"埃拉问道。

十四岁的少年坐在那里,身子前倾,把头埋在手里。

一条胳膊伸进画面里,一个身躯探到摄像机前方,把他的手挪开。

"在我们谈话时我想看到你的脸,欧洛夫。"

又是那个女人,那个首席讯问员。埃拉在网上搜索关于她的资料,找到一篇关于她的旧文章。她来自南边,经常作为一个儿童讯问专家被叫来。录像时间是欧洛夫成为调查行动首要关注对象超过一周之后。

"有五个人声称当你从森林里走出来时,你身上沾满泥土灰尘。如果你什么都没做,怎么会弄成这样?"

"我摔倒了。"

"你是想抓住莉娜吗?"

沉默。

"你是个男孩子,欧洛夫,正在长成一个男人。这没什么不正常的。或许你身体上出现了一些你不太理解的变化。帮我再看看这张照片,她是不是很漂亮?你觉得莉娜漂亮吗?"

欧洛夫看向别处,反复搓揉自己的颈脖。埃拉拼命想从他的五官中辨别出她所碰见的那个成年男子的特征。或许是他的眼睛。这个男孩,孤零零地坐在一张塑料泡沫沙发上,身处一间没有装饰的讯问室。他高挑瘦削,一举一动中透着笨拙,仿佛是他的身躯长得太快了。他有着宽阔的肩膀,不过和他后来的庞大身躯相比还差很远。

在一个狭窄的密室里闷了将近三个小时,里面的空气很快就变得干燥。埃拉意识到自己无法看完所有资料,仅第一周就包含大约二十小时的讯问。她在心里快速地算了一下:她要看的是总时长约一百小时的录像。埃拉在那些录像带中翻找,其中几盒贴着"现场指认"的标签。

警探不热衷于重启旧案调查是有原因的。

重启旧案,需要有清晰的依据、新的证据。对于已经结案的案子,警察不会轻易地把重新调查的责任揽在自己身上。喜欢刨根问底的记者才会这么做,就如同他们对待瑞典所谓的连环杀手——托马斯·快克所做的那样。

快克承认自己制造了三十多起谋杀,并因其中的八起被定罪。尽管他指认了现场,可他从来没有引导警方找到一具尸体。唯一的法医证据是一块骨头的碎片,据说是属于某个女孩子的——然而后来发现那其实是一块塑料。整桩案子都以心理治疗为基础,而这些心理治疗意图挖掘出那些"被压抑的记忆"——关于他所犯下的谋杀罪的记忆,而他本人甚至都不知道这些谋杀的存在。

"欧洛夫,看着我。"那个女人坚持道。她并没出现在画面中。

"当你抓住莉娜时,她做了什么?她尖叫了吗?是不是因为这样你才想让她闭嘴?"

埃拉关上录像带播放机,她意识到自己得吃点东西。她打电话给妈妈,确认一切安好。克里斯汀告诉她自己吃了点三明治,喝了一杯酒,正准备上床睡觉。不过只有当她重复相同的信息两遍时,埃拉才相信她的话。

她在餐厅的一个橱柜里找到一些薄脆饼,还有一些不知是属于谁的奶酪和黄油。只能怪他们没有给自己的食物贴标签。

然后她给奥古斯特打了电话。

她的同事心甘情愿地跑过来,但是过了三十分钟之后他就不耐烦了:"我们看这些究竟是为了什么?"

因为我小时候没人告诉我,她心想。埃拉解释说,她需要另一双眼睛来看看其中是否有可疑之处。而她现在只有傍晚和当天夜晚的时间,在那之后录像带就要归还档案室,而她也要再次钻进警局巡逻车里,在这个地区驾车巡逻,一英里一英里地巡逻。

她并没有说她之所以叫他来是因为喜欢他陪在她身边,尤其是在一间不过几平方米的房间里。

"又只有他一个人,他的父母都不在场。"埃拉一边说着,一边按快进键扫过整段录像,"你注意到了吗?他未成年,而且只有他一个人。"

"那个时候就是这样的。"

奥古斯特把一只脚搁在桌上,他的脚在持久不变的录像画面前摇晃。录像画面还是一个男孩坐在塑料泡沫沙发上,一个小时接一个小时,总是同一个拍摄角度。埃拉迅速翻阅文字记录,希望能跳到那些有所变化的部分。他们略过整整一沓录像带,找到第三周的讯问记录。

"等等,"埃拉说,"有变化了,他开口说话了。"

欧洛夫盯着地板,他的脸几乎埋在他的手里。

"不是这样的。"他说。

"什么意思?"

"不是像我和他们说的那样。"

"你现在是说你的朋友们吗?那些在路上等着的男孩?"

看来那个身为讯问员的女人坐在一旁,欧洛夫匆匆瞥了她一眼。

"她推我,我摔倒了。"

"你说什么?"

"地上很脏,各种脏东西。"

"你是说莉娜?体重大约五十公斤的莉娜?"

"嗯。"欧洛夫的眼睛再次盯着地板。

"之前你为什么不说?"

"因为……因为……她是个女孩,就是这么回事。我没想到,肯定是因为这个我才摔倒的。我很壮的。"

"我们知道,欧洛夫,我们知道你很强壮。"

"然后她抓了一些荨麻,像这样。"他比画给他们看,用双手在自己的嘴边摩擦,抹过脸庞,"然后她把泥土塞进我嘴里,说她变得脏兮兮的都是我的错,是我把所有事情都搞砸了。"

"然后你就控制不住自己的脾气了?"

"不,不是。"

"现在看着我,欧洛夫。"

他摇摇头,并没有抬起眼睛。

"他刚才说什么?"奥古斯特问道。

埃拉立刻倒带,调高音量,想听清这个十四岁的少年在嘟囔什么。

"她走了,"他说,"只有我一个人倒在地上。"

"你刚才说的是你对她的脸做了那些事吗?你是这个意思吗?"

"不是,是她做的。"

"可是这和你对你朋友说的话对不上啊。哪些话才是真的,欧洛夫?"

"我还能说什么?"

"现在我不知道该怎么想了。开始时你说你对莉娜什么也没做,现在你说是她对你做的这些事。我们怎么知道哪些话才是真的呢?"

"是真的。"

"哪部分?现在我已经糊涂了,欧洛夫。"那个女人靠过来,一半身子进入镜头内,"只能有一种说法是真的。当你走出树林的时候,你对你的朋友撒谎了吗?"

"可以停下来吗?"

"不行,欧洛夫,我们还得再继续一段。我们要一直继续下去,直到你和我们说实话为止。你明白的,对吧?我们不会停止,直到你告诉我们你对莉娜做了什么。"

在接下来的录像中,那个"十四岁的少年"反复要求"停下来"。然后他想要他妈妈也加入他们的行列。

"你母亲就坐在外面。"

"我想要她进来。"

"我们觉得她现在还不能进来。不过她也希望你说实话,她和你父亲都希望这样。"

当奥古斯特从埃拉手中拿走遥控器,她的手掌滚烫。

"怎么回事?"他问道,按下暂停键,"他又在撒谎,还是他正在说实话?"

"我不知道。"

他们安安静静地坐了一会儿。埃拉翻阅调查总结部分,希望能弄清楚时间线和事件。

"在那之后,讯问进行了几周,然后他全都认了。据说他指认了把她的尸体抛入河里的地点。我记得那张柳条的照片——在电视上放过的,就是他用来勒死她的柳条。我记得当警察宣布已经侦破了这起谋杀案后,妈妈如释重负地哭了起来。我当时不明白是怎么回事,我一直以为人们之所以会哭,是因为他们感到难过。"

埃拉再次翻找那些录像带,找最后几盒,每一盒上贴的日期都是八月下旬的某一天。

那标签上写着"现场指认3"。

摇摇晃晃的镜头,一群人正缓缓穿过树林。

十四岁的少年走在人群中,迈着稍显笨拙的步伐。其中一个警察将手搭在他的背上——实在看不出这姿态究竟是为了保护还是催促,或者两者皆是。相信我们,你在这里很安全,我们将会把你引到断崖绝壁。当那名警察转过身,埃拉认出了是她的老同事,只不过是年轻得多的模样。

有点微风,使得麦克风"哗哗"作响。

"你是用什么杀死她的?你还记得吗,欧洛夫?是什么让她停止了呼吸？你能展示给我们看吗？"

另一个人走进镜头，抱着一个大大的假人，和真人一般大小。假人的手臂软绵绵地垂下来，或许是用某种布料制成的，只是没有五官之类的东西。

"当你和她发生性关系的时候，她是不是就躺在那里？就像这样？"

假人被放在地上推来推去，欧洛夫摇摇头。

"之前你说你想要和她发生性关系，你躺在地上。你能向我们展示一下你们俩躺倒的姿势吗？"

他最后指认了。那里有一块岩石，一棵倒地的树木截断了小径。所有一切都以无比缓慢的速度进行着。埃拉倒带，重复观看其中几个部分——就是那些他们认为或许会有所遗漏的部分。当欧洛夫说他用一根那样的柳条来勒她时，他有没有说她是怎么死的？

"不行，欧洛夫，我们还不能走。"

"我想撒尿。"

"等我们弄清楚发生了什么事，就可以走了。你说你嘴里有泥土和荨麻，你是不是用泥土来让她窒息？"

"不，不是。"

"在这周围你能找到你当时使用的东西吗？是不是树枝？或是你随身带的东西？是皮带吗？现在我们想要你记起来，欧洛夫。我知道就是这里。"首席讯问员把手放在他的额头上，"现在我要你鼓起勇气，想起来，伙计。"

埃拉停止播放。

"他们把那些话硬塞进他嘴里。"她说。

"他们想要获取他的记忆。"奥古斯特说,"就是他深藏起来的东西。当一个人经历了某种真正具有创伤性的事件时,有时就会发生这样的情况。"

"你是说'被压抑的记忆'?这种东西并不存在,这已经是被反复证实了的。人们会记得自己经历过的可怕事件,被遗忘的反而是寻常事,是他们没有留意到的东西。比如说,没有人会忘记自己曾身处奥斯威辛集中营。"

"这是大概二十年前的事了。"奥古斯特说,"再说了,也没有那么绝对。我有一个朋友曾经在斯德哥尔摩大学上过一门法医心理学,那门课的老师曾经卷入几起类似的案件,他本人也接受了心理治疗,然后他记起了一些事——暴虐行为之类的。他相信那是真实存在的。"

"我们是警察,"埃拉说,"相信并不存在的事不是我们的职责所在。"

"所以就禁止想象,对吧?"奥古斯特的微笑中透着揶揄,真让人恼火。

"嗯,没错。"她嘟囔道,"在工作中就是这样。"

现在已经将近深夜两点,可埃拉不再感到疲倦。她快进扫过那段录像。时间是1996年八月下旬的某一天,已经到了下午。和嫌疑人一起进行的现场指认工作已经进行了近两个小时。

欧洛夫从地上捡起一样东西,扔掉,又捡起一样东西——一根树枝。

"是用这种东西吗?"

"大概吧。"

"你能向我们展示一下当时你是怎么做的吗?"

欧洛夫弯折树枝,做成圆圈状。

"那根柳条。"埃拉说。

"我能回家了吗?"欧洛夫问道。

"你做得很好。"首席讯问员说,"现在我想让你展示一下你是怎样把她搬离这里的。你能用这个假人向我们展示一下吗?你是用手这样抱着她吗?还是这样?"

当欧洛夫将假人背在肩上,画面开始摇晃,录像结束了。埃拉换了一盘带子。

"感觉他们已经完全确定就是他干的了。"她说,"所有人都知道。我记得很清楚,我一辈子都记得。"她很想抓住奥古斯特的手——那只手离她那么近,却无动于衷地搭在椅子扶手上。

录像再次开始,这回背景变了,是在河边,有河滩、沙子,或许还有泥土。

首席讯问员的嗓音变得略微沙哑。

"你把她放在这里吗?她是不是在这里弄丢了钥匙?还是你把她的东西扔到了这里?她背着的背包呢?你是不是把那个包扔进水里了?你能不能指给我们看你是在哪里扔的?"

经过一个金属棚屋,欧洛夫依然背着那个假人。假人的手臂来回晃荡,仿佛在拍打他的背。他走到码头边上。

那里是禁止孩子们玩耍的地方。据说那里的水有三十米深,在以前锯木业的黄金时期,巨大的船只都在那里停靠。然而这还不是河里水最深的地方。再往外一点,河床陡然下降,形成一百米的深渊,隐藏在具有欺骗性的闪闪波光之下。任何人落入其中都会永远消失。

"你就是在这里把她抛下去的吗?还是在更靠近下游的地方?"

"不,不是。"

"就是这里啊?你能给我们展示一下你是怎么做的吗?"

欧洛夫把假人抛出去。

"你就是这样把她抛出去的吗?当时莉娜有没有落入水里?当你把她扔进水里时,她是不是已经死了?"

"她没有。"少年呜咽道,在码头边上缩成一团,眼睛盯着混凝土柱子,"她没有死。"

首席讯问员在他身边蹲下。她调整耳朵里的什么东西,抬起目光,一脸绝望和疲惫。埃拉看见她正用目光搜寻站在摄像机后的人。她正在就这些问题寻求帮助,埃拉心想。

风声灌进一只麦克风里。

"你把她扔进水里的时候,她是不是还活着?"

第十八章

午餐刚结束,乔乔就来到克拉姆福什警局,他迈着大步走过走廊,手机贴在耳边。

埃拉等他打完电话才走进房间,把关于那起案子初步调查的总结放在他的桌上。

"我不确定是他干的。"埃拉说。

"什么?"乔乔低头看着文件夹,一脸茫然。

"欧洛夫·哈格斯特洛姆。"埃拉只睡了几个小时,不过她在梦里看到了那间摆着塑料泡沫沙发的讯问室,感觉自己正在玛丽堡的码头边缘晃悠。那个软绵绵的无脸假人也出现在她的梦里。

"啊哈。"乔乔说,"好吧,明白了。"

他捏着文件夹的一角,拎起来,勉强能看到封面上的字:案子名称和年份。

"他认罪时说的话都是警察向他灌输的。"埃拉继续说道,"他们持续几个小时对他进行讯问,而且他父母还不在场。"她已经在脑子里把想说的话进行了梳理,修改了措辞,排演了一遍又一遍。像这样畅所欲言有违她在成长过程中接受到的所有教导:你要谦虚,一定不能表现出自以为比前辈们懂得更多的样子。此事关乎忠诚与不忠。她感觉自己的腹部正微微痉挛。"讯问员把那些话硬塞到他嘴里。他们对欧洛夫说，直到他指认是在哪里把她扔进水里，直到他向他们展示他是如何杀死她的，才能回家。"

乔乔轻抚着长着髭须的下巴。

"你查这个不是为了看看奈达伦的名字有没有在其中出现吗？"

"出现了，"埃拉说，"在登门排查行动的记录里。"

她告诉了他自己的发现。当天晚上奈达伦家有亲戚在，而特里格夫带着孩子们抓鱼去了。

"不过他们并没有进一步问问题，只是记下他说的话。"

"那就不是他了。"乔乔说。

"我没有说就是他，不过你不觉得那些问题值得一问吗？当时他们不知道他是个曾经被定罪的性侵犯，而能给他提供不在场证明的只有他的家人。这个调查中存在巨大漏洞。"

"特里格夫·奈达伦是清白的，他没有杀死斯凡·哈格斯特洛姆。"

"什么？"

"那条连身工装裤不是他的。我们几个小时前收到了鉴识结果。他从来没有戴过那对橡皮手套。那些血迹是斯凡·哈格斯特洛姆的，量很大。不过却没有一星半点指向特里格夫·奈达伦的痕迹。也就是说，那条工装裤上沾满了另一个人的指纹和DNA，手套也是……"

"那是谁的？"

"在数据库里找不到。"

埃拉跌坐在角落里的一张椅子里。外面的天空阴云密布，或许真要下点雨了。

她尽力让自己把注意力集中在当前的案件调查上，把过去抛诸脑后。

斯凡·哈格斯特洛姆被杀一案。所有一切都那么清晰明了，动机如此强烈。一个隐瞒身份的人，如果人们知道他是谁，知道他过去涉及的那起轮奸案，他的人生就分崩离析了。

那把刀，和另一把一模一样的刀。

"他妻子的 DNA 数据在数据库里吗？"她问道。

"不在。"

"其中一把刀是她的。"

"我知道。"

埃拉揣摩着玛姬恩·奈达伦这个人，她那强势且喜好抱怨的一面，还有希望掌控并把事情处理得妥妥帖帖的欲望。她想到他们的婚姻，两人相互紧密交织，如同堡垒，对抗着周围的世界。她想到那种耻辱——身为一个强奸犯的妻子，知晓事实却又保持沉默。

"玛姬恩可能会失去的与她丈夫一样多，她像他一样尽力保守着这个秘密。"

"这点我也想到了。"乔乔说，"现在我们已经派一辆车过去了。"

埃拉想不出别的话可说。当她走出房间，乔乔把她叫回来。

"别忘了这个。"他把那个文件夹递过去。当埃拉接过来时，他依然抓着文件夹，好一会儿才松手。

"你觉得自己有责任吗？"他问道。

"对什么有责任？"

"欧洛夫·哈格斯特洛姆。我们能阻止已经发生的事吗？我们应该提醒他吗？我们知道网上的人戾气越来越重，这还是你告诉我的。"

埃拉低头看着手里的文件。

"我们是在进行谋杀案调查。"她说。

"好吧,如果我们有所疏漏,"乔乔说,"责任在我。"

虽说一个月前刚清洗过窗户,玛姬恩还是把所有窗户又清洗了一遍。总会有苍蝇屎和种壳随风飘散,粘在窗玻璃上。

她自然也对地板进行了除尘和擦洗。她对厨房和起居室尤为用心,再加上卧室——她和丈夫共享了近三十年的卧室。

特里格夫睡觉打鼾,有时这会让她睡不着。那些夜晚——明媚而微亮的春夜,黑暗而安静的秋夜,还有苍白月光照亮白雪的冬夜。

所有那些夜晚。

所有组成那些夜晚的时光。

她清洗过床单被褥,尽一己之力将被单展开。被单的另一头夹在一个抽屉里。不管怎么说,现在和平时不同,没有特里格夫在她身边搭把手。平日里,两人会扯着床单,把床单绷紧,对折,朝对方走去,继续折叠,这样等到两人最后碰头时就能让床单变成整整齐齐的一沓——她的祖母就是这么教她的,以前家境艰难时她偶尔会去祖母那里住。

她听说,如果一开始只是角落里有一点尘土而不处理,后面整个屋子的情况都会急转直下。

一团灰尘,一处污渍,一张没有整理的床,或是一张只是稍显凌乱的床,鸭绒被堆在床上——十几岁的帕特里克就是这么做的。

他们第一次见面时,特里格夫也是一样。玛姬恩记起他在挪威的那个房间——他们第一次做爱的地方。最后衣物堆在地板上,还有脏盘子等着她去洗。

特里格夫对其他人的所思所想知之甚少。他对嫉妒一无所知，也不知道当一个卑鄙的老浑蛋开始动起心思时会发生什么。

有时候她甚至怀疑他根本不了解自己的儿子。

告诉帕特里克？他疯了吗？

他们的儿子，那个漂亮的男孩，体内总是蕴含着那么多的怒气。当她儿子离开时，他隔着院子大喊："我恨那个该死的浑蛋！"

"不许这么说你父亲！"玛姬恩回了一句。

"你知道的，你怎么能和他睡在同一张床上，你怎么能……"

他的话在玛姬恩心中留下深深的伤痕。

她想对他说：你不知道当时他有多帅。她想抚摸儿子的头发，向他解释：还有谁会守在我身边，守了那么多年？在我怀孕的时候，在你降生的时候，是谁在我身边？你知道无人可依的滋味吗？

或许只剩几个小时，或许还有一天的时间？玛姬恩大概知道那种检测报告需要多久才出结果。和其他人一样，她阅读罪案小说，看罪案连续剧，并据此计划自己的行动。

她把肉桂卷分装入袋，把一份份千层面放进冰箱。西兰花菜汤，香肠和土豆泥；浇上酱汁的维也纳小牛排，豆子和土豆。所有这些都分成一份份，其分量足够做出一顿像样的饭菜。把土豆放进冰箱里会让土豆变干，吃起来面面的，不过当特里格夫回到家，看到所有一切都为他准备好了，他也会心生感激。玛姬恩给每个塑料餐盘和保鲜袋都贴上了标签。

她为他准备的这些东西足够他撑过几个星期，只有当他需要额外的新鲜货时才用得着往尼兰的超市跑一趟。

到时候他们的女儿可能也回到家了。

珍妮在澳大利亚待了那么久，几乎不和他们联系。那里火灾遍地，根本不是人住的地方。将要只剩下她父亲孤零零一个人了，这时候她肯定会回来的吧？

"你将会听到关于你父亲和我的事。"玛姬恩写道。

"不要批评谴责他，他从来都不是一个糟糕的父亲。"

"你还记得他为你做的那个洋娃娃房子吗？"

她的信写得很长，她要珍妮仔细思考并理解，她告诉珍妮是时候为自己以外的其他人考虑一下了。

"到了最后时刻，我们所拥有的就只剩下家庭。"

玛姬恩开始给特里格夫写信，不过她发现这信更难写。每张纸她都是只写了几行，然后团成一团，扔进火炉里。她让这些纸张完全燃烧，这样就不会留下灰烬了。

到最后，她只是给他写了一张短短的便条。

食物在冰箱里。

拥抱你，亲吻你，

　　玛姬恩

当警车在院子里停下的时候，她正坐在门廊里，拿着一个保温杯喝咖啡。她给自己留了两个肉桂卷。玛姬恩按照自己的意愿穿衣打扮。她穿着一条黑色的长裤和一件铁锈红色的系领结女衫，朴素而庄重，还透着适度的典雅。自从她在克拉姆福什趁着打折买下这套衣服之后，它们大部分时间都挂在她的衣柜里。

在商店里看着还不错的衣服，家常穿就显得太隆重了。

她在外面坐了一两个小时。尽管微风变得凛冽，尽管咬人的雨点钻进了开放式门廊，她还是坐在那儿。

他们曾经聊过给门廊上釉的事，或许会在秋天干这个活儿。

她不知道特里格夫现在还会不会费心做这事，或者他会就这样放弃，任由这栋房子陷入失修状态，就像这一带许多其他房子那样，肉眼可见地颓败下去。不知怎的，她发现自己想起了莉娜·斯塔弗雷曾经住过的那栋房子，就在几公里之外。自从那家人搬走后，没有人再住进去。几扇窗破了，烟囱开始坍塌，房屋正面整面墙看上去很吓人。话说回来，玛姬思也明白那家人遭受了巨大的痛苦。

在站起来之前，她把落在腿上的几粒面包屑扫入掌中。任何东西落在黑色的布料上都清晰可见。

"是玛丽安·奈达伦吗？"

两个身穿制服的警察横穿草坪。

"是，是我。"

"我们想请你和我们一起，到克拉姆福什一趟。"

玛姬恩走下阶梯。她可不想让他们那糊满泥巴的鞋子到处踩踏。其中一个警察走上前来，抓住她的手臂。

"我自己能走，谢谢。"

她听到他们向她宣读什么东西，关于检察官、指纹和DNA什么的，还说她并没有遭到逮捕，只是被带回去接受讯问。他们的声音仿佛从遥远的地方传来。除此之外，她能听到树木间的微风，感觉到雨水落在脸上。一切都那么清新。

第十九章

埃拉整理文件夹,把所有资料按正确顺序放好。就这样,确保这起旧案的相关文件沉入档案室深处——或许那儿才是它们的归属地。

即便这桩案子被送上法庭,他们也只会说:"排除一切合理怀疑。"

在莉娜·斯塔弗雷一案中,有七名警察作为核心成员参与了调查。其中几人是警局里最有经验的人,而且还有法医、心理学家和天知道是什么身份的人给予了他们支持。

而埃拉只有三十二岁,她身为助理警员将近六年,身为探案组警探仅两个多星期。所以她能质疑谁呢?

没法将录像带直接塞进箱子里,于是埃拉只得将它们重新打包后放进去。

乔乔并没有明确告诉她希望她做什么,不过他的暗示已经很明显了。他不愿倾听,怀疑她之所以要挖掘欧洛夫·哈格斯特洛姆的过去,是因为她心怀愧疚。

他想得没错。欧洛夫是她童年时代的幽灵。从一开始,当她朝坐在车里的他走去,当她在树林里追上他,当她和他一起坐在狭窄的讯问室里,那种感觉就挥之不去,蕴藏在他的汗味中。

那种感觉不仅仅是不安——比不安要强烈。那是厌恶,是蔑视,是某种让她偏离了"严谨的专业性"的好奇心。

询问记录、目击证人证词、犯罪现场调查等,她需要把所有这些资料整理完毕。

当她翻查这些记录时,其中一些资料混在一起了。但至少,她可以把这些东西恢复成井井有条的样子。也正是因为这一点,她查看了每份资料的封面,不过这样做要花些时间。连那沓她从没看过的文件也没放过,日期、内容、人名、个人细节。

她快速翻看着那些资料,不过在迅速浏览的过程中,她还是抓住了一些细节:例如,位于玛丽堡一带的大量地址。他们必定是对住在犯罪现场周边的每个人都进行了询问。许多证人的出生年份在 1980 年前后,如此算来当时他们和莉娜年纪相仿,大约十六七岁,是她的朋友或校友。

其中一个询问对象的出生日期让她停了下来。那串熟悉的数字,还有数字的顺序。

然后是那个名字。

假如此前她周围有声响,此时此刻也已经完全安静下来了。

这并不奇怪,她对自己说。一个女孩失踪了,警察想要和尽可能多的人谈话。他们在克拉姆福什同一所学校上学,这有什么办法呢?

当时他们和一大群莉娜的同学谈话——万一有人认识她呢?万一他们看到了什么呢?诸如此类的。不过这上面没有其他人的名字,因此他并不是作为那群同校生中的一员接受询问的。

就只有他,只有他一个,后面是一页接一页的询问记录。

对马格纳斯·舍丁的询问笔录。

埃·格:"你最后一次和莉娜·斯塔弗雷谈话是什么时候?"

马·舍:"我不知道她在哪儿,我告诉你了。"

埃·格:"回答我的问题。"

马·舍:"或许是一个星期前吧。"

埃·格:"准确点,这很重要。"

马·舍:"我告诉你了,我们分手了,我们不再一起出去玩了。"

埃·格:"当她和你分手时,你是什么感觉?"

马·舍:"换你,你是什么感觉?"

埃·格:"我会感觉很不安,甚至会生气。然后我会尽量接受这一事实。"

马·舍:"就是结束了。"

埃·格:"我们和莉娜的朋友们聊过。他们说你对她怀有强烈的感情,可她对你的感觉却不同。"

马·舍:"他们不知道我是什么感觉。"

埃·格:"你希望她回来吗?"

马·舍:"我已经告诉你了,我不知道她在哪儿。"

埃拉记不起她哥哥十七岁时的嗓音,浮现在她脑海里的声音属于成年后的马格纳斯,就是几天前还和她对话的那个人。而埃勒特那刺耳的声音从中传出,响亮而清晰。

埃·格:"7月3日晚上你在哪里?"

马·舍:"我在家里。"

埃·格:"你回到家的时候是几点?"

马·舍:"或许是九点左右吧。"

埃·格:"有人在场吗？有人证实你的说法吗？"

当埃拉回到家中，克里斯汀正在听收音机。埃拉感觉自己走上了一个布置好的舞台。她长大的房子，她的家，所有她知道的一切，安全感和力量的来源，不过是舞台布景而已。

她喝了一杯水，调小音量。

"关了吧。"克里斯汀说，"反正尽是些阴暗悲观的东西。你想不想来杯咖啡？"

"当然。"

早上那一保温瓶的咖啡已经空了。埃拉在装满咖啡渗滤壶时还弄洒了咖啡粉。

"我来清理。"她母亲说，"你坐着吧，你都工作一整天了。"

"谢了。"

"而且我这里还有好多三明治。"

埃拉坐下来，想要找个突破点牵出这个话题。马格纳斯，莉娜，莉娜，马格纳斯，1996年7月3日晚上。克里斯汀已经接手煮咖啡这事。煮咖啡对她来说还是很自然的事，只不过她有时候会犯错：算错数，加了错误的分量。

"你还记得莉娜·斯塔弗雷失踪的那个夏天吗？"

"哦，当然，那是什么时候了？肯定是19……"

"……96年，他们还为这事找马格纳斯问话，问了好几次。"

"是吗？"

埃拉发觉母亲的话音中有一丝异样。那是对这个话题的回避，是退缩,而不能归咎于她日常的健忘。

"你肯定还记得吧,妈妈?他们找马格纳斯问话这事?你为什么不告诉我莉娜是他的女朋友?"

"啊……好吧,是这样吗?"

医院里的医生曾经告诉她,痴呆症并不意味着所有一切都会消失。记忆还在,只是变得难以把握。作为家人,埃拉可以帮得上忙的就是让那些记忆存活下去——不过这或许意味着听听老歌,翻看相册,而不是像现在这样。

"在莉娜失踪一周前,她和马格纳斯分手了。"埃拉继续道,"他们也找你问话了,就在这里。你肯定是坐在厨房里吧?当时我在哪儿呢?你证实了莉娜失踪当晚马格纳斯待在家里。"

克里斯汀手里拿着奶酪,停了下来,仿佛不知道该拿它如何是好。

"可当时马格纳斯晚上从来都不在家的。"埃拉继续道,"你们俩总是为这事吵架。所以为什么在那一天晚上,就在他女朋友被谋杀的那天晚上,他却待在家里呢?"

克里斯汀的目光溜向别处——或许是她的病症造成的:"是那个男孩干的,叫什么名字来着……"

"欧洛夫·哈格斯特洛姆。"

"对,就是这么回事……"

"你们俩有没有参加莉娜的葬礼?"埃拉突然想起她根本不知道莉娜有没有举行葬礼。毕竟一直没有找到她的尸体。一块记忆的碎片浮现出来:电视上关于葬礼的一个片段。"这么多年来,你怎么能对这些事一直保持沉默呢?"

一只笨拙的手伸过来，青筋毕露，微微有些皱纹。那只手轻抚过她的头发。

"哦，亲爱的，当时你那么小……"

埃拉甩开那只手。她仿佛回到了十几岁的时候，对母亲的爱抚感到气恼。她的音调和姿态变得既温柔又紧张。即便是在警校里待了五个学期，她也无法克服这一点。无论你记不记得，她心想，你是在试图保护我免受某样东西的侵害。

"她招认了。"

电话是乔乔打来的。他正坐在车里，从松兹瓦尔赶过来。埃拉能从背景音中听出斯普林斯汀的歌声。

在第一次讯问时，玛姬恩·奈达伦就打算招认了。而他们不得不让她停下来，等律师到场了再说。在没有法律代理人在场的情况下，任何人都不应该招认自己进行了有预谋的谋杀。

"现在我们已经进入最后阶段，"乔乔说，"就要结束了。"

接到乔乔的电话时，埃拉正走在警局的楼梯上。她一步两级台阶地往上蹿，然后找到一台空闲的电脑，输入在加入办案小组后得到的密码，登录进去。

她看到了对玛丽安·奈达伦的讯问笔录。

玛·奈："我要保护我的家庭。我做的就是这个。总得有人站出来抗争。我看你们也可以说我是两人之中更强势的那个。"

埃拉曾多次和这个女人谈话，因此可以清晰地想起她的嗓音——

既温和又严厉的嗓音。

　　玛·奈:"可我丈夫和这事完全没有关系,都是我干的,我自己干的。现在你们可以放过他了,他已吃够苦头了。"

　　玛·奈:"我唯一遗憾的是让特里格夫被关押了那么久。老实说,我当真没想到你们会把一个无辜的人关起来。我醒着的时候每时每刻都在等他回家。麻烦你们把这话转告他,可以吗?"

　　整个认罪过程透出一股从容。这个女人不慌不忙,不会沉默不语,也不会避而不谈。通常情况下,嫌疑人都想要尽快离开讯问室,不过玛姬恩似乎很高兴终于可以说出事情经过。

　　四月下旬的一天,特里格夫回到家中。她看得出他大受打击。这就是噩梦的开端。他在尼兰的五金店听到一个女人喊他的真名。

　　不,不对,这么说不太准确。

　　是他以前的名字。

　　早在多年以前,亚当·维德已经离开了他们的生活,那是一个不复存在的人。他后来又取了新名字,那才是现在的他。

　　玛姬恩对他说或许没什么可担心的,可她内心深处知道要做最坏的打算,如同在山顶上聚集的乌云,如同癌症被触摸到的第一个肿块。

　　那种逐渐干涸,然后自然消亡的流言是不存在的,向来都不存在。她伴随着流言一起长大,她知道被视为低人一等是什么滋味。

　　不到一个月,她的丈夫再次惶恐不安地回到家中。那是某天清晨,玛姬恩刚喝过咖啡。

特里格夫在取信的时候听到了可怕的话语,竟然是出自斯凡·哈格斯特洛姆之口。

"你老婆知道你过去的事吗?你把那件事告诉你老婆了吗?"

特里格夫试图不去搭理他,然而,或许那是错误的做法。

情势急转直下。

"我真没想到你竟然是个恶心的老色鬼,奈达伦。不知道大家知道后会怎么想?你那个优秀的儿子会有什么反应?还有他那个从斯德哥尔摩来的媳妇?你把这事告诉你孩子了吗?他知不知道自己的老爹竟然是这样一条肮脏的老狗?"

特里格夫或许想要和他谈谈,想要做出友善的回应,但想尽一切办法还是无法阻止他。斯凡变得越来越放肆。他站在门外,盯着他们家。有一天,当玛姬恩清除红醋栗之间的荨麻时,他甚至对着她叫嚣。

"他是不是也对你做了那事?还有你女儿呢?是不是因为这个她才跑到澳大利亚去?"

夏日假期正在迅速逼近,今年春天的丁香花开得太早了。帕特里克和孩子们很快就到了。特里格夫取出几千克朗的现金,去了斯凡家,想要让他保持沉默。

"不行,不能轻易放过你。对就是对,正道就是正道。像你这样的人以为所有一切都可以用金钱收买。好吧,试着用钱把你的家庭换回来——在家人离你而去之后试试看吧。"

就在那一天,特里格夫说:"我要告诉帕特里克。他应该从自己父亲这儿听说这事,而不是从旁人那里。"

玛姬恩说服他等一等,等帕特里克到了再和他当面说。她知道自己要在那之前解决这个问题。

可是她一直拖延，拖了一天又一天。

她像其他人那样，希望奇迹出现，例如意外的心脏病发作什么的。

然而斯凡依然活着，并四处喷洒毒液。

在帕特里克到来的前几天，她在夜里爬起来，悄悄去到斯凡家。她站在门外，盯着那平静安宁的房子，心里琢磨着情况将会如何发展。如果她无法鼓起勇气，所有的一切就会分崩离析。她只是要鼓起勇气，做她不得不做的事。

终于，一天晚上，她带着刀，径直朝那栋房子走去，推门。门锁了，狗开始吠叫，于是她只好匆忙跑回家。当天晚上她再也没合眼。

她知道斯凡每天早上都出门取报纸。

当然了，取了报纸之后一般人是不会马上锁门的，尤其是在夏天，人们很快又要出门四处走动。

她带上了一块鹿肉——那原本是要用来做炖肉的。这世上没有哪条狗能抵挡美食的诱惑。

当天早上，玛姬恩早早就把特里格夫叫醒，提醒他还有很多活儿要做。她想出了修床腿和疏通水管的活儿，这样就可以让他在屋内忙活，而她可以趁机跑过去。

到斯凡家时，她透过窗户朝屋内张望，不过没有看到他。她看到的只是浴室窗户上的雾气。她强迫自己靠得更近，倾听水管里传出的水声。在她把那块上好的鹿肉扔给那条狗之前，它还是叫了一声。她把那块肉扔进厨房，万事大吉。

玛姬恩知道如何使用猎刀，那刀子就如同手的延伸。当你将刀子捅入血肉之中，不管对方是死是活，都不要迟疑。

非常迅速。

他有没有叫？

她说不准，或许没有吧。他的下颌肯定张开了，就像一个典型的坏蛋，从没想过任何倒霉事会降临在自己身上，只想着掌控一切，随心所欲地糟践其他人。

"没有疑义，对吧？"

埃拉被拖回现实，回到办公室中。太阳高高地挂在外面的天空中。乔乔站在她身后的门口处，手里拿着一杯咖啡，脸上露出微笑。

"干得好！"他说，"有你在我们团队里真是太好了。不过恐怕你的上司要和我抱怨了，他们希望你能回去。"

"马上吗？"

"不幸的是，我无法力争让你留下。不过我告诉他，让他先凑合着，等到周一再说。这样你至少可以休息几天。"

"好吧。"

埃拉关闭文档，手头的这桩案子算是侦破了。玛姬恩的供词没有任何明显的疑点，每个细节都清晰明了，滴水不漏，甚至还解释了房门钥匙的问题。在离开时，玛姬恩从门内侧拔下斯凡的钥匙，出门后反锁，然后把钥匙扔进门廊下方的一个洞里。埃拉想到他们不可能在那里找到钥匙了，或许能在灰烬里找到。

她已经很久没有一连几天休假了。

"谢谢，"她说，"和你一起工作很有收获。"

"很高兴听到这话。"乔乔说，"不过你可别急着说再见。"

他们还要最后去一次贡格尔登。

特里格大·奈达伦坐在旧谷仓尽头的一张花园椅上。一把斧头躺在砧木旁的地上，空气中弥漫着刚劈开的木头气味。

在释放之前警察还对他进行了简短的询问，不过他没说太多。现在他回到家中，和他妻子的认罪拉开一点距离，或许情况会有所不同。

"我正要把柴火摞起来。"他说，"然而我转念一想，这么做还有什么意义？"

"我们可以坐在这儿吗？"埃拉问道。

特里格夫耸耸肩，朝露台点点头，不过并没有站起来。她猜测那是说他们可以各自搬张椅子过来。

乔乔解释说他们的谈话将会被录音，然后把自己的手机放在草地上。

特里格夫事先知道妻子的计划吗？他们有没有共谋？

"我宁愿把枪拿出来。"特里格夫答道，"对准我自己。"

没错，他的确想过。毫无疑问，这个想法曾经在他脑海中浮现。

而玛姬恩……

他从来没想到……

直到他们把那把猎刀和工装裤的照片摆在他面前，他才醒过神来。

他才真正明白。

"都是我的错。"他的目光停留在树梢附近某处，"如果我没有做那件事，那家伙现在还活着。哈格斯特洛姆干吗要搅和我的生活呢？当我上他家去恳求他、哀求他的时候，他说那不公平，一个人为此受了那么多的罪，而另一个人却逃过了责罚。可我并没有逃过责罚，我已经服满刑期了。"

他用两根手指夹着鼻子,擤一下,在裤子上擦手。

"我不应该这么做的。"他说。

"什么意思?"

特里格夫朝院子比画了一下:精心打理的房屋,无人光顾的蹦床,孙儿们的玩具整整齐齐地摞在沙坑里,天鹅形状的戏水池已经干涸。

"不应该拥有家庭,拥有这一切。我并没有追求任何一样,当时我正要去油井钻台。那将会是一次历险。在北海上,没人在乎你从哪里来。可她哭了起来,在我要离开时她挡住我的去路。于是我把一切都告诉她了,告诉了她杰弗里德尔那件事,告诉了她所有一切。任何女人只要有一星半点的理智,听了之后都会跑得远远的,而不是和我绑在一起,或许她认为可以拯救我,让我摆脱过去。而且她还怀孕了,根本不愿谈论堕胎的事。她说如果我走了,她也不知道该怎么办了。"

"之前她有没有任何暴力倾向?"

"你休想让我说玛姬恩一句坏话,我宁愿回监狱里待着。"

埃拉感觉肩膀一疼,赶走一只马蝇。仲夏已至,大群马蝇肆虐。她看到一只肥大的马蝇落在特里格夫的前臂上,另一只落在他裸露的手腕上,可他仿佛没有注意到马蝇叮咬时的疼痛。

他觉得那一天玛姬恩和平常没什么两样。大约午餐时分,她走进浴室,而特里格夫一直在那里疏通水管。水管并没有堵塞,可她一直念叨着让他弄一下。经过这么多年,他明白最简单的做法是照着她说的做。

"哈格斯特洛姆家好像很安静。"当时她说,"说不定他不在家,上医院还是什么地方去了。现在你没必要把那些事告诉帕特里克。"

当人们最终发现斯凡已经死了时,特里格夫试图说服自己这只是巧合。他不相信上帝,感觉更像是好运最终眷顾他了。

和所有人一样,他认为肯定是斯凡那个儿子干的。

当怀疑到他身上的时候,那也就是这么回事了。他知道一旦人们发现他的过去,他就会成为众人关注的焦点。

"也正是因为这个,那个时候我没有说。"他说,"要不然你们这群家伙会把我拉去审问的。"

"什么意思?"

"就是那个女孩失踪的时候啊。"他说,"他们会把我的过去翻个底朝天,就是这么回事。玛姬恩也同意了。她说:'他们会在数据库里搜索你的信息,然后所有那些事就冒出来了,他们会把罪名安在你身上。他们会逮捕你的,特里格夫,到时候我该怎么办?还有孩子们呢?'"

在他说话的时候,埃拉感觉到一股寒意沿着她的脊梁骨攀升,仿佛夏天突然结束了。

"你说的是哪个女孩?"

可特里格夫似乎没听到她的话,他几乎没注意到她正朝他凑过来。

"所以,"他继续道,"当他们缩小范围,把注意力转到哈格斯特洛姆家那小子的身上时,真是让人松了一口气。那小子有点鬼鬼祟祟的,我们一直怀疑是他把孩子们的兔子放跑了。不过并不是他。"

"谁把兔子放跑了?"乔乔问道。

"就是杀了她的那个人,现在他和死人也没什么两样了……"特里格夫用手抹去前额的汗水，在自己的皮肤上留下一道黑乎乎的泥印。或许他刚才正在挖地，或者做些别的活儿，在屋子里修理木器，又或是在院子里干点杂活——就是人们在夏天里会干的活儿。

"那个时候你到底隐瞒了什么？"埃拉轻声问道。

"我看到她了。"

他的目光在院子里缓缓游移，在每栋建筑上流连不去，仿佛是最后一次将这一幕看在眼里，仿佛他正在道别。乔乔不出声，埃拉听得到他的呼吸声。他也在关注此事，不过他或许也明白这里是她的辖区。

"你是在说莉娜·斯塔弗雷吗？"

"嗯，当时我们在河里。"

"1996 年 7 月 3 日？"

他点点头。

"你当时告诉警察你外出钓鱼去了……"埃拉竭力让自己的嗓音保持平静，然而她的一颗心在胸膛里狂跳，"……和帕特里克一起去的，他当时应该是六岁吧？"

"还有他的表弟，比他小一岁。当时挺晚了，他们早该上床睡觉了。我记得这个，因为当我们回到家时，玛姬恩的姐姐已经开始抱怨了。她的保护欲太强，总是质疑你做的任何事。"

特里格夫转过头，再次看向那栋房子，仿佛正在寻求妻子的许可，好让他讲下去。

"不过这却让孩子们更加兴奋，他们趴在船舷边，等着什么东西拉拽浮子。他们甚至没有发觉另一条船经过。"

"另一条船？"

那是一条划艇——也正因如此,它靠近时悄无声息。直到他们那条船和特里格夫的船并排时,他才注意到。当然了,他当时满脑子想的是别的事,两个不听话的男孩在他的船上,鼻尖几乎要碰到水面了,而且他们还不会游泳。

"他们?"埃拉问道。

"没错啊,帕特里克的表弟和我们在一起。"

"我是说另一条船,你刚才说'他们划着船经过'。"

"啊,对,两个女孩。"特里格夫说,"其中一个是她,那个金发女孩。当时我不知道她是谁,不过后来我在报纸上看到她……肯定是她。她靠坐在船尾,摊手摊脚,腿竖起来,她的裙子都……她是那种吸引眼球的女孩,即使以她那个年纪来说。我是说,那是很久以前了……"

他用手抓抓头发,盯着地面,嘟囔了一句难以听清的话,仿佛是在道歉。

"另一个呢?"埃拉问道。

"好吧,另一个看上去更黑,长头发,划船的时候头发拂过她的脸,就像这样。"特里格夫用双手在脸的周围比画一下,说明自己的意思,"而且她也不会划船,船桨不停拍打水面。她穿得不像是……好吧,我看她并没有赤身露体,不过我的眼睛正盯着另一个。我从来没在报纸上看到过那个黑头发的女孩,所以我也不知道她是谁。"

"你能说出更确切的时间吗?"

"十点一刻。"

"那么准确吗?"乔乔插话了,"哪怕过去了二十几年你也还记得准确的时间?"

"我记得在她们划船经过后,我想起我们或许应该回家了,得赶在老太婆们开始担心、准备骂人之前。所以我看了看表。"

"关于她的……那个金发女孩的衣着,你还能想起什么?"埃拉无法说出莉娜的名字,感觉一说出来就等同于相信他说的是真话。可是……他仿佛很不情愿说出这事,他既不想说下去,又想说下去。这意味着虽然这事听起来不像真的,可对他来说就是真实的。

"就是一件背心和一条裙子,"他说,"或者是一条连衣裙。但不管怎样,她的肩膀露出来了,还挂着细细的肩带。"

"没穿开襟毛衣吗?那时候肯定有点凉吧?"

"没有。"

"你说'没有'是什么意思?那时候不凉,还是她没穿开襟毛衣?"

"她没有穿开襟毛衣,我已经告诉你了。"

看来特里格夫挺恼火自己被问来问去的。埃拉注意到乔乔扫了她一眼。他不知道,埃拉心想。报纸都提到莉娜·斯塔弗雷在失踪当晚穿着什么衣服。在警方公布的描述中提到了那件黄色的开襟毛衣。在那之后他们在欧洛夫·哈格斯特洛姆的床底下找到了那件毛衣。

"当时她有没有带着一个包?我猜或许你已经记不清了吧?"

"我不能一直盯着她看……不过我记得她带了个包。她把包放在这儿……"他又朝两腿间比画一下。所以说当时他看的是这个地方,埃拉心想,而两个男孩正在搜寻鱼儿。"船经过的时候,她把手探进包里,点燃一根香烟。再然后我看到的就只是她的背影了。"

他在空中做个螺旋向上的手势,然后吸一口气,向他们比画那么多年前弥漫在河上的香烟雾气。

"后来在报纸上看到她时,我还蛮惊讶的,不过就像我说的……"

"那时候你们在河上哪一段?"

"在科嘉旁边,就随着水流缓缓地漂……"

埃拉掏出手机,找到一张地图,递给他。特里格夫用两根手指放大地图,她凑得更近了。

"就在这个岛的西边。"他说着把手机转过来,好让她看到,"船上还有两个小鬼头,我可不想跑得太远。就在这儿,就在这个小海湾前面。"

埃拉在地图上标记一下,截个屏。然而她明白自己永远也不会忘记他指出的位置。狭窄的海湾插入小岛后方,如同一截盲肠,就是斯特利涅贾德水道。

"二十三年前你半个字都没说。"乔乔向后靠坐在椅子里,"哪怕对莉娜·斯塔弗雷的搜寻持续了好些天,哪怕离你最近的邻居家孩子被指控谋杀了她,你都没出声。现在我们为什么要相信你呢?"

"随便你好了。"

"为什么要选在今天,就在我们释放你、拘捕你妻子之后?这么做你能得到什么?"

"我得走了。"特里格夫站起来,用椅背支撑着身子。他的腿似乎变得僵硬,他的背也驼了,仿佛衰老突然攫住了他。"现在你们能不能别烦我了?难道你们要留下来,在我拉屎的时候盯着我?"

第二十章

一辆载重货车，一辆旅行拖车，一辆拖着机械的拖拉机，还有一辆小轿车。所有车辆在车道上开进开出，等着超车。

"他只是想要我们。"当他们的车子被堵在岔路的时候，乔乔说，"一个女孩在河里的一条船上？什么意思？"

埃拉熄灭引擎。她的脑子正在飞速转动，同时还要在车龙里寻找可穿插的空隙——简直让人压力巨大，她根本做不来。

"失踪人口报告说莉娜当时穿着一条裙子和一件黄色的开襟毛衣。"她说，"如果他要胡编乱造，如果他只是照着在报纸上看到的瞎编，为什么不提这个呢？"

"或许他忘了。"乔乔说，"那是很久以前的事了。"

"那他为什么要提起莉娜这桩案子？"

"他想让自己看起来像个好人。对奈达伦来说，所有人都知道他做过什么，他妻子做过什么，而他还要待在这些人之中，度过自己的余生。现在他还能躲到哪儿去？"

"时间线并不清晰……"埃拉在几条思绪之中找不到出路。她将特里格夫的话和印象中初步调查报告的内容进行比对。"完全是以证人证词为基础的，那些证人是 群十几岁的孩子，他们看到欧洛夫跟着莉娜走进树林。他们根本没在意时间,他们也无处可去。那时是七月上旬,即使到了午夜天也还是亮的。"

"当时我已经从警了。"乔乔说,"不过我在哥德堡工作,我只是远程跟进了这个案子。"

"他们在河边找到了属于她的物件,距离那个码头挺近,而据说他就是在码头那儿抛尸的。"

"那么那个钓鱼的地方距离码头有多远?"

"在上游两三公里处,不要问我划船的话要多久。"

又一辆旅游拖车经过。

"那距离这里呢?如果开车的话?"

"顶多十分钟。"

他们在一片杂草丛生的滨海广场停下车,漫步穿过近乎荒芜的景致。玛丽堡的锯木厂运营了一百年,最后在七十年代早期倒闭了。其中几栋建筑依然屹立着。最引人注目的是木料仓库:用波纹金属板搭建而成的庞然大物,近两百米长。几年前,一群热情洋溢的人打算将这个风干木材的老旧厂房改建成一个艺术家工作室,不过很快有消息传出,说此地地表的二噁英浓度远超出安全界限。

那是一种有毒物质。美国在二战中曾经使用过同一物质,后来这种物质被冠以"橙剂"之名,喷洒在越南的丛林中。这种东西产自美国的一家化学武器工厂。在战争的间歇期,二噁英被瑞典锯木厂用来给木材除霉驱虫。

码头末端看起来依然和录像中的一样,就是那段镜头摇晃的录像,是欧洛夫被带到这里时拍下的。混凝土柱子已经开裂,杂草从裂缝中钻出来。

乔乔朝码头边缘外张望："你说这里水深三十米？"

"再往外一点，有一百米那么深。再加上这水流，还有这里离海边也不远……"

头顶乌云聚集，河水变暗，起风了。河面荡起涟漪，小朵浪花顶着白沫，在远处翻涌。

埃拉环顾四周，他们所站之处被巨大的棚屋挡住了。当真没有一个目击者看到谋杀过程吗？而且还是在一个热闹的夏夜？可能吗？

"她的东西是在那里发现的吗？"

乔乔指着附近约二十米之外的一片河滩。而后他俩一起从码头上爬下来。

"钥匙和一把粉刷。"埃拉说，"就这些。"

芦苇丛中有一片几米长的沙滩。尖锐的木杆立在水中，正在朽坏——那是旧汽船码头的残迹。二十年前，他们身后的小海岬还生长着茂密的树林，可打那时起，草木被砍伐，使得这里的视野变得清晰。三条小船泊在岩石边，随着河水的涌动微微颠簸。

"那天天气怎样？"乔乔问。

"温暖的晴天。她那么晚出门，只用穿一件薄薄的开襟毛衣。"

"我们在海边有栋木屋。"乔乔说，"如果说有什么东西是人们会注意到的，那就是来往的船只。晚上十点过后，两个女孩在河里的一条划艇上，肯定有人见到她们了。"

埃拉想起那些如珍珠般沿着河岸散落的小型社区——玛丽堡、尼翰、科嘉。在向阳的这一侧河岸，几乎每一家的房子都有一个露台朝水边延伸，正对着夕阳。那些露台一个比一个大。

"或许有人看到了。"埃拉说。她试图回忆起浏览资料时看到的所有内容,例如电话报警的线报、登门排查行动,以及在这起案子被当成失踪人口案件时所做的一切。"我好像记得有人声称看到她在河里的一条船上,不过还有人说他们在各种地方见到她——森林集体农庄、营地、在这个国家的另一头……"

"失踪人口案件啊。"乔乔叹口气。

"然后他们就抓住了欧洛夫·哈格斯特洛姆。"

"此后就再也没有跟进了?"

"可能吧。"埃拉说,"我没有看完所有资料。"

乔乔扫视这条河。另一侧河岸上的树木仿佛很遥远,如同水粉画的前景,后边是山峦。

"可能是另一天。"他说,"可能是另一个女孩。奈达伦提到那个女孩的肩膀露出来,还说她双腿之间放了一个包,可是他有没有真正看到她的脸?即使我们假设现在他想要说真话,可是从那时到现在,他的记忆也可能出了岔子。"

一条狗出现了,从两人之间穿过。狗的主人跟在后头漫步而行,隔着老远和他们打招呼。埃拉也回应了,但她不记得那个人。他扔出一根棍子,让那条狗游泳。从沙滩开始,地势朝树林方向抬升。那个斜坡比她想象的要陡,要走的路也更长。

"警犬追随着气味,从那边一直找到这里。"她朝一个方向指指——她记得初步调查报告中有一张地图,那上面用十字和线条标记。

"能在树林里散散步实在是再好不过了。"乔乔说。

埃拉走在前面,穿过野草,穿过黄金时代的锯木厂所留下的遗迹。他们爬上不知通往何处的残破阶梯，穿过一栋房子的地基，经过几栋属于锯木厂的砖砌建筑。她记得多年前她祖父或父亲曾经指给她看。那是铸造车间和工人浴室，浴室很小，顶多能放下几个澡盆；而那机房似乎现在还被派上了某种用场——几张破旧的扶手椅放在外面，还有一个看上去有点新的烧烤炉。那栋被称为"要塞"的建筑在头顶赫然耸现，如同一栋大宅邸般雪白庄严，可实际上它已经开始颓败。以前老板和高级职员就是在那里掌控着锯木厂，盯着来往的船只。

站在山顶上能看到宏伟壮丽的景致。

这些年来，这个地方几度易手。那极美的景致吸引着后来者，他们带着生意上的计划和对新生活的梦想来到这里。他们翻修了一两个房间，然后发现还有十四个房间需要翻修。阿达伦河谷中的这些大型木屋不会如他们期望的那样，为他们带来和谐和融洽。婚姻破裂紧接着难以为继的财力，又或者两者刚好反过来。

"那时候有人住在这里吗？"乔乔问道。

"不知道。"埃拉说，"如果真有人住，好像也没人看到什么。在莉娜走进树林到欧洛夫独自一人从树林里出来的那段时间里，没人看到什么。"

云杉树占据了这一片地方。

大自然销毁了一切证据，厚厚的苔藓闪烁着幽幽绿光。埃拉花了一点时间来数步子，估量距离，想象那具尸体的重量，不过后来她还是放弃了。欧洛夫背着莉娜的时候，经过了哪一棵高耸的云杉？穿过了哪一片林中空地？——现在思考这些已经没什么意义了。

"所以这里就是他们最后见到她的地方？"

两人踏上那条路——旧合作社外头的砾石路，地面已经长满了杂草。不过现在有人住在这栋房子里，至少在夏天期间就是如此。窗户上挂着窗帘，塑料椅靠放在山墙末端，一辆三轮车翻倒在地。

"当天晚上，五个男孩和欧洛夫一起在这里晃荡。"埃拉说，"他们对这件事的说辞大同小异。"

"他们认识她吗？"

"他们知道她是谁。"

现在埃拉还能想象出他们的模样：他们靠着自己的摩托车或大马力摩托车，手里拿着香烟和啤酒。和她在成长过程中见到的、那些在每个十字路口和加油站外晃荡的男孩没什么两样。

他们百无聊赖，等着有什么事情发生，且总是虎视眈眈。她几乎能听到在莉娜经过时他们吹起的口哨声。是不是因为这个莉娜才走进树林的？

里肯肯定更了解她，比他在警方对他进行询问时透露的要多——他和马格纳斯在那时候不是已经是最好的朋友了吗？从她开始记事时算起，他们一直都是最好的朋友，亲密无间，亲如兄弟。

当他们转身离开，沿着沟渠边缘行走，绕个圈子，走回车边，乔乔问道："还有其他的嫌疑人吗？"

埃拉低头看着柏油路面。她听得出两人的脚步声并不协调。路面因地面霜冻而损毁，布满坑洼和裂缝。

"我不知道。我已经说了，我没有看完所有资料。"

那起旧案的初步调查可以先放放，多放一个晚上也不会积攒更多的尘埃。

"我们不是要搅得天翻地覆。"当他们走回车边时，乔乔说道，"我只是想知道有关划艇的信息是不是有真实证据。"

他横穿道路，钻进车里，开车返回松兹瓦尔。埃拉停了一下，手里攥着钥匙，看着他离开。他的话音里有什么东西让她明白，他是认真的；他听起来仿佛饱受困扰，或许还带着点听天由命的意味。或许他认为自己现在和克拉姆福什没什么关系了，而夏天剩下的时间他可以用来造孩子了。

埃拉开车离开，回到向阳一侧的河岸。当她在废弃车辆之中停下车，里肯正忙着在花园里挖地。

"马格纳斯不在。"他说。

"他在哪儿？"

"你试着给他打电话了吗？"

"他从来不接。"埃拉说。这话并不准确。她甚至没试着联系他，因为她不想在电话里谈论这事。她要看到自己提起莉娜这个名字时哥哥是什么反应。

"他在海边一带找了个妞儿。"里肯说着擦擦手上的泥土。他挖地时甚至没戴手套。埃拉从没想到他也会做园艺活儿，不过她亲眼见到了一些美丽的玫瑰，甚至还有几株土豆苗从土里冒出来。

"海边哪里？"

"不清楚，或许在诺丁格拉。老实说，那里有很多辣妹。成为世界文化遗产地之后，那里就挤满了斯德哥尔摩人。"

"你是最后见到莉娜·斯塔弗雷那群人中的一个，你之前为什么没有提起这事？"

里肯抬头看天。他的目光在树冠之间逡巡，追随着一架往南的飞机。

"你当时还是个孩子啊，亲爱的。"

"我是说后来，就是我们……"她想抓住他，摇晃他，让他无处可逃，死死揪住他，可是这些招数她之前已经试过了，"那群人把警察的注意力吸引到欧洛夫身上，而你是其中的一个。你是个英雄，可我不知道你为什么没有吹嘘过这事。"

他把双手插进牛仔短裤的裤兜里。

"如果你是要和我吵架，"他说，"那我得先来杯咖啡。"

一张塑料材质的车用座椅靠在房屋外墙上。院子里散落着许多零零碎碎的家具摆设，这椅子是其中之一。埃拉在这张椅子上坐下。或许这就是里肯所谓的自由，她心想，什么时候都能选个不同的地方坐下来。厨房的窗户敞开着，她听到他在防蚊纱窗后头忙活。这时她意识到当时他或许也和别人谈论过莉娜。她的脸火辣辣的，并不是因为夏季的炎热，而是由于尴尬。里肯只是没有和她谈论而已。她过于看重两人之间那段短暂的情事了。偷偷摸摸来往的那几个月——如果把结束后的幽会也算进去的话有将近一年——给这段爱情下了定义：打得火热，支离破碎，还有那禁忌的本质。

你会向某个人敞开自我，而对其他人却绝不会这么做。

里肯走出来，递给她一个崩口的咖啡杯。"我不愿想这事。"他说，"很可怕，就像是在恐怖电影里。"他在草地上坐下，就像她上回来时那样，"就因为这个，我不想和你提起。"

"所以这事和马格纳斯没关系？"

"你什么意思？"里肯看着一对白色的小蝴蝶飞舞着穿过草地。

"二十三年后，我发现自己的哥哥曾经和莉娜·斯塔弗雷约会过,"埃拉说,"还是在一起旧案的初步调查中发现的,因为我碰巧是个警察。"

"哦,好吧,不过那事发生时他们俩已经结束了……"

咖啡很甜。他是不是还以为她像以前一样,为了能够忍受咖啡的味道,为了能够快快长大,拼命地往咖啡里加糖?那是什么时候的事?一百年前?

"我没法马上说出统计数字。"埃拉说,"不过我知道,对于一个女人来说,最危险的事之一就是和一个依然想要她的男人分手,那个男人会因为失去了权力而生气。"

"你到底想说什么?"

"没什么。"她说,"不过显而易见,警探们开始就是这么想的,直到后来你和你的朋友们将目标指向欧洛夫·哈格斯特洛姆。你这么做是为了保护马格纳斯吗?"

"当时看到他们的有五个人,"他说,"不止我一个。"

"我看到了,我知道当时谁在场,里肯。其他人都比你小至少一岁……"

"怎么?这是审讯吗?你不应该先向我宣读权利吗?"

里肯站起来——应该说是跳起来。他开始光着脚丫朝河边走去。他的肩膀紧绷,透出一股紧张,晒黑的皮肤下方显露出精瘦结实的肌肉。

埃拉放下杯子。

她是在一个废弃的储油槽罐里失去童贞的。有那么一阵她觉得那是件了不起的事,让人感到羞耻,又让人无比兴奋——尤其是她不能把这事告诉任何人。

他不让她说。

许多年前的某个下午，是早春时分，当时她十六岁。里肯在他们家的院子里停下车，踩下刹车时砾石路面发出"嘎吱"响声。他当时二十四岁。她偷偷爱着他有多久了？两年？三年？早在她明白其中的真实含义时她就爱上他了。

马格纳斯不在家，他或许和某个女孩在一起，或许去做临时工了，至于是什么原因埃拉也不在乎。因为里肯在这里逗留不去，她可以试着说一下自己躲在房间里藏在被子下排练过的那些"台词"。

"我和你一起去。"

"去哪儿？"

"去我从没去过的地方。"

他的一只手臂搁在敞开的车窗上，手里拿着香烟。她也有样学样，把香烟吐出车外。

几个小岛散布在桑多桥的阴影之中，其中一个小岛上有两个巨大的储油槽罐，藏在恣意生长的树木之间。那锈迹斑斑的金属物件，是一个七十年代被拆毁的亚硝酸盐工厂所留下的最后遗物。里肯知道该走哪个门进去。

一个空荡荡的储油槽罐，头顶还有五十米到一百米的封闭空间。那里边满是垃圾：许多瓶子，一个睡袋，一张床席。他们四处奔跑，穿越对方声音所形成的回响。他们又叫又唱，直到后来她故意摔倒，还把他也带倒了。

在他们刚开始接吻时，他嘟囔道："马格纳斯肯定要杀了我。"可他们还是进行下去，也不管地面既硬又脏。

他当时发出的声音所形成的回响至今依然留在她体内。她不出声，不想让自己难堪，不敢说出那是她的第一次。

他或许也知道。

事后他让她在路边下车，以防马格纳斯已经回到家中。这时他说："你会完全保密的，对吧？他应该从我这里听说这事，不然他会杀了我的。你能答应我吗？"

她把手搭在他肩膀上的感觉怪怪的，他的皮肤被太阳晒得暖暖的。那已经是那么久以前的事了。面对她的触摸，里肯退缩了。

"我只是想知道。"埃拉说。

草坪形成一个陡坡，朝河边延伸。他有一个小码头，还有一条木质划艇。

"一旦他们结了案，"他说，"我们就再也不提起莉娜了。马格纳斯应付不来。那是禁区，是地雷阵，你明白我的意思吧？而我不能对你说这些事，感觉就像是背叛了他……"

"我明白。"她知道他们的友谊从来都是放在第一位的，向来如此。

"那个时候，他不在警局的时候就待在我这里。他不停发抖，他以为他们要陷害他。"

"他当真爱她吗？"

里肯点点头："莉娜可不像照片上那么清纯，她玩弄他的感情。她和他分手了，但又继续和他见面，就是一场游戏，你明白吧？后来发现她已经死了的时候，马格纳斯整个人都崩溃了。他离开了，也不说去哪儿，甚至没有告诉你妈妈。我不知道他在哪里过夜。"

埃拉试图回忆。可她记起的只是无处不在的担忧——因马格纳斯引发的担忧，还有家里的吼叫和尖叫。不过也不一定是那一年，那个时候的哪一年都有可能出现这样的情景。

毒品，逃学，丢失的钱。

"出现了一个新的目击证人，"她轻声说道，"有人说当天夜里晚些时候看到莉娜在河里的一条船上。"

里肯转过身，他的眼睛死死盯着她，眼珠的绿色变为褐色——她永远也不会忘记那种颜色。

"不可能。"他说。

"是吗？"

"欧洛夫认罪了。"

"那是一个月后的事。"埃拉说，"是审讯员把自己推理的所有细节都塞到他脑子里以后的事。"

"你想说什么？"

"当警察开始调查时，你并没有直接联系警方说你看到她了。那你为什么要等到他们接到线报后才说？"

里肯一屁股坐在草地上。

"因为那是我的决定。"他说，"我告诉其他人别说出去，不然我们都会有麻烦。他们可能会对警察说的话让我害怕。我们在那里抽烟，而弄到点'带劲的东西'的人是我。我把那玩意儿弄成大麻烟，卖给一些出不起钱的人。当时我就是个傻瓜。"

"你向来都是个傻瓜。"

里肯露出诡异的微笑："我知道。我还让他们看我的色情杂志。"

"想象得出。"

"不过当我意识到她失踪了，而他们又找马格纳斯问话，我就开口了。我并没有给警察打电话什么的，有些人不喜欢……"

"是卖那些违禁品给你的人?"

"嗯。但不管怎样,我和一些朋友说了,显然那些话还是传到了警察的耳朵里。"

"因此你想让他们把注意力转移到别人身上?"

"不仅仅是这样。"

埃拉在他身边坐下。她想谈点别的话题,例如天气,或者他父母现在如何。她又希望这沉默持续,希望那些问题被遗忘,就如同她从未问过。她想起了英吉拉——欧洛夫的姐姐。她抓住了流言,带回家中,引发了所有的一切。

"显然不是马格纳斯干的,"里肯说,"我从不认为是他。你明白的,对吧?可他完全崩溃了——先是莉娜离开,然后警察又追着他。我猜当时我是觉得他们应该找别的人来问话。"

"找一个十四岁的少年?"

埃拉扫一眼她以前的男朋友,看着他那熟悉的侧脸。随着时间的推移,他的侧脸变得愈发轮廓分明,愈加精致匀称。他紧咬着下颌,手抓着青草。即使过了那么多年,她依然认为自己知道他正在想什么,仿佛两人之间的边界并不存在,没有皮囊,没有秘密。仿佛她的职责就是承受他的痛苦、他的爱、他的无能为力,以及他所有的一切。

"是我们怂恿欧洛夫那么做的。"里肯说,他的声音低哑,"这也是我不愿意任何人对警察说的另一个原因。我总是那个想出要做什么的人,而其他人只是跟着我做。"

"什么意思?"

"我在逗他,其他人跟着起哄,就这样。'上啊,你干吗不跟着她？你做过那事吗？你知道对一个女孩子要做什么吗？'我们以前经常说这类废话。我也在生莉娜的气，也说了她一些坏话。可是欧洛夫当真那么做了，他跟着她走进树林。我从没想过欧洛夫会尝试这么做，他根本不是那种……等他从树林里走出来时，尽管他脏兮兮的，满脸通红，我还是不信他做了那事。我知道莉娜是什么样的人，完全以自我为中心，她绝不会……"

"欧洛夫是什么样的人？"

"缺乏安全感，但是挺自大。就他那个年纪来看，他个头挺大，不过不成熟。我并不是真的了解他，不过……"

"我看了你的询问笔录，当时你好像对这事没什么疑问。"

"我猜那都是因为那件事……和马格纳斯有关……当时警察正追着他……"

"所以你说起话来言之凿凿，比你的真实感觉更加肯定地去回答？"

"我只是说了我们看到的事。无论欧洛夫做没做那事，我知道马格纳斯是清白的。"

"为什么？"

"因为他当时在家。"

"是吗？"

"行了，他可是你哥哥啊。我打一出生就认识他了。"

埃拉看向水面，看着水流平稳地涌动。他总会是某个人的哥哥或弟弟，她心想。不过她并没有说出来。说出来意味着循着思绪得出结论，会引发争执。她知道里肯至死都会捍卫马格纳斯。他之所以和她分手，就是为了保全他们的友谊——至少他当时是这么对她说的。话说回来，也可能是他根本不爱她。他们的友谊总是摆在第一位的。

"如果那个目击证人说的是实话，"她轻声说道，"如果他当真见到了他自以为看到的东西，那就意味着当欧洛夫从树林里出来的时候，莉娜还活着。"

"那她可能去哪儿了呢？"

"她乘船外出了。"埃拉说，"在科嘉一带，两个女孩划船经过这个目击证人的身边，朝着这个小岛的方向，然后转向这里。"

"这里？"里肯说，"进入这个海湾？"

那是他们正盯着的水道。这条水道名为斯特利涅贾德，至少在这一侧河岸叫这个名字。埃拉听说住在彼岸的人管这条水道叫作洛克涅维肯。这完全是视角问题。

"她们往哪儿去？"埃拉问道，"二十三年前那里有什么？"

"没什么，就是些房子，很多房子。"里肯眯着眼看向河对岸，仿佛能发现什么东西，"或许会跑到那儿去找某个人，我不知道除此之外还能有什么理由。"

埃拉进一步靠近水边。她听到他跟在她后头，脚踏草地时响起柔和的脚步声。

"另一边有什么？"她问道。

"有农场。"里肯对着她的后脑勺说，"一些不错的老地方，锯木厂时代遗留下来的；洛克涅的大宅邸，牧马的牧场。我不知道现在那里还有没有马，不过当时可能有。"

"那边呢？"

埃拉指向一簇立在水中的木杆。河滩上长满杂草，树木满溢而出，延伸到河里。一道海獭水坝和一线屋顶在绿树后头若隐若现。更远处，景致陡然抬升，宏伟的岩石露出水面。

"洛雷莱。"里肯说。

"什么？"

"那里叫作'洛雷莱岩'。"他的眼睛盯着远方，盯着那陡峭的灰色岩坡，"你知道吧，有个女人坐在莱茵河边一块巨大的岩石上，一边唱歌，一边梳理金发。她迷惑水手，让他们忘记要提防危险的礁石。那块石头就是以她的名字命名的。"

"我是说那边，"埃拉说，"在旧码头旁边。"

"哦，那是锯木厂。"里肯说，"其中一些建筑还立在那里，不过这几十年来锯木厂早就垮了，在四十年代就倒闭了。"

埃拉回想起他带自己去的地方，储油槽罐只是其中之一。他们去过空房子，还有被遗弃的厂房废墟——这种地方在阿达伦到处都是。在那里旁人看不到他们俩。当时她关注的是除地理信息之外的一切，其中大部分地方如果她想再去一次的话也是找不到路的。

"我和你有没有去过那里？"她问道。

"没有，肯定是错过了。"他笑了起来。她很肯定他笑了，至少是微笑。

"不过现在还不晚。"

在她离开前，她轻轻地拍拍他的手臂。

"谢谢你告诉我。"

第二十一章

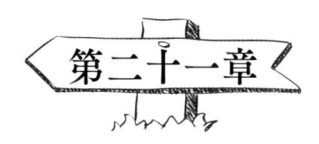

有七条线报提到了河上的一条船。其中几条可以立即剔除了，剩下的三条在时间和地点上都对得上。

在刚刚离开尼翰的地方，一对坐在露台上的老夫妇看到了那条船。几乎可以肯定，这对夫妇现在已经离世了。尼翰位于玛丽堡和斯特利涅贾德的中点。老夫妇认为时间应该是晚上十点左右，那时电台刚播报完晚间航运快讯。

在科嘉一带，几个在码头上喝啤酒的少年也看到了。他们对于时间不太确定。实际上，他们中只有一人记得那条船。当时以为船上是他认识的人，还向船挥手。不过他弄错了。

第三条线报来自一个渔夫。当时他位于里坦诺下游某处，说他看到有人划船转入斯特利涅贾德水道。这事之所以会引起他的注意，是因为那人划船划得很糟糕。或许让他有所反应的是桨声，而不是别的什么。当时他的眼镜不在船上——即使不用眼镜也可以好好捕鱼，因此他也说不清看到的是不是那个女孩，不过他听到了笑声飘过水面，是一个年轻姑娘的笑声。

警方和所有的目击者都联系过，也将他们的话记录下来了。不过埃拉没找到任何后续行动的记录。

纯粹是例行公事。

"还有一件事。"她说。

"什么?"

乔乔看上去很烦躁,对她说的每一句话都予以敷衍了事的回应。假如说之前他们在某种程度上算是一个团队的成员,那么现在不再是了。她有几天没见到博施了,或许他正在侦办另一起案子,或许他休假去了。西尔婕也是一样。不管怎么说,玛姬恩·奈达伦已经认罪,正在拘押中,法医鉴识证据牢不可破,那乔乔干吗还要驱车一百公里跑到克拉姆福什来?

难道是来喝咖啡的?

他明白,埃拉心想,他或是感觉或是怀疑其中当真有蹊跷。她第一次在他身上看到了和自己相同的特质——一种执着,内心隐藏着某种令人不安的东西。

"与其说是线报,不如说是投诉。"她继续道,"不过似乎没人调查此事,甚至没有回访。这事和莉娜事件没有任何直接关联。"

"但是?"

"那是洛克涅的一个寡妇打来的,她说她已经打了三次电话。"

二十三年前,他们对这种事还是挺上心的,要确保不遗漏任何东西。所有东西都整理成文档,收入档案。在朗读的时候,她很想换成那女人的翁厄曼兰乡音——那是几种古老方言的混杂,这些方言你很难再听到了。她把这乡音和她的祖父母以及一个逝去的世界联系起来。不过她没这么做,她只是向乔乔翻译那段电话通话:

报警人:"有人又跑进锯木厂了,天知道他们在干什么。可警察还没来。"

接线员:"抱歉,不过你说的是什么地方?"

报警人:"就在这儿,在洛克涅。门开得大大的,某些人还有他们的妈妈就可以大摇大摆地走进去。不知道是什么人在这里乱逛,这种感觉可不好。现在又发生了有关那女孩的事,真讨厌。"

接线员:"你见到那个女孩了吗?"

报警人:"那样的人在那里逛荡,我不敢过去。"

接线员说:"如果与失踪的女孩莉娜·斯塔弗雷无关,我建议你拨打另一条线路……"而打电话的女人开始泛泛地抱怨当局对不在海边的社区置之不理。

乔乔坐下来,拿着一支笔敲击着桌子边缘。

"我不确定自己跟上了你的思路。"他说,"这有什么意义?"

埃拉放下自己的平板电脑,打开一张地图。

"这只是一个想法,"她说,"不过如果你看看这里……"那条狭长的水道长五公里,如同一条没有终点的支流。她指出洛克涅的旧锯木厂,正位于水道中点。

"她们为什么要划船去这里?"她问道,"如果她们要拜访某人,为什么那个人不出来?"两人都没说出随之而来的想法,不过她能从他眼中看出来:除非那个人就是凶手。

相反,乔乔只是问道:"那船里的另一个人是谁呢?如果还有另一个女孩失踪,他们肯定不会错过的,对吧?"

埃拉放大卫星地图。在洛克涅水道里的标杆之外,这片地区所能看到的只是模糊的绿树和大概是屋顶的星星点点的痕迹。

"我小时候经常会跑到这种地方去。有点偏僻的地方,在那里可以感受到自由。"

"那莉娜的父母怎么说?他们以为她上哪儿去了?"

"莉娜告诉他们说自己去一个朋友家过夜,可她并没有出现。她一路走到玛丽堡肯定是有理由的——我是说,那在好几公里之外。"

"去见男孩子?"

"如果不是这样的话,当她看到那群小子在路上闲逛的时候,她为什么不在路边待着呢?"

"警察怎么看?"

"一旦他们把注意力转向欧洛夫·哈格斯特洛姆,他们就对莉娜当时要去哪儿完全失去兴趣了,这不再是重要问题了。"

乔乔在椅子里转过身,他的目光横扫克拉姆福什市中心的平板屋顶。一阵漫长的沉默。

"昨天我和于奥默的医生聊过了,"他说,"他有肺部感染和发烧的症状,不过已经控制住了。他的瞳孔有反应,对触摸有反应。"

"他们觉得他能醒过来吗?"

"他们和我们一样,尽量不做猜测。"

埃拉等着,结果等到的又是沉默。

最终她开口了:"在针对欧洛夫的讯问里,有那么一会儿……"

"怎么?"

"你有时间吗?只花你几分钟的时间。"

"怎么回事?"

"我想让你亲眼看看。"

乔乔站起来,他的姿态中透着一股不安。他还顺便倒了一杯咖啡,从一个塑料盒里抓了一把果冻糖——就是父母在孩子为学校旅行进行募捐时买下的那种糖果,橱柜里放着整整一摞。

他们挤进狭窄的放映室。埃拉再次观看那盘录像带,快进到那个地方。

图像出现在屏幕上:欧洛夫坐在一张塑料泡沫沙发上,眼睛盯着地板。

"不是像我和他们说的那样……她推我,我摔倒了……地上很脏,各种脏东西。"

"之前你为什么不说?"

"因为……因为……她是个女孩,就是这么回事。我没想到,肯定是因为这个我才摔倒的……"

断断续续的述说进行到末尾,在此期间乔乔一块接一块地嚼着糖果。他们听到讯问员逐渐加大力度,"劝说"欧洛夫不要撒谎。直到播放到他问妈妈在哪儿的那一段,埃拉按下暂停键。

"如果他说的是实话呢?"体内一股熟悉且根深蒂固的冲动想让她闭嘴,可她置之不理,"如果莉娜自己离开了,那奈达伦说的话就可能是真的。或许有人在河边等她,不然她为什么要走那条小径?"

"再放一遍。"

埃拉倒带,现在她对录像的时间节点已经熟记于心。

"然后她抓了一些荨麻,像这样……然后她把泥土塞进我嘴里,说她变得脏兮兮的都是我的错,是我把所有事情都搞砸了。"

乔乔从她手中拿过遥控器,按了暂停。

"这是被强奸后的正常反应吗?"

"什么?"

"担心自己弄得脏兮兮的——我是说,就字面意思。"

在这段录像再次播放完之前,乔乔已经站起来了。他在外边的走廊里来回踱步,埃拉任由录像继续播放。根据报告,当时欧洛夫说:"莉娜真棒!妈的!她真棒!"就拿她在成长过程中认识的男孩来说,如果他们被一个女孩推倒并羞辱了,他们绝不会对自己的朋友实话实说。他们中的哪一个不会说出类似欧洛夫当时所说的那些话呢?

每当乔乔靠近,又或是他抬高嗓门,她都能听到电话通话里的只言片语从外面走廊传来。

"我不是说我们应该重启调查,不过如果之前犯了错……不,我做不到,你也知道,他现在处于昏迷之中……是,我明白那是二十多年前的事,不过在瑞典电视台某个记者收到风声之前……不,我们不能任由媒体摆布,我说的不是这个意思。不过如果有个新的目击证人提供证词,我们当然应该采取主动,派几个人调查一下,只是更加仔细地查看那个地区。"

自告奋勇给她带路的那个人拨开前方的树枝。在这片老旧的工业区,白桦树不受滋扰地恣意生长。那透过枝叶的亮光有点特别,如同具有魔力一般。两人在羊齿草中穿行。

"你得明白自己要上哪儿去,才能找得到路。"他说。

当他们即将踏入洛克涅的锯木厂时,锯木厂建筑在前方浓密的绿树丛中赫然显现,大块剥落的石膏,砖块,开裂的灰泥。鉴识技术人员已经工作了十二个小时,但没有任何发现。

埃拉跨过一堆碎砖。大门呈四十五度角开着,曾经是窗户的地方现在只剩下一个个空洞。一个技术人员有条不紊地步入门内,小心翼翼地捡起废旧金属，扫开灰泥。这里有个看似某种炉子的东西，已经生锈，还有落下的横梁。半面后墙已经倒塌，你可以一眼看穿这栋建筑。

森林已经侵入到建筑之内。

"这是一间锅炉房兼铸造车间。"那个有点年纪的向导说。在埃拉下车的时候，他就站在路边，自告奋勇加入她的行列。他已经注意到了这个地区的行动。"以前这里挤满了挪威难民，战争期间他们就在这里工作。你有没有听说过格奥尔格·舍曼这个人？就是在索莱夫特奥法院里用实弹扫射的那个工头，有人骗了他的钱，然后一切就变得越来越糟。锯木业大繁荣是在二十世纪初，这事发生在那之前，当时这里就和没有法制的狂野西部一样……"

埃拉观察戴着手套的鉴识技术人员的一举一动。他们查看拾起的物品——旧工具，杠杆，一根生锈的链条。

林木业在兴盛时期有两万从业者，当时这河谷里有六十家锯木厂。现在只剩下一家位于博尔斯塔布鲁克的锯木厂还在营运——其出产量超过原来那六十家锯木厂加起来的总和，而雇用的员工只有不到三百人。

那些不熟悉此地情况的人认为这里是人烟稀少的乡村地区，然而事实是，阿达伦河谷在本质上是一个工业区。虽然此地的工业早已消亡，却仍旧如幻肢疼痛般挥之不去。

人们从其他人那儿听来零散的流言，让一切缓慢地复苏，自然地侵入。

那人还站在她身后，越过她的肩膀张望。当他提到自己认识以前锯木厂的老板但没有得到她的回应后，他就安静下来了。

"有很多孩子在这里逛荡吗？"她问道。

"现在没有喽，或许他们有更有意思的事做，看看网飞（Netflix）电视剧什么的。也没多少孩子还住在这一带了。"

"九十年代中期的时候你住在这里吗？"

"在啊。"他说，"我是七十年代从阿尔博加过来的。当然了，当时这里和'衰败'可不沾边——我记得那些墙壁还是完好无损的，不过我也不能肯定。一旦你见过几次之后，你就不会留意它们了，你会忽略这一切。不过这个地方从来都吸引不了太多游客，太偏僻了。老实说，在路上或者在河上几乎都看不到这里。"

鉴识技术员看见他们了。他手拿着一块砖走过来，双方隔着一个空窗户进行自我介绍。

"看看这个地方。"他说，"说来也怪，人们居然没有把这些东西搬走，感觉就像是在考古，只不过所有东西都摆出来了。"

她被允许进来。因为就算有任何证物，也被当地野生动物和天气破坏得差不多了，基本不剩什么了。埃拉谢过她的向导。通往门口的阶梯已经朽坏，她正准备爬上半米高的门槛，这时电话响了。

一个她熟记于心的预付费号码。

她穿过一丛荨麻，在一处石砌地基上坐下。地基上的建筑早已不见了。

"你们那群人在干什么？"马格纳斯问道。

"你为什么老是不接电话？"她试着给他打了几次电话。每当他失去联系，她都会因此气恼。

"抱歉我没有一直在线。"他说，"你想怎样？"

"想谈谈。"

"谈二十三年前的事?"

他明白,埃拉心想。他接听了朋友的电话,他只是不愿和我说话。

"你为什么没有提起过莉娜·斯塔弗雷曾经是你的女朋友?"

"我听说你在四处打探这事,"马格纳斯说,"有意思吗?"

风儿在树木间低语,一只布谷鸟在远处啼鸣。如果能把森林的声音和她体内的声响——脉搏声和心跳声——隔绝开来,那该多好啊。

"我不想在电话里说这事。"埃拉说。

距离旧铸造车间不到五十米处有一栋黄色的木屋。这栋房子的历史可以追溯到锯木厂的兴盛时期,看样子曾是某个经理的别墅。

那个打电话投诉的老寡妇曾经住在这里。她的一个女儿接手了这栋祖屋。在花园里,她给埃拉端来一杯大黄汁。

"我记得很清楚,"她说,"妈妈几乎每五分钟就想让我来这儿一趟——当时我住在哈纳桑。那个事让她大受震撼。"

当然了,英加玛早已离世。莉娜失踪时她已经八十多岁了。

"你们现在为什么又联络了呢?妈妈说当时没人费心给她回个电话,没人愿意听一个老太婆说话。"

埃拉斟词酌句,在洛克涅,几乎所有人都知道警察在旧锯木厂有所行动,不过他们没有任何理由将此事与莉娜的失踪联系起来。

"收到新的线报,"她说,"因此我们要对以前的线报进行梳理。不一定和这事有关,不过如果你不对别人提起这事,我会感激不尽。否则的话我们的工作会更加难做。"

"不,不,当然不会。"那女人说着又倒了一些大黄汁。这大黄汁是根据她的外祖母和母亲代代相传的秘方调制出来的。

她还记得九十年代时英加玛说过的一些只言片语。

有一些十几岁的少年在旧铸造车间一带逛荡。英加玛先是留意到气味——那些人在那里生火。当时地面很干燥，有火势蔓延的危险。

当时英加玛曾经走到那块地的边缘，朝那些人大喊，可他们只是哈哈大笑。后来她看到其中一个在河里洗澡。当时她是要去河边洗刷碎呢地毯——尽管她拥有洗衣机已有数十年之久，她还是坚持这么做。

那些人看起来像无业游民。

"当然了，这是妈妈的原话。"

如果她没弄错的话，当时还有人骑着一辆摩托车，在那里停下来。

"你母亲当时在电话里可没提到这事。"埃拉说。

"我猜和警察对话让她感到紧张吧。她以为会有人过来听听她说话。"

"你能确定日期吗？就是莉娜·斯塔弗雷失踪的那段时间吗？"

那女人思索片刻。

"或许不能确定。"她说，"当然了，我知道她曾经提到过——当时我不得不扔下孩子，开车跑到这里过夜，所以那肯定是件大事。第二天我说要过去看看，她不让我去，不过中午时我还是去了。我什么都没看到。或许那使她所有的担忧满溢而出，你也明白那是怎么回事吧？当时这里发生了什么事，可从其他角度来看那或许是二十年前的旧事了。"

埃拉提醒她不要和任何人提起两人的对话。离开前她还对那大黄汁加以夸赞。

当她驾车朝滨海高岸驶去,景致变得愈发壮丽。道路在柔和的山峦之间蜿蜒,出现在她头顶的险崖变得愈发峻峭。湖泊,海湾,水面倒映着黝黑的森林和明亮的天空,如同出自童话里的东西,被施以魔法——当你听到这句话,你脑海中就会浮现这样的景致。

埃拉轻而易举地找对了地方。那是位于诺丁格拉南边的一个农场。

手绘的招牌上写着:跳蚤市场—画廊 咖啡。车道上停着几辆车。不过这里和里肯的地盘大不相同,简直差远了。所有车子都熠熠生辉,有奥迪、宝马,一辆车挂着德国车牌,另一辆挂着挪威车牌。游客们在世界文化遗产地穿梭着。

现在和马格纳斯同居的那个女人伸出一只冰冷的手。她名叫玛丽娜·阿纳斯多德,比马格纳斯年长,约五十岁。她在谷仓里售卖自己的瓷器。幸运的是,她正忙着招待顾客。

"拿点酸橙馅饼吧。"她说着从画廊外的桌子上取了两片馅饼,放在一个餐盘里,"你能来看我们真是太好了。"

当埃拉敲房门的时候,"太好了"这个词如同残酷的讥讽,依然挥之不去。马格纳斯来开门,可他并没有请她进门,只是转身向厨房走去。

和上回相见时相比,他的头发变短了。即使是他最落魄的时候,他的头发也是那么好看。他理发从来不用付钱。

"你们在一起很久了吗?"埃拉一坐下就问道。她试图以不那么痛苦的方式引出话题。

马格纳斯背对着她耸耸肩:"又不是认真的。"

"她看上去挺好的,比你大。"

"玛丽娜很棒,她不来烦我,不会整天念叨。"

"下周我要和社区服务人员见面。"

"好吧。"马格纳斯烦躁地抖动着一罐咖啡,并去壁橱里翻找更多的咖啡,关上壁橱门时又太过用力。埃拉感觉自己的内心瑟缩一下,让她感到不安的是这些声响的另一重含义。那是争执正在酝酿的征兆。她哥哥会大吼大叫,肆意发泄。他不会朝家人发泄,而是对门和墙壁发泄。当房门狠狠地关上,妈妈会哭叫。还有他启动引擎的声音,他的摩托车碾过砾石路面的声音,以及他离开后的沉寂。

"她怎么样?"埃拉问道。

"上回我去的时候她在睡觉。"马格纳斯说,"不过一切还好。"

"得了吧,你知道我说的是谁,莉娜·斯塔弗雷。你知道当我在初步调查报告里发现她曾经是你的女朋友,我是什么感受?"

"当时你还在玩洋娃娃呢。"

"我以前经常假装它们死了。"埃拉说,"我把我的芭比娃娃扔到河里,看着水流把它带走。"

"你想知道什么?"

"为什么你什么都不说?"

马格纳斯靠在厨房的料理台上,用一只手抓抓头发——他总是这个样子。

"我该说什么?当时我不过是个臭小子,我以为她是我人生中的真爱,我们两个就像是……"

他近乎崩溃。埃拉自从进门之后就感觉到那种逐渐逼近的爆发,如同鸟儿在暴风雨前的沉默，如同预示雨水将至的刺目太阳。其他人或许不会留意，那只是一些微小的迹象：紧张的手，咬紧的下颌，盯着窗户却又视而不见的眼睛。

"里肯打电话说你去过他那儿。"他说，"所以你和他聊起我来了，对吧？而且还背着我。"

"我正在找你。"

"那你就直说你想干什么吧。"

"这和莉娜的案件有关。"她开口道，"在以前的调查中，有些东西……"埃拉咬了一小口酸橙馅饼，在心里斟酌掂量：是坦诚相待，还是面对他的怒气？是实话实说，还是屈从于避免争执的渴望？不过不得不说，玛丽娜·阿纳斯多德的厨艺的确不错。"或许凶手另有其人。"

马格纳斯没有动，这几乎比他打砸东西更糟。他已经知道了，她心想，他并不感到吃惊，可他为什么要假装自己是头一次听到这事？

"所以警察又要来找我了，是不是？这次谈话你录音了？"

"不，我没有。"

"我怎么知道？"

埃拉掏出手机，放在桌上推过去。

"他们还没有正式重启对那起案件的调查，"她说，"不过可能会。"

"你为什么不说'我们'？你不也是他们中的一员吗？"

"你也知道，这种事得由检察官来决定。"

"那既然你已经来了，你是不是也要找玛丽娜问话？想要我叫她来吗？或许你想问她我有没有暴力倾向、有没有打她？他们就这样问来问去地搞上好几天,你能想象吗?我在克拉姆福什警局进进出出,你不知道那……"

"是不是真的像你说的那样,那天晚上你在家里?"

"你问妈妈去吧。"

"你知道这行不通。"

"她没你想的那么糊涂,她记得孩子们的生日和命名日,她还给他们寄礼物和支票。"他的目光落在冰箱上——两个心形磁贴将一张照片固定在冰箱上,照片上是他的两个儿子,和家里的那张一样。"有些事她原本还可以自己料理,可你却要抢过来。或许这让所有一切变得更糟。"

"这和眼下这事有什么关系?"

"这和你有关系,就是你的行事风格。你总是要插手别人的生活。"

"我并不是因为喜欢才这么做的,这事关一桩落在我案头上的谋杀案,而我发现这些年来你们俩一直对我撒谎,或者说,至少是隐匿了重要信息。"

"现在你说起话来可真像一个警察。"

埃拉想站起来,可她一直坐着。眼下她身处一间明亮的乡间厨房里,从地板到裸露在外的屋顶横梁,所有一切都漆成白色;木头因所蕴含的时光而闪闪发亮,透出一股淳朴敦厚的韵味。尽管她能感受到其中的光亮和空旷,她还是觉得自己被逼到了角落里。

"你不知道那是什么样的,"马格纳斯说,"你也不知道你四处打探莉娜的事,最后会挖出点什么。"

"如果我什么都不说,是不是更好?"

"是警察毁了我。你知道那是我第一次碰那玩意儿吗？在那之前我几乎连巧克力都不碰的。"

"所以你走上歧途是他们的错吗？你是不是想说他们不应该费心去调查一个十六岁女孩被谋杀的案件？他们不应该找她的男朋友问话吗？"

"你觉得我和这事有关系吗？"

"不，当然不是，不过……"

"如果这事很严重，他们会派个真正的警察过来，可你也不会袖手旁观的，对吧？"

埃拉听到门厅里的一扇门打开了，而马格纳斯似乎没注意到自己的女朋友已经进来了。

"就和爸爸那事一模一样。"他继续道，"他死后你还是要跑过去整理他的东西。即使他又娶了一个老婆，即使他已经离开了我们，你还是要去。"

"她做不来。"埃拉说，"简直一团糟。她很伤心，总得有人……"

"那你呢？"马格纳斯问道，"你不伤心吗？"

"这事和莉娜·斯塔弗雷被谋杀案肯定没有半毛钱关系，对吧？"

"没有，可这说明了你这个人。"

埃拉面对马格纳斯不知所措。他总是这样对付她，扭曲她的观点，让她觉得自己很蠢。她想起自己没有看到任何针对自己父亲的询问笔录。当时他肯定在路上。他总是这样，开着货车在路上奔波，或是在上诺尔兰某处，或是在南边靠近大陆的地方。

"哦，抱歉，我好像打断什么了。"

玛丽娜·阿纳斯多德出现在门口，随之而来的还有一股经过洗涤的亚麻布气味和新鲜的鼠尾草香味。她一只手里握着一把草药。埃拉意识到她肯定在偷听，并为她可能听到的话而感到羞耻。就在这时，她看到自己哥哥的表情发生了变化，原来那喷薄欲出的强烈怒气已经转变为一抹微笑，能让任何女人邀请他同居的微笑。

"没事啦。"他说着朝自己的女友伸出手，把她拉近，"埃拉就要走了，她有很多工作要做。"

"哦，真可惜。我难得有机会见见马格纳斯的家人。你下回一定要在这里过夜，我们还可以一起喝一杯。"

她紧贴着他的头发笑了起来。

埃拉站起来，清理自己的餐盘。

"谢谢你的酸橙馅饼。"她说，"当真是美味。"

第二十二章

埃拉正要大叫"我回来了"时,她的电话响了。

"嘿,"博施叫道,"我们需要你来……叫什么名字来着……洛克涅?"

"他们找到什么了吗?"

"头儿说最好由你来决定。"

"乔乔在那里吗?"

"不在,他走了,和医生有约。"

"给我半个小时。"埃拉说。

她又要扔下自己的母亲,为此她感到愧疚。可克里斯汀似乎心情很好。埃拉希望母亲能忘记这事。她加热一些买来的土豆泥,打了两个鸡蛋。她把蛋黄放在半个蛋壳里,因为这样看起来挺好看。

"今天星期几?"克里斯汀抓过报纸,"星期三,啊哈——那就没什么电视看了。"

"那是几天前的。"埃拉说。她注意到头版头条:"……因贡格尔登谋杀案面临起诉。"还有一张照片,照片上的女人用夹克盖住自己的头。玛姬恩设法完全遮住了自己的脸。

"今天星期五。"她加了一句。

"好吧，那更好。"

她母亲对着蛋黄研究了一会儿，然后把蛋黄倒进土豆泥里。埃拉吃得很快，问题在她脑子里盘旋。关于那天晚上她父亲在哪里，而马格纳斯为什么会失控，她还是没有问出口。一直得不到答案真让人无法忍受，但也没必要毁了晚餐时光。

当她说自己要离开时，克里斯汀毫不在意地挥挥手。

"你是要和某个好男人见面吗？"

"不，很不幸，只是为了工作。"

"你也知道，你不该拖得太久的，不然你就要枯萎了。"

"谢了，妈妈，这话真是鼓舞人心。"

当她开车行驶至桑多桥上，整个世界沐浴在柔和的蓝色之中。苍白的夕阳下，山峦河流融入天色之中。

现在旧锯木厂周边地区已经是灯火通明。埃拉听到人声从铸造车间里的巨大空间传来。博施看到她来了，叫她过去。

房间里空荡荡的，原本留在这里的所有机器零件已经搬走了，还有一道不知通往何处的楼梯。埃拉和鉴识技术人员打声招呼——和她今早见到的是同一个人。他借故离开，走出门外。发电机的电缆向河里蜿蜒，她已经注意到树林之外的明亮大灯。

"你比大多数人更了解这起案件。"博施说，"你能从这些物件里看出点什么？"

他们已经将砖块和灰泥摞在地板上，摊开一张塑料布。埃拉沿着那一列物件缓缓地走过：尚未鉴别的外套，一只手套，一个睡袋，一只破鞋，三个避孕套，啤酒罐。

她在一块织物前停下脚步。那织物被团成一团，脏兮兮的，随着时间的推移很可能已经褪色，可她依然能看出是淡淡的蓝色。

"莉娜失踪时穿着一条裙子。"埃拉说，"奈达伦说那裙子有细细的肩带。"

博施捡起一根棍子，捅捅那块布料。

肩带。

他们唯一能听到的声响是发电机的嗡鸣。

"那我们该怎么办？"埃拉问道，"我们是要把这个给目击证人看，还是要等DNA检测结果？"

"她父母还住这一带吗？"

"他们搬到芬兰去了。"

"可以理解。"

"他们也不知道自己女儿当晚穿着如何，她是偷偷跑出去的。"

"那其他见到她的人呢？"

"有五个十几岁的少年。"埃拉说，她尽力回忆他们各自的说辞，"他们在衣着颜色上有分歧，不过其中几个认为是蓝色的。"

明亮的灯光让细节变得触目，让空气变得灼热。

"在哪儿发现的？"她问道。

"不知道，我刚到几个小时。"

埃拉绕着其他发现的物件走一圈。那只鞋子看上去不止40码，而她不知道避孕套需要多久才会分解。

"看起来像老早以前的普里普斯蓝牌啤酒。"博施边研究啤酒罐边说道。他蹲下来，用棍子戳戳其中一个啤酒罐，想要看清上面的保质期。

埃拉听到一个声音从身后传来，吓了一跳。

"跟我来，我们有发现了。"

灯光让人目不能视。有人在门口走动，一个身影出现在门外的黑暗中。

"在河边。"鉴识技术人员解释道。

他们还没来得及冲出门外，他已经迈着大步走开了。

又是一道残破的阶梯，一堆泡沫板。

通往河边的小径已经被踩踏得很厉害了。白桦树伸向水面，聚光灯为它们染上了一抹不自然的白色。

他们弓腰蹲在水边，身体部分没入河里。三个人穿着全套防护服。洛克涅是发现高浓度二噁英的又一地区。毒物被封存在地下的时候不是很危险，不过一旦开始挖掘，情况就变了。

埃拉跟着博施，而博施凑得更近了。

他们可以看到水下有一堆木头，几根棍子和木板伸出水面，那可能是曾经立在这里的码头残迹。往河里更远处，曾经支撑码头的木桩依然立在水中，看上去如同稀疏的篱笆。

"我们是在那里发现的。"其中一个鉴识人员说道。她名叫席琳·本·汉森，正是她领导了此次搜查。她指指水岸相接的一片区域——那里地势陡然下降，到处都是河岸常见的蓝色黏土，以及相当多的老旧木头。埃拉小时候也曾在这样的黏土中玩耍，她把自己的脸抹成蓝色，吓唬路过的人。

"如果水位没那么低，我们也发现不了。"席琳说。

上个冬天降雪稀少，这意味着山里的河流水位比平时要低，一般情况下被隐藏起来的东西就会露出来。为了看清楚，他们往水里迈出半步,一个鉴识人员已经跪下。聚光灯把附近白桦树的影子投下来。

那是一只手。

插在河堤里,部分露出水面。

是手的骨头。

"这边还有。"席琳说着指指水里。

河水稍显混浊,很难看清。金棕色的沉积物和河水混杂在一起。

"一根腿骨。"埃拉听到一个声音从身旁传来,"像是一根腿骨。"

他正在漂浮,仿佛正穿过水体,向上漂浮。不知道他从哪里来,也不知道要到哪里去。他不知道如果周围真的是水的话,他又怎能呼吸。

有人声,却无法触及。人声越飘越远,就在他上方,如同天空中的鸟儿掠过头顶,如同布谷鸟在河流彼岸鸣叫。

那是一个名字。

欧洛夫。

从遥远的虚无之处传来。

欧洛夫。

那家爵士乐俱乐部正位于松兹瓦尔市中心,在一条林荫大道上。这条林荫道显示这个城市在其兴盛时期也曾梦想成为另一个巴黎。

墙上挂着爵士乐传奇人物的照片,电视屏幕上播放着大火熊熊燃烧的视频片段。埃拉一眼就认出了坐在吧台附近的那个女人,她前面的啤酒杯已经半空了。

那是尤妮。虽然过了二十多年,可她还是留着一头染成红色的短发。她穿着一条紧身牛仔裤，戴着好几条项链。在遇见一个爵士乐手并搬到松兹瓦尔之前，她经常上埃拉家来。她是克里斯汀的众多好友之一，而现在这些好友已经随风四散了。埃拉记得她们的声音透过墙壁传来。

现在尤妮一定有七十多岁了吧。

"老天！你们都长大了！看看你，当真是个漂亮姑娘了！"

埃拉想要叫一杯零酒精啤酒，尤妮表示反对——埃拉肯定能留下来过夜的，对吧？她总能为克里斯汀的女儿找到睡觉的地方。

"你居然在今天联系我，有意思。"她说，"你看到新闻了吗？他们好像找到那个在玛丽堡失踪的女孩了。这事发生的时候我就住在你们家，还记得吗？"

在洛克涅有所发现的新闻已经散播出去了。当天早上当地广播电台就播出了这条消息，到了下午各种猜测已经泛滥开来。斯凡·哈格斯特洛姆被谋杀的案子发生后，旧日尘埃终被掀起了一点，记者们很快就能将两件事联系起来。

一个问题挂在所有人嘴边：发现的这具尸骨是否就是二十三年前的七月某日失踪的莉娜·斯塔弗雷？

"是啊，我记得。"埃拉说。她啜饮自己的啤酒，黑啤酒，挺苦的。"我正是为了这个才来找你谈谈的。"

"而我还以为你找我谈的事和克里斯汀有关。"尤妮抚着胸口，如释重负地舒了一口气，"我不敢在电话里问，我以为你肯定要说癌症或去世的事。"

埃拉马上把老年痴呆症的事告诉了她。

"真没想到。"尤妮说，"这是最糟糕的——人还在，魂没了。"

"我不知道为什么你们俩不再联系了。"

"有时就会发生这样的事。"尤妮看着几个乐手走上舞台,调试乐器,调高扩音器的音量,试试大贝斯的琴弦。

"我们还不确定那是不是莉娜·斯塔弗雷的尸骨,"埃拉说,"那都是媒体的揣测。想要确定需要花时间,尤其是在水里泡了这些年。现阶段他们应该还不知道这具尸骨是历史遗留下来的还是最近的,他们还没有找齐所有的骨头……"

尤妮盯着她看了几秒钟,然后笑起来:"老天爷!我都忘了现在你是个警察了。对我来说你一直是那个小女孩,梳着麻花辫,穿着工装裤。我记得以前我们喝酒的时候,你经常藏在沙发后头偷听。"

"我来这里可不是为了警察的公事。"

"啊,那敢情好,这样你就可以多喝一杯了。"

尤妮问都不问就朝酒保招招手,又叫了两杯印度爱尔啤酒。埃拉突然涌起想要一饮而尽的冲动。

"你知道吧,当时马格纳斯和莉娜·斯塔弗雷在约会。"她说。

"嗯,当然了,这事发生在离家那么近的地方,感觉很可怕。克里斯汀都被吓呆了。你哥哥没有谈起这事,而是跑去喝得醉醺醺的,他把一切藏在心里,你知道吧?男孩子就是这样。"尤妮喝酒喝得有点快,她的目光游移不定。她看着那些乐手走到台上做准备,招呼每个进入酒吧的客人。

"有时我挺想她的。"她继续道,"在我遇见班克、坠入爱河之后,我们俩就不再联系了。或许你还记得他?他弹奏贝斯时就像个天神,或许他现在还是这样。克里斯汀直白地告诉我,说他不适合我。当时我很生气,气她不能为我感到高兴。不过她说的没错。这段关系持续了七年，他当真不适合我。不过如果重来一遍，我还是会这么做的。"

"我不知道你对那段日子还有什么记忆，"埃拉说，"就是他们寻找莉娜的时候，那时你住在我们家……"

"我觉得自己记得所有的一切。你不会忘记最让你害怕的事——现在我依然记得自己还是个女孩子时做过的噩梦。"尤妮掏出一支口红，在墙上某个镜框玻璃上找到自己的映像。她的脸和路易斯·阿姆斯特朗①重叠在一起。"当时我自己一个人住在'天堂'，还记得吧？就是玛丽堡的一个工人宿舍区。然后我听说莉娜就是在那一带失踪的，就在离那儿不到一公里的地方。"

"你还记得当天晚上你在做什么吗？"

"我去蒸桑拿，在河里裸泳。老实说，那是在傍晚早些时候，不过我总是在想受害者可能会是我。当然了，那是在他们找到真凶之前。一个十四岁的男孩不太可能对我怎么样的。"

尤妮抿一下嘴唇，噘起嘴，露出微笑。

"那妈妈呢？"埃拉说，"她有没有和你说她在干什么？"

"有……我觉得她有说……她不是待在家里吗？"

她的目光又开始游移。乐手们已经开始演奏较为安静的传统爵士乐。酒吧里的低语声逐渐消失，所有人的注意力都放在舞台上。

"那马格纳斯呢？"

尤妮在唇边竖起一根手指，朝乐手们比画一下。埃拉压低嗓音。

"无论他做了什么，妈妈总是站在他那一边。现在她还是这样。

---

① 路易斯·阿姆斯特朗（1901—1971）：爵士乐音乐家。

即使是在他最堕落的时候,她也认为那不是他的错,从来都不是。如果他说自己病了或是觉得不舒服什么的,或许我还会相信。可是我哥哥从来都不在家。别对我说当时我还小——我知道,我知道我几乎见不着他。"

一曲小号独奏开始了,又结束了。

"我们坐到里边去吧,这样就不会打扰其他人了。"尤妮拿着酒杯,来到房间的另一头。舞台上的人看不到这里。埃拉在经过吧台的时候顺便拿了一杯水。

她们在两张低矮的皮质扶手椅上坐下。

"我答应过她的,"尤妮说,"我发誓不和你们中任何一个提起这事。"

"这事关一起谋杀案的调查。"埃拉说。

"可他们已经抓到他了,就是干这事的那个男孩。你不知道当克里斯汀得知此事后,她那种如释重负的感觉有多强烈,我记得她哭了好几天。"

"我以为那是因为她难过。"

"你不知道当时她承受了多少压力。"

"我碰到很多对警察撒谎的人,"埃拉说,"他们总是认为自己有充足的理由这么做。"

"我不想说克里斯汀是在撒谎,"尤妮说,"只是在他们问话时她不知该怎么回答。"

"那当天晚上马格纳斯到底在不在家?"

"嘘——"

埃拉没注意到自己抬高了音量,几个听众呵斥了她,还有几个恶狠狠地朝她瞪眼。

尤妮凑过来。

"克里斯汀不知道,她只是重复马格纳斯对他们说的话,以免他们问更多的问题。"

"你把我搞糊涂了。"

"莉娜·斯塔弗雷失踪当晚克里斯汀自己就不在家。等你睡着了,我猜大概是九点左右,她就悄悄出门了。她离开了几个小时。她根本不能把这事告诉任何人——当然了,除了我之外。不过她也是事后才告诉我的。"

"悄悄出门?去哪儿?"

尤妮闭上双眼,仿佛正在欣赏音乐。不过同时也在烦躁不安地摸索着手镯。她两边手腕上都戴着好几个手镯。

"你不要太过苛责你妈妈。"

"我当真想知道。"

"好吧。"

观众们鼓掌,乐手们宣布进行幕间休息。一个低沉的女声从扩音器中传来。那是一首熟悉的歌曲,唱的是孤独的情人在蓝月下相会。

尤妮伸手拿起第二杯酒,而埃拉根本碰都没碰。

"你父亲几乎没有在家的时候,"她说,"维恩总是在路上奔波。你父母的关系不太好,这个样子也有好几年了。"

"你想说什么?"

"请让我说下去。"

如果尤妮没记错的话,这事已经持续一段时间了,大概有几个月了。当然了,一切都是暗中进行的。两个人都已经结婚了。尤妮可能是克里斯汀敢于吐露此事的唯一对象。

他们在一个小型社区里生活，哪怕只是使个眼色都会招来风言风语，而事实比那还糟糕：在深夜里相会，在河边散步，假装去买牛奶然后乘车同游，还有在森林某处的防风带……

现在轮到埃拉闭上双眼，试图屏蔽这个世界，至少在这几秒钟之内。她哥哥当天晚上可能在任何地方，她母亲对警察撒谎，她趁着埃拉睡着时悄悄跑出门。

"那人是谁？"

"拉斯·阿克这个名字对你来说有什么特别吗？"

埃拉摇摇头。

"他就住在附近。"尤妮说，"我从没见过这个人，不过她曾经把他家的房子指给我看，就在河边，在靠近旧海关大楼的那片河滩旁边。你知道吧，1931年的几起事件就发生在那里……"

"那房子是蓝色的，你还记得吗？"

"什么？"

"那栋房子，是不是有白墙边的蓝色房子？"

尤妮点点头。埃拉仿佛是通过一段摄像头抓拍的片段，清楚地看到那栋空房子——就在不久前的某天晚上，邻居夫妇就在那附近发现了她母亲。

一个糊涂的老太太迷路了？也不尽然。她只是忘记了自己的情人早已不住在那里了。

"那时候，当我搬到你家小住的时候，"尤妮继续道，"克里斯汀急得不知所措。直到他们抓住犯事的那个男孩，她才情不自禁地哭出来，告诉我她没有对警察说实话。她觉得羞愧，这也是理所当然的——她还为把你一人留在家里感到愧疚。可当时你已经睡着了,而且你已经不是个婴儿了。如果她改变自己的说法,那马格纳斯面临的情况会更糟糕。既然他说当时他在家,那她就相信他,她不得不信。最后也没什么两样:他们抓住了真凶。"

尤妮变得紧张,她坐直身子。

"你到底为什么要问这些?"

第二十三章

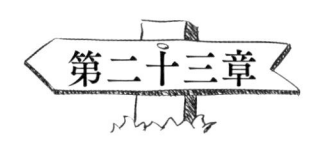

当天晚上埃拉没有直接开车回家,而是一直开到克拉姆福什。她来到警局外头的停车场,把车子停在她常用的车位上。

只需沿着小河边走短短一段路就能去到那里。哈尔甘姆斯加坦并不是理想的社区,不过在这里你能找到无人居住的公寓,第二天就可以入住。在二十世纪六十年代,克拉姆福什策划了本地的社会福利房项目,当时执政的当局很有信心,以为本地对大量劳工的需求将会持续。直到关闭边境之前,那些三层楼房都还在被用来安置寻求庇护的人。本地的特拉芬餐厅在经历了之前那波难民潮后,仍然提供一种名为"契巴切切"的食物。

那些窗户再次变得黑暗空洞,阳台上也没有了花。

埃拉一直没有发短信确认他到底睡觉没有。直到她站在他门前,她才发出短信。这时候再改变主意也太晚了。

奥古斯特光着脚下楼开门,让她进来。

"抱歉这么晚来打扰你。"她说。

"不打扰。"他说,"我正想着给你打电话……"

"当真?"

埃拉没有给他时间回答。他只穿着一件敞开的衬衫和一条四角短裤。他们刚走进公寓她就剥掉他的衬衫。两人就在距离玄关不远处做这事,那里恰好摆了一个五斗橱。在试图脱下她的衣服时,两人的手臂交织在一起。新晋的助理警员似乎想说什么,可她用亲吻堵住了他的话。

把我的思绪带走,把我带走。

等到后来他才说得出话来。此时他们摊手摊脚地躺在他的卧室里。两人身上还黏糊糊的,他们在床上又做了一次。那间闷热的卧室只是疏疏落落地摆放了几件家具:一张宜家的沙发,一台电视机。这是为来去匆匆的过客准备的公寓,毫无个性,也没有回忆。

埃拉宁愿不说话,就这样躺着。她盯着天花板,筋疲力尽,她的脑海一片空白。

"我以为你不再想做这事了。"奥古斯特笑着说。

"你总是知道自己想要什么吗?"

"当然。"

他又笑了起来。埃拉踢开鸭绒被,太热了。得益于二十世纪六十年代注重光线和通风的建筑风潮,这些楼房是背靠背立着的。这意味着她可以赤身裸体地站在三楼敞开的阳台门边,而不会有任何人看到她。

没有人,只有他,这个来自斯德哥尔摩的男孩。他根本不了解沉默最基本的要诀。

"就像我刚说的,今晚我想给你打电话来着,不过时间也晚了,我以为你或许想……"

"不用说这个。"埃拉说。

"好吧,当然。"

透过玻璃的映像,她看到他坐在床沿,肩膀上披着一张被单。户外的空气稍显阴冷,甚至可以说是凛冽了。她喜欢,喜欢水汽落在皮肤上的感觉。

"我想你或许想要知道……"他继续道。

"为什么我们总是要知道?有时候就不能放一放吗?"

"抱歉!"他说,"你说得对,我应该学会不要把工作带回家,不要带进卧室,就像现在这样。否则,会弄得一团糟。你的方法更好,就像关闭开关。这是健康的做法。"

埃拉转过身:"你在说什么?"

"当然是说那具尸骨啦。"奥古斯特说,"就是你们在洛克涅发现的那具。我下班前听说的,然后我又想到了你。我不知道你参与此案的深入程度——他们说你下星期就回来了。这挺好,我的意思是对我来说挺好的。"

"你想告诉我的就是这个?"埃拉觉得自己就像个白痴。她就是个白痴。她还以为他想给她打电话是为了……

"你听到什么了?"

"找到的那具尸骨不是她。"

"什么?"

"不是莉娜·斯塔弗雷。"

埃拉瞪着奥古斯特,想要理解他的话。

"可他们不可能那么快就得出 DNA 检测结果,才一天……"

"他们找到了颅骨。"

颅骨,通过颅骨鉴定性别是最简单的方法,根据眼窝、下颌以及后脑的曲线……埃拉突然感觉自己毫无防备之力,就像她所做的噩梦,梦见自己在无意之中赤身裸体去上学。她从地上抓起一条毯子,裹在自己身上。

"是个男的?"她问道。

奥古斯特点点头。

"时间段呢?"

"什么时间段?"

"就是那具尸骨是近期的还是……"

"这个我就不知道了。"

埃拉想起她有两个未接来电,是未知号码打来的。她离开爵士乐俱乐部时忘了取消静音了,直到她站在门外,怀着一颗怦怦直跳的心发出短信,才发现有未接来电。她把手机放在哪个口袋里了?是裤兜还是外套口袋?她在散落在地板上的衣物中翻找。

奥古斯特的声音在她身后响起:"不过他们在谈论重启某桩案子的初步调查,我猜这意味着那尸骨不是中世纪的。"

成年人的骨骼由220块骨头组成,那具尸骨大部分的骨头尚未找到,不过这个男人正在渐渐成形。

姑且不论他究竟是谁。

空调让旧发动机房内部的空气像降至冰点那般寒冷。摆在地板上的诸如衣物和啤酒罐等各色物件已经全部被搬走送去分析了,而那些骨头就摆在它们原来的位置。使用冷气是为了在进行专业运输前对其进行保存。蓝色黏土已经被冲洗干净,显露出某些白色的物质附着在部分骨头上。

"那是尸蜡。"席琳·本·汉森解释道,同时往这具男尸的左腿补上一块碎骨,"或许和蓝色黏土有关。我之前也见过,那时候我们找到了 DC-3 机组成员的遗骸。你知道吧,就是冷战时期在哥特兰岛海边被击落的那架飞机。那些遗骸是在十五年前被发现的,同样也是埋在蓝色黏土里。"

昨晚试着打电话联系埃拉的正是席琳,她想和了解这桩案子的人谈谈。乔乔把埃拉的号码给了她。显然,他正在别处忙活,不过他也发来短信,说他正从松兹瓦尔赶过来。

自从当天早上七点开始,席琳就一直站在淹没脚踝的蓝色黏土里。对于那些宁愿看电视或睡懒觉来消磨周末的人,她可挤不出太多时间。而且这个男性颅骨上似乎有击打凹陷的痕迹,那就更不能耽误了。

"你已经能确定这一点了?"埃拉问道。

在对白骨化遗骸进行鉴识时,通常要花很久才能确定死因——假设当真有人试图确认死因的话。席琳取出一个平板电脑,向埃拉展示那个男性颅骨的照片。颅骨本身已经被送到实验室了。

"看到了吗?"

她慢慢往下拉,那是从不同角度拍摄的一系列照片。显而易见,那个颅骨具有好几处明显的男性特征——方形眼窝,强有力的下颌,额骨的倾斜度大于女性。

"有人狠狠地敲了他一下。"她说着放大一张照片。颅骨上出现细微凹痕,还有一道裂口。

"有没有可能这是进到水里后才产生的?"

"这小子真是幸运,他们派了我过来。"席琳的手指轻抹屏幕,几乎像是在抚摸照片上的骨头,"通常在发现一具尸体的时候,在场的人都不会具备骨骼学方面的专业知识。哪怕我们对此有所要求，也还是做不到。这样一来，有时候就需要花上几个星期才能发现这样的痕迹。"

没错，那些伤口是在死前留下的。现在他们面对的是一起严重伤人——很可能是伤人致死的暴力案件。

席琳指指铸造车间。

"如果那里就是案发现场，"她说，"那可多的是铁棍、大锤和各种生锈的物件。如果凶手想让某人脑瓜开瓢，对他来说那个地方可算是一个宝地。幸运的话，我们或许能找到残留的 DNA，不过如果是我的话，我会将凶器扔进河里，有多远扔多远，而想要处理尸体则要难得多。要咖啡吗？"

"谢谢。"

外面的可折叠桌子上放着一个保温瓶和几个杯子。埃拉满怀感激地吃下几个肉桂卷。

经过雨水的洗礼，周围的绿树仿佛活了过来，生气勃勃地蠕动着，嗡鸣着。

席琳借故离开，和一个同事说话。埃拉站在原处，想要对这些信息进行梳理。不管怎么说，他们发现了一起谋杀案。死者不是莉娜，不过很快就会有人知道某个许久不见的亲戚的遭遇——假如那个人的家人还活着的话。她想起另一起案子：一辆挖掘机在斯德哥尔摩的索德马尔姆区的一个公园挖出了人类遗骸，不过后来发现尸骨埋藏的地方原是一个霍乱亡者墓地，可追溯到十八世纪，最后针对此事的罪案调查也就此终止了。

当那位鉴识技术人员回来时，埃拉说："我知道现在问这个问题有点太早,不过你能大概说一下这具尸骨的时间段吗?"

席琳脱下手套,给自己又灌了一杯咖啡。

"不早于1960年4月。"她说,"很可能是1974年以后。"

埃拉笑了:"你说真的?"

"跟我来。"

经过前一天的降雨之后,地面变得泥泞。河边立起一顶帐篷,这片区域已经用木钉和细绳画出一个个网格,部分区域没在水里。被发现的所有物件都有相应编号。一架摄像机搁在三脚架上,把所有一切都详细地记录下来。

埃拉和在帐篷里工作的两位鉴识技术员打了个招呼。

"今早我们发现了这个。"席琳说。

她在河滩边上的一个塑料容器旁停下脚步。当埃拉凑上前去,她看到里面有一只鞋,漂在容器中的水里。

"我们给这些容器注入河水,这样就可以在送走之前保持同样的温度,防止任何形式的分解发生。我们想从这个'小宝贝'上挖掘出所有信息。"

那是一只黑色皮靴,配鞋带,厚鞋跟。看上去不是全新的,但也不是很旧。

"是马丁靴吗?"

"没错,经典的1460款。首次发售是1960年4月,所以才有这个名字。"

"你确定这是他的鞋?"

"好吧,肯定不会有人无意中把这玩意儿落在鞋里吧。"她把容器转过来,那靴子微微摇晃。埃拉看到靴子里有某种白色的东西。

"你看到的是一只脚,以及很多尸蜡。"席琳咬一口手里的肉桂卷,"既然我们是在右腿末端发现的这个,这很可能就属于同一个人。"

"为什么说很可能是 1974 年以后?"

"那一年斯科乌诺购物中心在斯德哥尔摩的加姆拉—布罗加坦开张营业。当然了,这家伙可以在那之前去伦敦买一双马丁靴,不过除非他是英国工厂的工人,否则不太可能。这种靴子直到六十年代晚期才在十几岁的少年中流行开来。先是光头党,后来是极端主义者——他们喜欢这种钢制鞋头……"

"一个极端主义者?"

"不好说。"席琳说,"不过现在这都是猜测,不要写进任何报告里。"

她用一根棍子指指那只靴子:"极端主义者会把鞋带一直系到顶端孔眼,老实说,我觉得他们肯定会记得这么做。"

埃拉凑得更近了。靴面两侧各有八个孔眼,但是鞋带只穿过一半孔眼,上方的四个孔眼是空的。就连鞋带打的结也被蓝色黏土保存下来了。任何落入河床中的东西都会得以保存。

"我猜这小子是个喜好垃圾摇滚的家伙。"席琳说。

埃拉又笑了:"你是不是专门研习过亚文化之类的学科?"

"不,也不尽然。"席琳说,"不过九十年代的时候我还是个十几岁的孩子,当时马丁靴超级流行,而科特·柯本①则被视为天神。我积攒零花钱,攒了六个多月,就为了去斯科乌诺购物中心买一双马丁

---

① 科特·唐纳德·柯本(1967-1994),美国歌手,摇滚乐队涅槃乐队的主唱兼吉他手。

靴。不过打死我,我也不会把鞋带系到顶端。"

一阵凉爽的微风掠过河面,让河水泛起涟漪。

"你是说这具尸骨是在二十世纪九十年代早期的某个时候落入水中的,当时垃圾摇滚盛行,而……"

"我也说了,这只是猜测。"

手机铃声打断了她们的对话,是乔乔。他正在路边,纳闷她们到底跑哪儿去了。乔乔来到之后,席琳把所有情况又说了一遍。埃拉在一旁听着,看着一群青蛙穿越小径。

"所以他不是淹死的?"乔乔问道。

"然后把自己埋在汽船码头的残骸里?可能吗?"席琳反驳道。

"他落水之后码头才坍塌的,还是有人事后把他埋在了那底下?"

"即使没有那只靴子,我也会说是事后埋的。我们已经几次提出申请,希望获得过去几十年来这个地区的地貌图片。"

"换句话说,这不是年代久远的历史遗骨。"乔乔说。

"除非垃圾摇滚是年代久远的历史,否则就不是。"

半个多小时之后,乔乔和埃拉一起离开。小径已经被踩踏得很厉害,乔乔沿着路边行走,那里还没那么黏糊,泥泞也没那么深。

"所以说,我们可以从这一切之中得出什么结论?"当两人走到车边,他问道。他停下来,点根香烟,"我们要找一具尸体,结果发现了另一具,这是巧合吗?"

埃拉不知该说什么,可他或许也没有期待她会回答。

"我和检察官谈过了。"他继续道,"我们正在寻求重启那起谋杀案的初步调查工作。"

他长舒一口气,吐出香烟:"看来我可以等到秋天再休假,或许等到冬天,等到天色变得黑蒙蒙的时候再离开。"

一个念头掠过她的脑海,倏忽即逝:不知道他和他女朋友怎么样了?造孩子的事进行得怎么样了?诸如此类的。

"我希望我们能再次借调你,"乔乔说,"你对本地的了解是无价之宝。你能看出别人看不出的东西。当然了,如果你正在休假就另当别论了,是这样吗?"

"不是,我在八月之前都没有休假。"

埃拉注意到一团黑蝇在他头顶盘旋。她能远远地看到指向那所旧学校的路牌——那是曾经生机勃勃的社区留下的记忆。她可以看清铸造车间的屋顶,看到屋脊上因瓦片松动而留下的伤痕。

对本地的了解——一个如此肤浅的评价,就像十一月里刚结成的冰一样浅薄。这个词语没有提及深渊的深度,也没有提及潜藏其下的纷繁复杂。那种复杂是所有人相互间的联系,是具有欺骗性的记忆。这个词也没有提及爱。

"我做不到。"她说。

"哦,好吧……"乔乔似乎挺惊讶,"我还以为你喜欢和我们一起工作呢。"

"我喜欢。"她说,"真的,只是……"

话语,那该死的话语。她感觉应该把真相告诉他。可是为什么要提起哥哥的名字?为什么要提起一份早被束之高阁的旧案调查?她有必要提起这事吗?这两次调查完全是独立的。现在这次调查的是一个男性被谋杀的案件,而不是莉娜被杀案。这起案件的案发时间甚至都不是九十年代。他们现在有什么证据说那是九十年代?仅凭一条鞋带吗？

与此同时，她也看过之前发现的物件。那件衣物可能是属于莉娜的。她感觉这不仅仅是巧合。

"只是有点背叛的感觉。"最后埃拉还是开口了，"我是说对克拉姆福什的同事来说。这样下去，不久之后我们就只剩下刚从警校出来的菜鸟助理警员了。"

"我理解。"

乔乔掐灭香烟，踩熄最后几点飞到地上的火星。他回头朝锯木厂的原址看去，看看头顶再次变得澄澈的天空。

"垃圾摇滚啊。"他说，"既然还要等一段时间才能弄清他的身份，不如趁这时间想想关于这个人我们还知道些什么。"

"他是个年轻人？"

"你知道吗？我也弄了一双。"乔乔说。

"马丁靴？"

"嗯，去年秋天我打算改变形象，所以买了一双。我几乎不穿，那鞋子硬得要死，穿着走路简直是受罪。"

"或许当时很少有老年人穿马丁靴……"

"你说什么？"

"我是说成熟的男人，处于人生黄金阶段的人。"

"谢谢了。"乔乔微笑着说。

一缕哀伤掠过心头，埃拉为不能再和他共事而感到难过。

"正如席琳所说，马丁靴很大程度上是属于年轻人文化的东西，带着某种叛逆……"一个想法突然浮现，那并不是因为她当真了解那个时代——对她来说，九十年代是属于辣妹合唱团的年代，而是因为她了解那种感觉：渴望得到那些只有在杂志上和电视上才能见到的东西，属于别处的东西。

"或许当时也不是很多孩子喜欢马丁靴，"她继续道，"九十年代时马丁靴在这里是不会流行的。或许在哈纳桑会有那种孩子——穿着复古式大衣四处逛荡，在乐队里演奏，可是在克拉姆福什和周边的村庄，可能吗？人们可没那种闲钱，我觉得一双马丁靴会很惹眼的。"

"看吧，我早就告诉你了，"乔乔叹口气，"这就是对本地的了解。"

第二十四章

埃拉回到南翁厄曼兰警局辖区上班的当天并没有发生太多的事情。

在博尔斯塔布鲁克发生了一起伤人案，事发地是一个警队熟悉的地址；在罗城游泳区旁边的售货亭，发生了一起入室抢劫案，案犯抢走了大量糖果，掏空了冰柜里的冰激凌。这对本地人来说是一场悲剧，不过警察也做不了什么，只能在本地居民协会和几个不安的孩童面前表现出认真对待此事的样子。

他们驾车离开，开着车窗。这时奥古斯特说："下周我有一场面试，是为了得到斯德哥尔摩凡斯特罗区的一个职位。"

"恭喜呀。"埃拉说，"祝你好运。说真的，我希望你能成功。"

"那还得看我想不想呢。"

"就因为那里不是内城区？"他刚结束实习期，现在那里有一份工作，可他仿佛还觉得那工作不够好似的——她为此感到气恼。

"如果这里有职位出缺的话，我也可以留下来。"奥古斯特说。

"你在开玩笑吧？"

奥古斯特不说话了，也没有笑。他握住她空闲的手，擦过她的大腿。他们的关系也就止步于此了。

"没人想留在这里。"埃拉说,"人们之所以留在这里,是因为他们的家庭就在这儿,他们的根和记忆就在这儿;因为不让他们在林子里打猎、在河里捕鱼他们就活不下去;因为他们已经建立了家庭,希望自己的孩子能自由自在地奔跑。可他们不会因为一份工作留在这里。在这里你可能要当三十年的助理警员。如果你想在职业生涯中有所成就,那管理岗每十五年才会有空位。"

"或许我喜欢这儿呢。"

"你疯了。"

"这里有一种宁静,我在别处从来没感受过这种宁静。如此贴近大自然,感觉就像是真正地呼吸着纯净的空气,还有那天色……"

"那是因为你从没在十一月待在这个地方,你不知道到那时天空会变得多么昏暗,你也没试过在一月份时被困在一辆被冻住的车子里无法发动引擎。"

"总还可以缩成一团嘛。"他笑着说,捏了捏她的腿。

"那你女朋友怎么办?"

"我告诉你了,我们不是对方的所有者。"

埃拉打开收音机,不想继续争论这事。收音机里播放着一首夏日金曲,配上前几年某一支雷鬼音乐的鼓点。奥古斯特跟着唱,他的手指在敞开的车窗上敲敲打打。

他的嗓音不错。然而,让她感到不安的是他那开朗乐观、无忧无虑的一面,是那种只活在当下的态度。他就这样随口说出那些话,然而并没有什么特别的意思。

她放缓车速,转上一条狭径。路面陡然抬升,车越过一道山脊。

"我们不是要回克拉姆福什去吗?"他问道。

"是啊。"埃拉说,"不过不会花太长时间的,没绕多少路。"

一个草木葱茏的峡谷占据了山脊的另一侧。埃拉向来喜欢这里。此地让她想起了高山景致:高低起伏的草地,正在吃草的奶牛,零零散散的农庄。

一条笔直的砾石路通往树林边缘的一栋房子。草坪还算整齐,可除此之外,这个地方显示出种种被遗弃的痕迹。几段篱笆已经弯折,油漆被自然力磨蚀。她仿佛看到烟囱管顶有一个鸟巢。

"你买了一栋房子?"奥古斯特问道,"还是你想在这里亲热一下?"

埃拉关掉引擎,下了车。

"老实说,"他站在她身后,审视这颓败的房子,"这儿不需要装修一下吗?"

"她曾经住在这儿。"埃拉说。

有那么一会儿,奥古斯特不作声了,对此她挺欣赏的。这是一个需要表示出敬意的地方,在面对其中蕴含的哀伤时需要垂首弯腰的地方。

当然,那也可能是他反应迟钝而已。

"你是说莉娜吗?"

"嗯。"

"从那时起就没人在这里住过了?"

"在那之后,他们家很快就搬到芬兰去了,了结了一切联系。她父亲是在农机厂工作的,我记得她母亲是个教师。"

她看到窗户上还挂着窗帘。这没什么不同寻常的,人们并不总是清楚自己还会不会回来。

"等到一年期满之后,他们就申请宣告她已经死亡——换句话说,也就是期限刚到就马上提出申请。考虑到一直没发现尸体,这种情况下的等待期就是一年。"

奥古斯特沿着篱笆前行,推开大门。门边合页发出柔和的吱呀声。

"怎么会有人就这样扔下房子?"他问道,"这样会贬值的。"

"我看他们真的没有考虑过这一点。"

"我不是特指这栋农舍,到处都是这样。为什么不买下来呢?好吧,我说的不是这一栋,可是其他那些——干吗不翻修一下,卖给从斯德哥尔摩或者德国来的人?这样的生意肯定很不错。"

其实这是一栋颇为华丽的翁厄曼兰式建筑,层高不止两层,可奥古斯特却说这是"农舍"。对此埃拉颇为气恼:"在这一带如果你要翻修房子,那一定是因为房子需要翻修,又或是你想让周围的环境变好。你不可能赚回翻修费的,你花的钱远比你从房地产市场中得到的要多得多。"

"那是因为人们还没有发现这个地区,一旦他们发现这里有多美……"

她感到他的呼吸掠过自己的颈脖,他的手臂环住她的腰。

"哦,老天!怎么回事?"

埃拉挣脱奥古斯特的拥抱,转过身来。一个老妇人站在砾石路上,穿着短裤,戴着太阳帽,一只手牵着狗绳。那条狗肯定跑到附近什么地方去了。

"都是因为把以前那件事翻出来给闹的。"她说。

他们走上前去,自我介绍。老妇人的姓氏听起来有点耳熟,不过尼伯格这个姓本来就挺常见的。

"自从你们在洛克涅找到那具尸骨之后，记者们就跑到这里窥探拍照。不过那不是莉娜，对吧？新闻上说了，那是一个男的，你们知不知道是谁……"

"还不知道。"埃拉说。

老妇人对着太阳眯起双眼："那你们在斯塔弗雷家的房子里干吗呢？这里肯定没留下什么可看的东西。那个时候警察到处打听，还做了各种各样的调查。这家人是只想自力更生的好人。"

她朝房子转过身去，或许更像是朝埃拉转过身去，仿佛斯塔弗雷一家还在，还能听到她的话。

"你认识他们吗？"

"认识，当然认识。我就住那边。"她指了指离这里不到两百米的一栋红色半独立建筑，"我们两家的女孩子小时候总是跑出来一起玩耍——当然了，长大之后也一起玩。不过我猜你或许会说她们玩的是别的游戏。"

尼伯格，尼伯格……目击证人询问记录中的名字和说辞在埃拉脑海里翻涌。邻居，朋友……

"你女儿叫什么名字？"

"艾尔薇拉，不过别人都叫她艾薇丝。你干吗打听这个？"

"感觉我记得这个名字。"

"是啊，她在克拉姆福什开了一间美甲沙龙。或许你在那里见过她？不过现在她用索格伦这个姓氏了，那是她结婚后随的夫姓……"

老妇人看看埃拉的指甲，那看起来肯定不像是经常出入美甲沙龙的人的指甲，没涂指甲油，剪得短短的。

"当真又要为了这些事去烦她吗?你不知道艾薇丝花了多久才恢复过来,才敢为未来打算。一年又一年,花了好多年呢。她和莉娜打一出生就认识彼此了。我还曾经抱过那个女孩呢。就是那人干的,是哈格斯特洛姆家的孩子,已经破案了,只是那些报纸又像往常那样瞎揣测,对吧?"

显而易见,老妇人颇为紧张。或许即便是她也不完全相信自己所说的话。

"这草是谁修剪的?"奥古斯特问道。

"如果你任由森林侵占这里,那就完了。至少这样人们还能时不时看看是不是有人来到这里。这可不是犯罪,对吧?"

他们离开,刚走了几公里,埃拉的电话就响起了短信提示声。

"你在哪儿?"

她在路边停车。是乔乔发来的。她回复说他们正在桦树干区,正在回去的路上。

"有时间绕道去一趟贡格尔登吗?"

埃拉的脉搏加速跳动。于奥默的控制中心没有发来新的警报。事实上,警局的下午咖啡正在向她招手。

"可以,怎么了?"她一边回复道,一边等着一辆马拉货车经过,然后开回路上。她开车慢行,握着手机的手压在方向盘上。她看到一条新短信。

"问问奈达伦,他当时见到的有没有可能是这个人。"

随着两声短信提示音响起,一张脸出现在她的手机屏幕上。

黑长发、窄脸、柔和的五官,和大多数人拍护照照片时一样,相片上的人瞪着双眼,那是一个二十几岁的年轻男子。

"怎么回事?"奥古斯特问了两三遍。

"看来他们已经确认洛克涅那具尸骨的身份了。"

"哦,该死。"

短信提示音再次响起,她的手机又收到了两张照片。同一张脸,其中一张稍显年轻,同样的长发,不过相片中的人穿着绿白色的哈默比足球队球衣。那是一支斯德哥尔摩的足球队。当埃拉将车开进奈达伦家的院子后,她才意识到自己之前的猜测是正确的:那人不是本地人。

车库外头停着两辆车,一辆是闪亮的新车,来自一家租车公司。一个年轻女子走出来,来到门廊里。她穿着一条卷起裤脚的牛仔裤。她放下一个黑色的塑料袋。

特里格夫朝他们走来,犹犹豫豫,满腹狐疑。他解释说:"那是我们的女儿珍妮,从澳大利亚回来的。你们当真连她也不放过?"

"我只是想让你看几张照片而已。"埃拉说。

"真的就没完没了了吗?"

埃拉翻出第一张照片,举起手机。

"在莉娜·斯塔弗雷失踪当晚,你在河上见到的有没有可能是这个人?"

特里格夫拍拍口袋,借故走开。他要回房子里去取老花镜。年轻女子"砰"的一声盖上垃圾桶的盖子,朝他们走来。她停下来,和他们保持安全距离。她应该有二十七岁,不过看上去更年轻一些。

"你们想干什么?"她把双手插进裤兜,挑衅似的耸起肩膀。

"这事关另一起案子。"

"好吧。"

珍妮不愿离去，仿佛正等着他们问问题。

"你肯定大受打击吧。"埃拉说。她发觉自己的话如此无力。她的母亲刚刚供认自己犯下谋杀罪，她的父亲又被发现和想象中的不同——对于这样的人，你应该说什么话呢？

"我只是回来整理自己的东西。"她说，"我离开时只带了一个背包。老爸要把房子卖掉了，我想房子里或许还有我想保留的童年物件。不过那会是什么呢？某种回忆？"

"他要卖掉房子吗？"

"在我看来，他想怎么样就怎么样吧。"她看向房子。这时她父亲再次现身，手里拿着老花镜。"这外头看着挺好的，对吧？"她说，"老天！他们在这房子和花园上花费了那么大的力气，想让所有一切变得完美。"

埃拉想问更多的问题，可这并不是他们来这里的目的。她早已不再调查斯凡·哈格斯特洛姆被谋杀一案了。那桩案子的一切都得到了解释。他们拿到了认罪供词，找到了凶器和动机。指向玛姬恩的证据很确凿，警方没理由再去挖掘她的心理和背景。假如辩护团队要从那个角度辩护的话，那他们或许正在处理这个问题。一旦法庭给出判决，那本就是法庭需要处理的问题。

当她父亲走近时，珍妮转身离开，将一个足球踢进一片精心打理的花圃里。当两人擦身而过时，她转过头。

特里格夫看着女儿，看了好一会儿才戴上老花镜，拿起埃拉的手机。

"这谁呀？"他一边问道，一边端详着那张照片。

"你说过那个在河上划船的人有一头黑发，盖在脸上？"

"没错……我记得那头发,一直披到肩上,就像这样。我记得她划船很差劲。女人在船上就这副德行,对吧?"他哈哈大笑,希望奥古斯特附和几句,但没有得到回应,他又垂下了眼眸。

"你们觉得可能是这个人?"他问道。

"你觉得呢?"

"我不知道。"当他看到那张穿着球衣的照片,他停下来,"他看起来有点像女孩子,皮包骨头的,不太像男人……"

"我明白,过了那么久,想要辨认肯定有难度。"埃拉说。

特里格夫把手机还给她。

"好吧。"他的口音泄露了他原籍在北方的事实。埃拉纳闷儿现在他是不是要回北方去,那些城镇和乡村是否会遗忘过往。"可能不是他,但也可能就是他。"

正是靠牙齿他们才得以如此迅速地确认他的身份。

肯尼斯·艾曼纽尔·埃萨克森。

"我们在失踪人口数据库里找到了他。"西尔婕暂时回到克拉姆福什,她把自己的笔记本电脑转过来,好让埃拉看到。

1976年出生于斯德哥尔摩的哈格斯滕教区,1996年6月初宣告失踪。当时肯尼斯刚满二十岁。

埃拉算了一下前后时间。在莉娜失踪前不到一个月,甚至不到四周——确切地说,是二十六天。

"他逃离了位于北哈尔兴兰的哈塞尔集体社区。"西尔婕说。

"那个地方还在运营吗?"埃拉想起那是一个为年轻瘾君子开设的疗养院,在南边约一百五十公里之处,位于郡边界的另一侧。

"现在那里不是疗养院了,不过这家伙待在那里的时候,那里依然存在。"

"我记得那地方很有争议。"

"集体式孩童抚养。"西尔婕说,"他们取得了很多进展,可同样也遭到了大量批评——比如说,鼓励孩子们相互告发之类的。"

西尔婕展开那份材料。那是 1996 年肯尼斯·埃萨克森失踪案警方调查记录的总结。

"他们认为他是跑到斯德哥尔摩去了。之前他跑到那儿几次,不过警察总能在城里某个他常去的地方找到他。"

"你有没有设法和他的亲戚联系?"

"他父亲已经死了,他母亲在他消失前一年和他断绝了所有联系。肯尼斯偷家里的东西,凡是能拿去卖的都偷。"

"那他在阿达伦做什么?"

"躲藏?或许他不愿再被抓住,或者不愿被告发。"

"他也可能是要去某个地方。"埃拉说,"去挪威或者芬兰……他可以在任何地方弄到毒品。"

"哈塞尔的人说他已经戒了一段时间了。"

"没有人知道他要去哪儿吗?"

"显然没有。"西尔婕说,"我猜这次他面对朋友时把嘴闭得紧紧的。"

埃拉再次阅读那简短的文档。

"如果是他和莉娜·斯塔弗雷在河上划船,"她说,"那他们不可能是第一次碰面。她不会一时兴起走到河边,他们肯定是约好了要见面。"

"嗯。"西尔婕说，"不过有人会说现在下结论为时尚早。"

埃拉转而把注意力放到肯尼斯·埃萨克森的照片上。那乱糟糟的头发，那犀利的眼神。

"如果你是十六七岁，"她说，"你会不会喜欢这家伙？"

西尔婕盯着男孩的眼眸。

"他正在逃亡的事实或许会让我喜欢，或许会把我吓着。天知道哪种感情会胜出。我猜当时的我会认为他看上去像个摇滚明星。"

"莉娜一路走到玛丽堡。"埃拉说，"距离她家超过一公里，差不多两公里。她打扮过，不想把自己弄脏……"埃拉仿佛回到了那片树林里，在荨麻丛中，站在那条通往水边的小径上。她想象那个船里的男孩。他从哪里弄来那条船？当然了，是偷来的。单单一个季度就有几十条划艇消失不见。河滩，莉娜最后留下的痕迹就是在那儿被发现的。

"那把粉刷。"她说。

"什么？"

"在沙滩上发现的粉刷。在他到来之前，莉娜化了妆。"

第二十五章

空气中充斥着丙酮和香水的气味。把这里称为"沙龙"似乎有点过了——那只是一座平常民居的地下室。不过话说回来,艾尔薇拉·索格伦已经使出浑身解数让这里看起来像个沙龙了。

墙上挂着法国风景海报,镜子镶着金框。每一处空出来的平面都搁着蜡烛、檀香、迷迭香。

"老天爷!女人啊。"她一边叫道,一边端详埃拉的手,"你上回做美甲是什么时候?"

"我只是想来点简单的。"埃拉说。

"你不想好好对待你自己吗?我觉得你值得拥有这些。"

被称为艾薇丝的女人拿出几盒五颜六色的人造指甲,有长而尖的,有浑圆匀称的。而埃拉正在琢磨要说几分真话。作为一个警察,假如说现在她还没有越界,那也等同于在界限上走细钢丝了。不过如果她想要让自己好看点,那应该不会有人反对吧。

她指指其中的一个——近乎白色,带着一抹珠光。

"我们还要让你的指甲变长一点。"艾薇丝说着用双手轻揉埃拉的手指。

"不用太长。"埃拉说,"指甲太长不好工作。"严格来说,这并不是真的：她有不少同事都戴着亮粉色的美甲，借此冲淡警察制服的阳刚之气。

"老天！真可惜，你是做什么的？"

"警察。"

"哦，听起来挺刺激的。你肯定见识了很多事吧？"

"就像我说的，尽量弄得简单点。"埃拉对她说。艾薇丝对她露出哀伤的微笑，仿佛是因她从没想过自己可以拥有更多而可怜她。

她被引到一张椅子上坐下，而艾薇丝开始修甲、加湿，谈论增加指甲强度以及用某种凝胶类材料加长指甲的不同方法。

"感觉我认得你。"闲聊了一番天气和假日之后，埃拉说，"你是不是莉娜的朋友，就是失踪的那个女孩？"

"没错，她是我最好的朋友。"

四十分钟，埃拉心想，这是做完十个指甲所需的时间，现在还剩三十五分钟。

"肯定很可怕吧——我的意思是，对你来说也是这样。"

艾薇丝调整了一下桌上的照明灯。

"只是想忘掉，可就是忘不掉。而整件事最近又被翻出来了，报纸开始谈论说或许她的尸体已经找到……你就会想，好吧，终于可以举行葬礼了。当时只是举行了一场追思会，不过也很不错，他们播放她最喜欢的音乐，谈论她是多么好的一个人，以及她未来可能有什么成就……"

因为要给埃拉美甲，艾薇丝别无选择，只能低着头。不过或许她只是在避免目光接触。她说的话轻飘飘的，透着一股无力感。

"我并不认识她。"埃拉说，"当时我太小了，不过我哥哥认识。

老实说，他们还约会呢。"

艾薇丝手中的工具滑了一下，某样尖锐物戳到了指甲根部的软膜。她抬起头。

"舍丁！老天爷！我竟然没想到！你是马格纳斯的妹妹？当然了，你当然就是了，我知道他妹妹现在从警了。"

尽管还点着蜡烛，可空气突然变得易于呼吸了。艾薇丝不再聊沙龙里日常会聊的话题，诸如一个女人的价值以及她应该对自己好一点之类的。

埃拉对一些关于马格纳斯的问题避而不谈，诸如他现在怎样，他在干什么，他和谁约会。

"她到底是什么样的人？我是说莉娜。"

"马格纳斯怎么说？"

"他什么都没说。"埃拉说，"你也知道了，做哥哥的就是这个样子。"

"或许他也想忘记吧。"艾薇丝放下修甲刀，从翻出来的几个小瓶子中拿起一个，给埃拉的指甲均匀地涂上一层底漆。她稳稳地抓住埃拉的手，"从那时起，人们只会说她多好多漂亮，你还不能反驳，不然你就表现得像个恶人了。"

"你还记得里肯吗？"

"当然记得。"

"他说莉娜在玩弄马格纳斯的感情。"

"她简直坏透了。"艾薇丝说，"抱歉，我从没对其他人说过这样的话，可你是他妹妹，你应该知道这事。莉娜和他分手了，又把他勾回来。她正和别人约会，但是又说她对马格纳斯还有感情——你也知道这是怎么回事啦。坠入爱河的人基本丧失了理智，会觉得没有某个人他根本活不下去。"

她把埃拉的手放在一盏加热灯下，在那儿搁一会儿。

"老实说，我也有点喜欢马格纳斯。"她说。她的脸颊微微泛红，不过那也可能是加热灯散发的热量造成的。"这些我都没和警察说，不然他们或许会认为我因为嫉妒而杀了莉娜。可是和莉娜比，我根本没有机会，一点机会都没有。在莉娜失踪之后，我开始和马格纳斯约会，我猜那是一种安慰之类的，我也说不好……我不可能和莉娜一样。我注意到马格纳斯也变了。当然了，我猜你也知道，这事发生前他很活泼，属于生活中喜欢四处乱窜的人。大家都喜欢这种人，因为他长得帅，人又好，还挺和气。我一直以为他挺和气的，不过后来……抱歉不得不这么说，他对我可不和气。当我还想继续下去时，他对我说别缠着他……好吧，你也知道，如果你太急切了就会这样。我觉得他当时很难过，而我是唯一一个留在他身边的人，他需要安慰。这就是爱，你明白吗？哦，老天，抱歉，我忘了……"

艾薇丝关掉加热灯，涂上第二层指甲油。一些指甲油底漆抹到了埃拉的皮肤上，不过她擦掉了，再次重复一遍之前的流程。

"那他现在还好吗？"她犹犹豫豫地问道。

"马格纳斯？啊，还好，他在滨海区找了一个女朋友。"

"我希望她能对他好。"

"感觉是的。"

"他也会嫉妒。"艾薇丝继续道，"不是针对我，是针对莉娜。他会嫉妒得发疯，你知道吗？以至于他会花上半个晚上守在她家门外，只是为了看看她有没有带别人回家。我住得很近，以前我经常听到他的摩托车在那里停下来的声响。"

"那他还好吧?莉娜有没有和别人约会,你还记得吗?"

"如果我告诉你的话,她肯定要杀了我。"

埃拉笑了:"现在她也不太可能这么做了。"

"当然了,不过……关于她有多好多好的那些说法,现在依然还是这样,你不能说死人的坏话,对吧?你必须表现得超脱,开始哭泣,然后不停地说她是有史以来最棒的朋友。"

"但是?"

"她很刻薄。前一分钟她还叫我过去,因为我是她在世上最好的朋友,下一分钟她就会叫我'白痴'——只不过因为我不像她那么聪明,因为她读那些花里胡哨的书,法国作者写的,诸如此类的。那些书你几乎读不明白,我敢肯定她只是在假装阅读那些书,好像真有人在乎似的。"艾薇丝再次抬起眼眸,"我是说,我绝不会用'白痴'这个词,可当时的人就是这样说话的,现在可不行了,或者说,有点理智的人都不会这么说话。那是一种智力障碍,不能用来这么说。我知道,因为我也是个助理护工。应该说是'功能多元化',对,就是这个术语。不过莉娜就是这么称呼那些她认为是白痴的人。而我还继续和她混在一起。"

艾薇丝离开桌子,伸手从一个架子上撕下几张纸,擤擤鼻子。她又用一张湿纸巾擦了擦手。

"要我说,你应该尝试更多的颜色。"

"或许下回吧。"

埃拉端详着她,看她盖好小瓶子,把所有东西收拾整齐。

"莉娜和谁约会?就是你不能说的那个人?"

"我知道我本该告诉警察的,不过当时我只有十五岁……如果警察找到他们,那莉娜肯定会永远恨我的。她对自己的爸妈撒谎,说她和我在一起,因此他们都不过问。莉娜的家人很严厉,一滴酒都不许她沾。当莉娜偷跑出去喝酒什么的,他们简直要疯了。有一次闹得很凶,他们说要把莉娜送去芬兰的亲戚那儿,不然就送到某个学校去,那里有超级严格的校规和宵禁……"

"那莉娜当晚究竟想干什么?"

"她要离开。"艾薇丝说,"和那家伙一起,永远地离开。我觉得她就是这么做的,于是我什么也没说。后来欧洛大那事爆出来了,就是事实的真相……"

"那人是谁?"

"她从没告诉过我他的名字。"

"马格纳斯知道吗?"

"以我对莉娜的了解,她会把那人的名字直接砸到马格纳斯的脸上。她告诉我做爱很美妙,而周围的男孩子们根本不知道……而卑微又可怜的我,这个'白痴',根本不知道做爱是怎么回事……好吧,当时我想到的只是马格纳斯,他该多难受啊。叫莉娜错了,马格纳斯的床上功夫了得。哦,抱歉,你或许不想知道这种事。"

"那家伙不是本地的吗?"埃拉问道。

艾薇丝摇摇头。

"那他们是怎么认识的?"

"是莉娜搭顺风车时认识的。"

"他有辆车?"

"是啊,我猜他肯定有车,因为他们还在车里鬼混——假如莉娜说的是真的。莉娜总是说这样的话来捉弄我，因为我没有男朋友，而且她还让我发誓不告诉别人。仿佛我就该对她的秘密惊叹连连，并且因此感到嫉妒。为了让整件事显得更刺激，她甚至还告诉我那家伙正被人追捕，就好像是什么美国电影里的人物一样。这就是典型的莉娜做派，她编出一套套的，就为了让我觉得自己很蠢，又没有经验。"

埃拉心想：不知道等肯尼斯·埃萨克森的照片公布之后，她会不会推断出什么？照片一两天内就会公布出来，不会太久。

埃拉掏出手机，打开支付应用，输入墙上海报上的那串号码。

"我忘了问多少钱了。"她说。

她们谈论着天气，吃着各自的那份炉烤三文鱼。埃拉感觉母亲有点疑惑。她戳戳自己那份食物。三文鱼本应直接来自河里，由某个相熟的人捞上来，而不是产自某个挪威农庄，装在塑料包装里，通过船运和本地杂货店，最后送到你的厨房餐桌上。

"你刚才说他叫什么名字？"克里斯汀停止咀嚼。

"拉斯·阿克，他就住在旧海关大楼旁边。你不记得他了吗，妈妈？印象中你们还挺亲近的。"

她的目光变得悠远，看向别处。目光流连的时间稍微长了一点。

"今年我一定要剥掉窗框上那些油漆。"

埃拉拿不准她母亲是忘记了，还是在逃避，也不知道这两者某些时候是不是一回事。

晚餐过后，她朝河边走去，经过那栋蓝色的房子。据说一个名叫拉斯·阿克的男人曾经住在那里。现在房子已经空了，不过看样子还没有被废弃。或许那家的孩子在因继承问题争执不下。一栋房子被闲置可以有无数理由：家庭分崩离析、有人离世、以及无人愿意触及的记忆。

埃拉沿着河边走，回想那个夏天。当时她们在这里把洋娃娃扔进水里，想看它们是浮是沉。河水变暗了，东边，大海取而代之，看上去无边无际。然而，事实上那不过是一片内海而已。这里非常安静，让她不习惯。在她小时候，沿着海边兴建的新桥还没成立，E4公路还没有重新翻修，当时车辆的轰鸣穿越整个社区。至今那汽车的喧嚣仿佛还不时在埃拉耳边响起。后来兴建了路桥，南北行程缩短了八分钟，而兰德则坐落在 条偏僻的道路上，慢慢凋零。

河水很浅，河堤上散布着小水潭。蜻蜓在一潭潭混浊的死水上飞舞。埃拉曾经抓到几只还是若虫形态的蜻蜓。总共三只，她把它们装进玻璃罐里，摆在窗台上，盖子上开有气孔。她想看它们成长，看它们的翅膀变成翡翠绿或者天蓝色。

可是第二天早晨醒来时，玻璃罐已经不见了。她在屋外草地上找到了玻璃罐，马格纳斯放飞了里面的蜻蜓若虫。

"绝不要囚禁生灵，如果我再发现你这么做，我就给你一巴掌。"

埃拉再次拨打他的电话，还是无人接听。

她看到一只蜻蜓横冲直撞，在空中抓住了一只昆虫。在她还小的时候，她只觉得蜻蜓漂亮迷人。她从没意识到蜻蜓也是捕食者。

"你不知道这样它们会死吗？"

片刻之后，她的手机响了。

马格纳斯的号码，不过却是一个女人的声音："他不在这儿，我不知道他在哪儿。"

来电的是他的同居女友，玛丽娜·阿纳斯多德。埃拉很难听清她的话，她听起来像是在哭。

"我看到你打过电话来。"她说，"整整一天我都试着联系马格纳斯，可我刚刚发现他的手机扔在这里。他为什么不带手机就离开？"

"发生什么事了？"

埃拉在一个小水潭边的岩石上坐下。黑蝇很快就让她难以忍受，当她站起来时，团团黑蝇一直追着她。

几天前马格纳斯开始酗酒，醉得神志不清。他们吵架了——开始是为了酒的问题。玛丽娜知道他有酗酒的毛病，他从没试图向她隐瞒这一点。可是他许诺说会戒掉的。接着争吵牵扯到其他所有问题：马格纳斯觉得她不想让他继续在那儿住下去，他觉得自己配不上她，然后他开始以最荒谬的理由来指责她。

"比如说？"

"比如说我和别人睡觉什么的，事实上我没有。我能和什么人睡觉？我所有时间都花在了作坊和画廊里。"

"你说那是几天前，能确切点吗？"

"当时甚至还没到晚上，我是说，谁会在中午开始喝酒啊？今天早上我醒来的时候他已经走了，我总是在他之前起床的。"

埃拉把那些黑蝇完全抛在脑后，她甚至感觉不到它们的叮咬。她试图让玛丽娜告诉她，那究竟是什么时候开始的。

"不过在那之前他就很烦躁了，就是在你来过这里之后的一天……"

或许是巧合。玛丽娜或许只是想喝一杯，舒舒服服地度过一个夜晚。可埃拉知道那不可能舒服。有一种人一旦喝了一杯之后，就会灌完整瓶酒，而玛丽娜正是这种人。不过如果马格纳斯也做同样的事，他会不停地喝上几周。埃拉尽力说服自己：都是这个女人的错，几乎可以肯定，她喝的是原汁葡萄酒，都是她的玻璃心和那原汁葡萄酒惹的祸。然而现实无可逃避。

那一天，正是在洛克涅有所发现的新闻公之于众的日子。

"我不知道自己做错了什么，想想看，如果他伤害自己……"

就是在那一天的午餐时分，他变了。

埃拉握着手机的手变得冰冷，已经感觉不到自己的手了。

"如果你听到什么消息，马上打电话告诉我。"

"你也一样。"

第二十六章

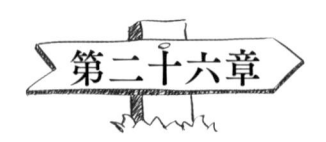

他们刚刚结束了一次飞车追捕,正在返回。这趟飞车追捕让他们追到了索莱夫特奥以北,几乎一路追到永瑟勒。劫车者驶离道路,遭到逮捕。

那些人是已知的黑社会"送货人",他们运送毒品,从这个国家的南边,经由松兹瓦尔,送到诺尔兰郡的道路上。现在他们已经被收监,关进囚室。而埃拉则站在咖啡机旁。

"有时间吗?"

乔乔的声音在她背后响起。埃拉不小心按错了按钮,一股淡泥巴汤似的米黄色卡布奇诺咖啡注入她的咖啡杯里,而不是她平常喝的超浓过滤咖啡。

"当然。"她转过身,脸上带着微笑。

乔乔点点头,示意她跟他走。他关上身后的门。

"我们找到和她匹配的DNA了。"他说。

"莉娜的?"

"你没猜错,那是她的衣服。考虑到她失踪时DNA检测还没成气候,她的DNA信息显然不在数据库里。不过他们从那件开襟毛衣上找到了DNA。"

埃拉跌坐进一张扶手椅里。

"所以我们已经扩大调查范围。"乔乔说。他面朝窗户，背对着她，"那会牵扯到更多的人。如果她在那里，我们会找到她的。"

埃拉把她的咖啡落在咖啡机那里了。在经历了今早超长时间的出警任务之后，她的躯体正尖叫着急需咖啡因，一阵头痛从她的颅骨根部开始向上蔓延。飞车追捕激发的肾上腺素已经退却，她的躯体感到疲惫不堪。

"不管怎么说，这总算是洗清了欧洛夫·哈格斯特洛姆的罪名了。"她说。

"别着急。"乔乔说，"我们还没找到尸体。理论上说，她或许是在另一个场合把衣服落在那里的。"

"然后光着身子离开？"

"我们也发现了死者的DNA，就是那个肯尼斯·埃萨克森。是在一个睡袋上发现的——看似是他的睡袋，不过大部分已经被某种动物吃掉了，鉴识人员认为那是一只獾干的。"

"有没有什么证据将他和莉娜联系起来？"

"有，在一个背包的残骸上发现了两人的DNA。"

"所以说当时他们俩在一起。"相同的画面再次在埃拉的脑海中浮现：莉娜走进树林，穿着夏装，黄色的开襟毛衣，背着一个小背包——就是上学时她背的那个，只是她并不是去上学。脑海中的景象如同重放的电影片段。

"显而易见，那个旧铸造车间里到处都是DNA。"乔乔继续道，"天知道他们是不是找到了其他所有人的DNA，就是之前在那里铸造工具的人，或者做其他工作的人。"

他在她对面的一张扶手椅上坐下。

"我们还发现了某个人的痕迹。"他说,"是在一个避孕套上发现的,那里有好几个。"

"没错,我看到了。"埃拉说。她回想起摆在地板上的物件,这时她才发觉他的音调有异。

"是某个叫马格纳斯·埃里克·维恩·舍丁的人。"

"埃里克"源自他们的爷爷,"维恩"源自他们的父亲。这些名字代代传承,好让你知晓你来自何方,归属何处。

"那是我哥哥。"她说,"我哥哥。"

房间里的空气像往常一样沉闷。不,比往常更糟,可以说是令人窒息。

"我知道。"乔乔说,"他有案底,所以他的名字马上跳出来了。也不是重罪,几起盗窃,一次伤人……"

"好吧。"

"同时也发现了莉娜的DNA,在同一个物件上。"

埃拉感觉自己在坠落,穿透扶手椅,落在地板上。她发觉自己正在逃避。

他们曾去过洛克涅的铸造车间,她心想。他们做爱,可这不能证明任何事实。所能证明的只是他们曾做爱。

这个浑蛋,她心想,他到底干了什么?

"他们在约会。"她说,"断断续续地持续了一段时间,不过在莉娜失踪前就结束了。"她顿了一下,既是为了喘口气,也是为了让自己能平静地说话,不显异样,"我也是在那起旧案的初步调查记录上看到他的名字才知道的,当时我只有九岁,没人和我说这些。"

"而你也没想过要提起这事?"

"想过,可我们并不是要侦办莉娜这个案子,而且他也没有重大嫌疑。那个案子已经结案了。"

借口,逃避。真相一直在她心头盘旋。乔乔正在打量她。他作为一个警探在打量我,她心想,他现在并不是把我当成一个同事来看待。

"你知道你有权利什么都不说。"他说,"如果你愿意,我会找其他人来整理材料。"

埃拉试图让自己的嘴变得湿润。

"马格纳斯只是因为他们之间的关系而受到询问。"她说,"当时这起案子还只是作为人口失踪案,那时候还没人知道有犯罪事实。"

"然后他们把调查范围缩小到欧洛夫·哈格斯特洛姆身上?"

"嗯。"他一本正经地打量着她,让她难以忍受。

"在询问过程中,马格纳斯说他当天晚上在家。主导询问的警察也没有追问。"

"你明白我们要对你哥哥进行讯问,对吧?针对洛克涅这起谋杀案。"

"我明白。"

你以为呢?她想大声尖叫,难道我看上去像个彻头彻尾的白痴吗?

"我们还没能通过电话联系上他。"乔乔继续道,"我们想根据他在克拉姆福什的登记地址找到他,可是和我们交谈的那个女人说他已经不住那儿了。"

"他又找了一个女朋友。"埃拉说。她把玛丽娜的详细情况告诉乔乔,"不过昨晚她给我打电话了。他也不在那儿。"

她提起里肯的名字,不过他们已经找过他了。

"你还能想起别的地方吗?"乔乔问道,"他可能去的任何地方?"

埃拉试图微笑,不过更像是忍住不哭。

"我是不是应该说有个秘密湖泊什么的?就是我哥哥过去常带我去钓鱼的地方?"

"这都是为他好。"

"马格纳斯从来都不在家的。他会一连几天都不露面,只是偶尔回来睡觉,或者偷家里的钱。我不知道,不知道他在哪儿。"

有什么东西在触碰他的胳膊。有光,有影。

所有东西都在动。

细小的点在他眼前跳跃。

欧洛夫想挠挠手臂,可他动不了。他想叫那个抓着他手的人快走开。如果是在过去,他就要大吼大叫了。可现在他却发不出声。

我在哪儿?有人能告诉我吗?

他们向他凑过来。他想叫他们走开,别烦他。相反,他们抓住他,对他说:

"欧洛夫?你能听到我说话吗?"

"欧洛夫?"

老天爷,真痒啊。

埃拉在开车过桥前买了一包甜面包,然后转向去了克洛克斯特兰德。

那栋消夏小屋和她记忆中的差不多,只是距离路边更远,也没有那么靠近河流。她看到自己以前的同事绕过房屋的墙角。

"真没想到啊,我真没想到会见到你。"埃勒特·格伦兰用以前的方式和她打招呼:没有多余的拥抱,只是简单地挥挥手。

和住在河这一边的大多数人一样,他过度痴迷于自家的露台。那露台几乎比房子本身还大。

"每年我都想着让露台变得大一点。"埃勒特说,"你得有计划,明白吗?这样可以防止你过早死去。"

他已经备好了一保温瓶的咖啡,埃拉从袋子里取出小圆面包。埃勒特的妻子走过来打声招呼,然后又回到正在建造的花圃上。

"你呢,你的计划进行得怎样?"

"我又回去巡逻了。"埃拉说。

"情况很糟糕吗?"

"不,不是。"

"不过呢?"

"我来这里不是想和你说这些的。"

"那就照直说吧,宝贝。"埃勒特一边说着,一边吃下一个肉柱味的小圆面包,"不过能不能先透露点消息?就是关于你们在洛克涅发现的那个家伙。"

"我以为你讨厌警察泄露消息。"

"没错,我讨厌警察对记者泄露消息。不过对一个只能和花园里的蜗牛说话的老家伙透露又是另一回事了。"

埃勒特的笑声还和她记忆中的一样,洪亮开朗。他退休之后,警局里的走廊变得安静多了。

埃拉告诉了他那只马丁靴的事。他喜欢这类东西，可以体现警方技术的细节。为了真正了解垃圾摇滚究竟是什么样的，他甚至想听听涅槃乐队的歌。

"如果那家伙放这些歌时把音量调到最大，"他说，"那我也可以理解为什么洛克涅有些人会感觉难以忍受了。"接着又是一串笑声。

"我之前看了莉娜失踪案的初步调查报告。"埃拉说。

"啊，这又是为什么？"埃勒特不再笑了。

她还没来得及回答，他就继续说道："对了，那就是和哈格斯特洛姆老头被谋杀一案有关。你打电话给我，问我某个家伙的名字有没有出现在档案里。我也想过我们是不是有所遗漏。这是一个那么大的案子，或许是我从警生涯中最大的案子。"

他摩挲下巴，自顾自地摇摇头。

"可我们最终还是破了案。虽然我们费了老大劲，可我们真的做到了。那么年轻的凶手，还有那个女孩——还要和她的父母说……你知道我们那是在尽自己的职责，只能死死抓住这一点，哪怕为此度过了许多个无眠之夜。我感觉那时候我妻子险些要离开我了，从来都没有那么险啊。"

埃拉说不出口的所有问题都在她脑海里盘旋：那持续几个小时的讯问、硬塞进欧洛夫嘴里的说辞，以及莉娜可能并没有被弃尸河里的事实。

她必须记得，她不是来质疑他的。在他说话时，她啜饮着咖啡，撕下一片片圆面包。莉娜的双亲给他留下了深刻印象，或许是因为他在莉娜父亲身上看到了自己的影子。和其他许多人一样，他们来自一个因酗酒而支离破碎的家庭。不过斯塔弗雷选择了不沾酒的人生。

莉娜的父母在戒酒运动中颇为活跃,为自己女儿正在做的事忧心忡忡。他们织就密密实实的网,可莉娜不时从网眼中逃脱。她的哥哥已经搬出去了,现在他们只剩下莉娜,以及他们对莉娜的担忧。

"你还找了其他人问话……"埃拉说。

"没错,就像我说的,有很多人。我的记忆通常不会出错。拼字游戏,总是在玩拼字游戏。不过我讨厌拼字游戏,根本就没有头绪嘛。"

"比如马格纳斯·舍丁。"

"这些年来被我找来问话的肯定有几千人……"

"他是莉娜的男朋友,你对他进行了几次询问。"

"啊,对了,现在我记起了……你说舍丁?他是你亲戚?"

"是我哥哥。"埃拉说。在这一带"舍丁"这个姓氏并不是很少见,他一开始没有反应过来也不奇怪。

"啊,这我可没想到。"埃勒特对着太阳眯起眼睛。那太阳还在山峦之外窥探。他家门廊所处的角度不会让他错过美妙的夕阳的任何一刻。几只海鸥尖叫着飞过头顶。

"既然你提起这个,我也想起来了。你会记得背景、问题、回答和人脸,还有你对讯问室里的人是什么印象、他们与这起罪案的关系,以及你的想法。你搞不清楚的是人名。当你的大脑渐渐堵塞,人名就会变得难以把握。"

"那当初你找他问话时是怎么想的?你还记得吗?"

"你为什么要问这个?"埃勒特斜眼看着她,他的目光还是和以前一样犀利。

"我们之间差了八岁。"埃拉说,"当时我太小了,然后我们变得有点疏远。我想知道我哥哥究竟是个什么样的人。"

她打心底里盼着马格纳斯不要成为接下来几天的报纸头条。不过如果真的发生这样的事，她面对的问题可比埃勒特·格伦兰以为她在耍他还要严重。

"你有没有想过是他干的？"她问道。

"没有，我们在较早时候就确定是欧洛夫·哈格斯特洛姆干的。有证据，有目击证人……清清楚楚，一目了然。"

"我是说在那之前，就是开头那几天，你记不记得当时你是怎么想的？"

"嗯，我想来杯威士忌，那通常都会有所帮助。"

当他的身影消失在房子里，埃拉意识到她刚到这里时就留意到了那种气味，还有他看似脚步不稳。她查看一下手机：三通未接来电，是奥古斯特打来的。没有短信。

当埃勒特拿着一个酒杯和一瓶产自滨海高岸酒坊的单麦芽威士忌回来时，他对她说："啊，你还要开车，可怜的家伙。"他给自己倒了一杯，坐下时抓住桌子。

一声低低的呻吟——那是他试图忽略的一处伤痛造成的。

"当然了，我们曾经把注意力集中在她的男朋友身上。那就是你应该关注的方向——和其他案件一样，关于熟人作案之类的……她的朋友之间有传言说他在吃醋。莉娜曾几次想和他分手，可他一直在纠缠。这种情况我们以前也见过。他有不在场证明，我不记得具体是什么了，不过不太牢靠。有那么一两天那个男朋友是我们的头号嫌疑人，不过如果你想问我……"

"我想听你说说。"

"他身上并没有那种……那是我的直觉。他是在……怎么说呢……随机应变吧。有人认为他之所以要撒谎是因为他有罪，不过我不确定……我感觉那更像是他想避免犯错。他在踮着脚尖试探，回答问题之前思考的时间又稍微长了一点，诸如此类的。我感觉或许他是为了某个人而撒谎。或许这事牵扯到了别的人——我们曾经一度推敲过这个想法。"

"比如说谁？"

"没有谁，我弄错了。马格纳斯·舍丁并不认识欧洛夫·哈格斯特洛姆，他不可能为欧洛夫冒险。"埃勒特拿起第二杯威士忌，一饮而尽。或许这不是第二杯，天知道是第几杯，然后他又倒上一杯。

"有时候你就得承认自己错了，那也是一个教训。干杯！"

又一杯威士忌消失不见了。

第二十七章

在哈纳桑南边的一个例行查车点，马格纳斯·舍丁被拦下来了。他的血液酒精浓度为 0.8 克/毫升。

"你昨天就是想告诉我这事吗？"埃拉问道。

"我以为你会想知道。"奥古斯特说。

昨天晚上她有三通未接来电都是他打来的，不过埃拉没有回复。她以为奥古斯特想要和她见面，而她没有精力打扮自己，让自己显得性感。她还想，如果能让他感受到些许抗拒或许有好处。

正因如此，她直到上班时才知道这事儿。他一把拽住她的手腕，把她拉进一个没人的会议室。

"你在哈纳桑南边干吗？"她问道。

"昨天我加班，他们发出呼叫说需要人手帮忙运送刚抓到的人。收到呼叫时，我们的车子距离那里最近。"

"那你怎么知道他是我哥哥？"

"他说的。"

"当真？"

"是的，或者说……事实上他是在大吼大叫，说他妹妹是个警察。"

埃拉跌坐进一张椅子里，会议桌如同一片海洋，在她面前延展。

有人留下了几瓶半瓶的气泡水。

"抱歉!"奥古斯特说,"我不知道你还有个哥哥。"

因为我没有告诉你,她心想,因为没人有必要知道这事。

前一天她彻夜未眠,不知道他是不是已经死了。他会不会撞向某个地方的岩壁?无论在哪儿都有可能。这个阿达伦河谷里到处都是岩壁,大可以让人撞上去。或许他从滨海高岸大桥上跳下去,或许他开着车,加速冲出码头。他坐在车里,落入水下三十米之处,鱼儿在他周围游弋。全是诸如此类的景象。

不会的,她心想,马格纳斯不会自杀的。尽管他是个无用的父亲,可他爱自己的孩子——他那漂亮的儿子。这么想仿佛自杀的人都不爱自己的孩子似的,其实他们无法忍受的是他们自己。

可他还活着。

在她一无所知的情况下,她哥哥在郡城的一个囚室里待了一晚上。马格纳斯从来都无法忍受被囚禁的滋味,一旦某个女人想要束缚住他,他就会逃之夭夭。

埃拉想起他在诺丁格拉的女友,给她发了一条短信,告诉她自己知道马格纳斯的下落了,但现在还不能通话。

她突然想到马格纳斯被拦下的地方距离那女人的住所不过二十英里左右,可他已经有四十八小时不见踪影了。

"马格纳斯有没有说他去哪儿了?"

"不知道。"奥古斯特说,"他是从南边过来的。他说他要回家,他不想进入该死的哈纳桑。"

"回家?回哪里的家?"

"不知道。"

"他还说了什么?"

"他把我们叫作蠢猪什么的,说他要和自己的妹妹谈谈,因为她才是一个真正的警察,而不是像我们一样的白痴。"

埃拉忍不住笑了:"那的确是我哥哥。"

然后她又不得不哭了起来。一只笨拙的手放在她的后颈上,奥古斯特把她拉近。他散发着洗手液和香皂的气味,他双手柔软,没有老茧或死皮。

"好了。"他说。

"别担心,我没事。"

埃拉挣脱了,站了起来,用衣袖擦擦脸:"这里就没发生什么事吗?难道犯罪世界也在放假吗?"

没人愿意承认,不过警察总是希望有事情发生。他们从警可不是为了应对虚假报警,也不是为了处理早在几个月前发生的入室盗窃。

他们想要全身心投入,想要使出浑身解数。他们想要那种心脏狂跳、肾上腺素狂涌的感觉——不过这并不是说他们支持犯罪。

就像外科医生痴迷于复杂的手术,演员痴迷于表演《哈姆雷特》和《李尔王》。

埃拉最后看了一眼散落在地板上的唱片。

"那些该死的浑蛋!"那个男人说。他刚来到自家的小木屋,准备享受期盼已久的休假。"他们把我收藏的整套大卫·鲍伊[1]唱片都刮花了。"

---

[1] 大卫·鲍伊(1947—2016):英国摇滚歌手、演员。

"你应该考虑安装报警系统。"埃拉说。

"真有必要吗？在这种乡下地方？"

"现在声破天音乐网站上有鲍伊的歌。"奥古斯特说。这话让小木屋的主人显露出想杀人的神情。

他们开车离开，当天第三次经过通往洛克涅的道路。埃拉感受到自己想开车转上那条路的强烈冲动。

她还没有听到消息，不知道鉴识人员是不是又发现了什么。

如果他们有所发现，她肯定会听说的，对吧？

如果从别处听不到，至少能从广播电台上听到。当奥古斯特想要换个更好的音乐台时，她阻止他，逼迫他听了整个早上的本地电台广播。警方已经公布了肯尼斯·埃萨克森的名字和照片——这就是最新进展。埃拉猜测警探们已经被纷至沓来的线报给淹没了，而其中绝大多数都毫无价值。

他们会将注意力集中在马格纳斯身上。如果换她来她肯定也会这么做的。一个确定和犯罪现场有所联系的人，一个和被害的女性有关系——而且还是亲密的关系的人。她担心他们把所有一切都押在对马格纳斯的讯问上。

洛克涅的路牌消失在他们身后。

"你有兄弟姐妹吗？"她问道。

"有一个。"奥古斯特说，"她十九岁时自杀了。"

埃拉想要找点话说。她向来认为奥古斯特轻松随和，他那无忧无虑的态度甚至令人气恼。

"好了，你什么都不用说。"奥古斯特扫了她一眼。现在他正在开车，是她让他开的。"我在二十岁前接受的心理治疗已经够多的了。"

"她比你大吗？"

"我们是双胞胎。"

埃拉把手放在他的手上，轻轻摩挲。这一举动显得有些尴尬，和以往相比更显情绪化。

"我还有个弟弟。"他说，"他比我小三岁。现在我们得负责活下去。"

直到下午埃拉才鼓起勇气给哈纳桑方面打电话。当然了，她不能和马格纳斯谈话，不过她至少给三个人留了信息——当值警察、拘留所主管，还有另一个人。信息的内容是只要马格纳斯·舍丁可以打电话，如果他当真被允许打电话，他可以拨打那个号码。

至少他会知道自己不是孤立无援。

在那之后，她去找了本地警探安佳·拉里奥诺娃，给成堆的"消夏小屋入室盗窃案"又添上一件。

他们已经通过电子邮件收到了失窃物品的完整清单：三十七张大卫·鲍伊的专辑，每一张都是不同的名字；还有皇后乐队、普林斯和布鲁斯·斯普林斯汀的唱片；还有一套产自洛斯特兰德的餐具，大约五十件，以及诸如此类的物件。

安佳飞快地扫了一眼清单："鲍伊当真出了那么多张专辑？"

"其中有些是非法制作贩卖的。"埃拉说，"显而易见，那是无价之宝，在某些跳蚤市场上或许能要价二十克朗。"

"眼下调查以前那些小船的活儿，就让我忙不过来了。"安佳说，"不过晚些时候我会看看的。"她坐在那儿，脚搁在桌子上，膝盖上放着一摞文件。埃拉闻到了灰尘的味道。

"什么船？"

"任何于1996年6月到7月头几天报告丢失的小船。"她听起来兴致勃勃。众所周知，安佳·拉里奥诺娃喜欢处理轻微罪案——没有哪一起窃案是微不足道的。她争论说从人性的角度出发，丢失一个芭比娃娃可能比丢失一辆宝马车更严重。

"是暴力犯罪小组那个辣妹让我查的。"

"有发现吗？"

"发现了六起。其中三条是在仲夏节周末丢失的，不过几天之内又找到了——或许是有人在聚会结束后回家时想借用一下吧。"

"那其他的呢？"

"其中两条是在索莱夫特奥以北较远处被偷的，或许有点远。显而易见，那些目击证人都清楚地认定这个叫肯尼斯·埃萨克森的家伙不会划船。他还是在偷车方面比较出名。"

"如果莉娜是和他混在一起。"埃拉说，"那他或许是开着车来接她的。"

"如果是车的话就更棘手了——我们面对的将是更大的调查范围，以及完全不同的一系列窃案。他可以在路上随便偷辆车，不过他不太可能从北哈尔兴兰一直划船来到这里。"

安佳用笔挠挠头。

"不过在7月1日到2日的那个晚上，尼兰地区的确丢失了一条划艇。"

"后来找到了吗？"

"两个多星期后找到的，在斯普兰斯维肯下游。或许是被水冲上岸的，那条船没有拴好。"

为了让自己更清楚地感知当地的地理地貌，埃拉闭上双眼。从尼兰到玛丽堡——横跨河流,加上水流的助力——划船的话最多需要一个多小时。斯普兰斯维肯位于其周边地带,处于更下游,直线距离约为十公里。

一条顺流而下的小船。

这意味着什么?

"或许只是因为船主没有拴好。"安佳说,"然后船自己漂走了。"

埃拉回到自己的办公桌前,在下班前查看一下电子邮件。消夏小屋的主人再度联络,在失窃物品清单上又添加了两张唱片。当她看到一封乔乔发来的邮件时,她有点喘不过气来。不过邮件内容只是关于对那几个孩子因纵火焚烧欧洛夫的房子而发起指控的事情。他问有没有人截屏记录了网上那些针对欧洛夫的仇恨话语。这一方面有所疏漏,其中大部分已经被删除了。IT技术团队或许可以恢复其中一些评论,不过现在他们忙不过来。埃拉找出几张帖子。当那帖子出现在她的手机屏幕上,那恶毒的语气再次让她感到震惊。这事可以先放放,她心想。

她总结了一下今天的工作,去换衣服。她在更衣室门外撞到奥古斯特。

"你今晚又要加班吗?"她问道。

"不,今晚不用。"

埃拉环顾四周,确认没有哪个同事能听到他们的谈话。

"明天我不用上班。"她悄声说道,"我得回家,看看母亲情况如何,大概要花几个小时。不过如果你高兴的话,过后我可以上你那儿去,怎么样?"

"太棒了。"奥古斯特说,"不过今晚不行。"

他拉起风衣的拉链,面露微笑:"我得去车站接我女朋友。"

第二十八章

现在正是收拾花园的好时候。如她的藏书一样，花圃和菜地也是克里斯汀的骄傲和乐趣所在。然而不知怎的，在这个夏天，她们对花圃和菜地都疏于照料。

埃拉知道这完全是她的错。她所要做的只是说一句"今天我们干点园艺活吧"，然后克里斯汀就会一阵风似的冲出门，准确无误地回忆起园艺手套放在哪里。

然而，走出第一步对大脑而言是一个复杂的过程。

现在克里斯汀正跪在地上，拔除土豆菜地里的藜，清除在红醋栗丛中蜿蜒的啤酒花。

"真不明白为什么有那么大片的杂草，我最近刚刚清理过。"

埃拉松土，把土壤翻过来，让蠕虫和木虱在日光下扭曲蠕动、仓皇逃窜。她试图回忆起花圃在全盛时期是什么样的，好将杂草和刚开完花的植物区分开来。

当埃拉拖拽一株茎粗叶密的植物时，克里斯汀大叫："看着点！那是火百合，你没看见吗？"

"那这个呢？"

"不，不行，别碰，那是萱草。我从你外婆那儿讨来的插枝。还有，在打理芬兰玫瑰时小心点——它的花期只有一周，不过那花香很好闻。"

诸如此类。

埃拉发现自己越想做什么越什么都不能动。她启动除草机，戴上护耳器，把世界屏蔽在外。正因如此，她没有发觉有人正在走近。直到克里斯汀站直身子，脱下手套相互拍打，以抖掉手套上的泥土，然后举起一只手遮在额前，埃拉才发觉有人走过来。

当埃拉看清来者，她有种不祥的预感，仿佛危险即将降临。

西尔婕·安德森穿着一件白衬衫，漫步朝她们走来。她的嘴在动，在说着什么。埃拉关上除草机，摘下护耳器。而此时她的同事正在向她母亲问好。

"抱歉，我看到你们很忙，不过我可以借用一下埃拉吗？"那轻松的语气只是进一步强调了她作为闯入者的身份。

"没问题。你说是吧，妈妈？"

"是呀，是呀，你去吧，我继续。你得把野蓟连根拔起，不然它们就会分根生长，等到明年夏天会变出原来的三倍多。"

她看上去如此开心，如此自在，如此满足。埃拉朝房子另一侧走去时，回头看了一眼。她希望再次看到母亲时还是这个样子。

当她们绕过屋角，西尔婕停下脚步。

"我本可以打电话的。"她说，"不过我觉得跑过来亲自和你说会更好。我听说你下班了。"

"是关于马格纳斯的事吗？"埃拉说，"你们讯问他了？"

"检察官决定延长他的拘押时间。"

"就因为酒驾吗？血液酒精浓度的读数只是 0.8 克/毫升，那肯定只是……只是……只是开一张罚单就可以吧?"她清楚自己一连说了三个"只是",也明白不应该对犯罪轻描淡写。酒驾就是酒驾,哪怕是不太严重的酒驾也一样。

"是因为谋杀。"西尔婕说,"或者说,是针对肯尼斯·埃萨克森的过失杀人。"

埃拉本能地扫一眼道路。她看到一个人正在洗车,隔壁邻居正在草坪上给庭院摆设上油。

她冲进屋内,示意西尔婕跟上。

关上门。

"这不可能。"她说。

"抱歉。"

"我知道他之所以要经受讯问,是因为他们找到的DNA,不过……"

埃拉抓住五斗橱的边缘,而房子的其他部分似乎都在旋转,只有那淡绿色的五斗橱及其金属部件稳稳当当。那是一件传家宝,来自某个早在她出生以前就离世的人。

"他说什么?"她问道。

"他否认了。"

"是你来对他进行讯问的吗?"

"乔乔今早起了个头,不过他让我来接手了。"

"明白了。"

西尔婕·安德森只要一进到房间里,就能让男人惊掉下巴。

"那莉娜呢?"

"目前为止,他的嫌疑只与肯尼斯·埃萨克森有关。"西尔婕说。

"目前为止?"

"你也知道,我不能和你说这些。"

"你们找到她了吗?"

"他们已经扩大了搜索范围。"

这个办案警探站在距离埃拉不足两米之处,尽力表现出同情,同时又小心留意她的每一个反应。门廊太小了,根本容不下她们俩。

"我们也要和你谈谈,不过可以明天在警局里谈。我只是想让你知道这事。"

西尔婕打开记事本,开始谈论要记下些什么,关于上下午以及时间什么的。

"他的律师是谁?"埃拉问道。

她写下一个名字。埃拉隐约记得在玄关的一个信封上见过这个名字。

"明天见!"西尔婕说。

以前她们总是在花园里焚烧杂草,那一般是早春时分。现在全国都禁止户外烧火。

埃拉把所有清除出来的植物都塞进了黑色垃圾袋里。她记得母亲不时用藜来做菜,放在奶油里煮,配上三文鱼。

克里斯汀在沙发上睡着了。

埃拉关上电视,端详母亲的睡容。对母亲而言,这是在花园里度过的美妙一天。

母亲发出柔和的鼾声。

自己该什么时候告诉母亲马格纳斯被拘押了?

要在报纸报道此事之前,在邻居们开始用异样的眼光打量她们之前,在新闻采访车停在屋外之前。

但不是今晚。

在进行了三个小时的尝试之后,埃拉终于联系上了马格纳斯的律师。埃拉走到楼上,以免母亲听到她讲电话。

"很高兴你能打来。"那个名叫彼特拉·富尔克的律师说,"马格纳斯让我给你打电话,可我一直抽不出时间。"

她那开朗的嗓音并没有给埃拉带来太多安慰。埃拉脑海中浮现出她的模样:白金色的头发,戴着圆形的金边眼镜。两人或许在法庭上又或是对某个嫌疑人的讯问过程中有过交集。

"他怎么样?"

"今天是艰难的一天。"彼特拉·富尔克说,"不过还好,和我们所能希望的一样好。"

"我明白我不能和他谈话。"

"这事挺复杂。你对这个案件有些许了解——你甚至知道一些连办案警探都未必知道的东西。"

"他们明天要叫我去问话。"

埃拉在床边坐下。她能看到外面的树梢,还有一小块透着红黄色的月亮。几乎是满月了。

"他情况怎样?"

她听那个律师用缓慢的语速和实事求是的口吻说下去。当然了,酒驾是她最不担心的。而谋杀肯尼斯·埃萨克森的嫌疑——或是过失杀人嫌疑有可能会久拖不决。二十三年前的证据问题、模糊的间接证据和证人证词,以及鉴识结果,都留下了可以转圜的余地。那个律师希望警方会因缺乏证据而撤诉——假如当真走到这一步的话。如若不然就将其限制为过失杀人。

"那莉娜呢？"

"我尽力不让他们把莉娜·斯塔弗雷被谋杀一案牵扯进来。唯一证实她曾经在当天到过那里的只是二十三年前的证人证词，那几个证人以为自己曾看到她在一条船上。他们没抓住任何把柄。"

"可他们找到了莉娜的裙子。"埃拉说。话一出口她就意识到正是自己把他们引到那里去的。那是她的功劳，但也是她的过错。"还有她失踪时背的背包。"

"我还没看到他们的报告，不过据我所知，我们面对的是某种材质的碎片，可以理解为一个背包的残骸。看样子有只獾站在了我们这边。"

埃拉静静地坐了一会儿，想要在众多细节中理出头绪。开襟毛衣、裙子、避孕套，和其他人相比，肯尼斯·埃萨克森是更好的情人……感觉就像是蜿蜒铺展的根系，为以根系为生的昆虫和寄生生物提供掩护，它们的数量如此之多，难以辨别。

她听到律师那开朗的嗓音和滔滔不绝的话语。她看到月亮已经挣脱树梢，跃上更高的空中。

"如果检察官决定将此案和莉娜一案合并，我就会强调肯尼斯·埃萨克森的犯罪历史，吸毒……他不更像是凶手吗？不过就像我所说的，我认为不会走到那一步，只要他们没找到尸体就不会。即使案发当晚莉娜·斯塔弗雷在洛克涅——关于这点还未被证实，那也不能说明她就死在那里了。她可能是过后某天在河里溺死的。从法医证据来看，她也可能离开了。"

"不穿衣服就离开了？"

"我不是在信口胡说。"彼特拉·富尔克说，"我只是就可能的辩论方向举个例子。"

埃拉并没有说出自己的想法。她太累了，很想直接躺倒在床垫上。又一个人在谈论辩论的问题——她可受不了，哪怕这是那个人的本职工作。她现在只想睡觉。

"还有什么特别的信息是你想告诉我的吗？"她问道。

"就像我所说的，我会强调有几种可能出现的情况……"

"你说马格纳斯让你给我打电话。"

"哦，是啊，抱歉，我差点忘了。"

感觉那个律师是在大声朗读。那是马格纳斯亲笔写下的。埃拉心想，她可以想象到他在一张小纸片上写下的潦草字迹，想象到那张纸片如何展开。

"告诉我妹妹，我没有做那事，我没有杀她。你不会这样对待自己爱的人。告诉埃拉，她会理解的。"

埃拉正在逆流划船，与河流的力量对抗。她正在赶时间，因为她忘了警局的一次会议。会议已经开始，所有人都到了，只有她一个迟到。船桨勾住了水藻之类的植物，然后她看到尸体在船边漂浮。她不得不放下船桨，去抓那些尸体。其中有些还没有完全断气。一根船桨突然掉落，她不得不越过船舷，用手划水。她必须抓住它。她看到水里的一张脸，他的眼睛依然充满生气。小船继续漂流，而他则漂到船底。她再也看不到他了。

那是马格纳斯。

埃拉强迫自己冲破梦境，睁开双眼。她很熟悉这个梦，即使是在睡眠中她也能意识到这是个梦。尽管如此，她的一颗心还是狂跳不止。

光线渗入房间。现在是黎明，刚过凌晨四点。百叶窗没有放下来，她就躺在床罩上睡着了。

明明没有，她却仿佛还能闻到，那是梦里的气味，微咸的水的气味，以及一股腐败的味道。如同此时嘴里的味道。她刷了牙，重新加热一杯陈咖啡。

那只是一个梦。任何老道的业余心理咨询师都会皱起眉头，说她想要救自己的哥哥。可挥之不去的并不是那种想法，也不是在尸体中随意漂浮的感觉。

而是那条划艇，那条被冲上岸的划艇。

她知道河流的运动，了解那些水流：每秒钟有五百立方米的河水流经发电站，然后继续流入博滕海湾。一条无人的划艇，绕过小岛，在斯普兰斯维肯被冲上岸，而此地位于目前她所在的兰德下游——这真的可能吗？她静静地坐了一会儿，盯着卧室窗外的树木，她的心思沿着河流漂移。

她站了起来，看到一只大山雀扑扇着翅膀飞走了。

她换好衣服，看了一下母亲。母亲在沙发上睡了一晚。然后她走出门，发动了汽车。

在一天里的这个时刻，洛克涅很安静。犯罪现场的鉴识技术人员尚未到达。尽管如此，埃拉还是把车子停在路上较远处，藏在一栋废弃的户外建筑后头。警觉的邻居很可能在早上五点起床，纳闷儿她到底是什么人。

她从一条塑料封锁带下方钻进去,跨过警戒线。这里是犯罪现场,从理论上说她不能进入。清晨的阳光透过树木,在蛛网和露珠上闪烁。地面某些区域被挖开了,她看到成堆的泥土和支离破碎的苔藓。必定有二噁英被释放到空气中——埃拉发现自己正在琢磨这个问题。

河边,在丛丛芦苇和老旧的码头桩柱之间,蜻蜓正在水面飞舞,透明的翅膀呈现出翡翠绿,美得令人窒息。

那几行短短的文字。

"告诉我妹妹,我没有做那事,我没有杀她。"

马格纳斯乞求她的理解——这并不奇怪,可现在他面临的是杀害肯尼斯·埃萨克森的指控,为什么他只提到莉娜?

"你不会这样对待自己爱的人。告诉埃拉,她会理解的。"

这听起来像个谜语——埃拉无法摆脱这种感觉。

他想让她理解什么?理解他杀害肯尼斯·埃萨克森是出于对莉娜的爱?

如果马格纳斯当真举起铁棍,砸破了肯尼斯·埃萨克森的脑袋,那他这么做肯定不是为了好玩。他从来不会撕下蜻蜓的翅膀——这是他们的妈妈发现埃拉正在做这事时告诉她的。马格纳斯在她那个年纪绝不会做这样的事。

厚重的白色晨雾在河上飘荡,遮住了海湾另一侧的沙滩。埃拉仿佛能看到他们划船前行。城市小子肯尼斯几乎不会划船,而莉娜穿着轻薄的夏装,懒洋洋地靠在船尾。

如果这里是马格纳斯和莉娜丢弃了用过的避孕套的秘密幽会地,

如果马格纳斯发现自己所爱的女孩和其他人混在一起,如果莉娜为了让他吃醋,用这一事实打他的脸,那将会是无情的挑衅,是真正的侮辱。

如果马格纳斯来到这里……当然了,他会骑摩托车来。那时候他有一辆蓝色的轻便型摩托车。他曾经带着埃拉骑过几次,她还记得那种震动和令人头晕目眩的速度。不过那辆摩托车被偷了,后来他又买了一辆红色的。

他们也会骑摩托车来。

这是那个住在附近的老妇人说的。她提到了该死的摩托车。

假如马格纳斯在铸造车间旁停车,悄悄摸过来,透过众多破窗中的某一扇,看到他们在一起,而莉娜衣衫不整;假如他被嫉妒刺伤,变得半疯狂,而这里到处都是铁棍……或许是肯尼斯看见了他,挑起打斗,而马格纳斯只得自卫……

埃拉在一块岩石上坐下,几米之外就是他们发现肯尼斯·埃萨克森头一批残骸的地方,那些残骸被埋在蓝色黏土之下。

在这个场景中,只有莉娜显得格格不入。她似乎退缩了,不见了,如同河上的雾霭消失在稀薄的空气中。

马格纳斯的怒火是否继续燃烧?他是不是完全丧失了心智?那件事是不是发生在他们混乱的打斗之中?

他是不是将尸体埋在了河里的垃圾下方,然后又为她挖了个墓穴?

有的人头脑冷静会算计,会将身后的一切清理干净。可马格纳斯并不是这样的人,拥有这些特质的是埃拉。马格纳斯完全是冲动而情绪化的,如同风中的一片叶子。马格纳斯本身就是混乱的。

埃拉捡起一根树枝,扔进河里。几只蜻蜓迅速飞向一边,涟漪在水面荡漾开来。而那树枝依然漂浮在落水处,几乎一动不动。水流无法波及距离海湾那么远的地方,除非刮起了风暴,否则一条船几乎无法自行漂流。它会沿着堤岸碰撞颠簸,或许乘着微风可以漂移短短的一段距离,然而遇上的第一道海獭水坝肯定会将它拦下的。

"你不会这样对待自己爱的人。"

她听见蜻蜓振翅的声音。它们每秒钟振翅三十次,可看上去却是完全静止的。

"告诉埃拉,她会理解的。"

第二十九章

"马格纳斯有没有告诉你当晚发生了什么?"

"从来没有。"埃拉答道。

她们正在克拉姆福什警局的会议室里,之前埃拉曾多次坐在这里。按照西尔婕的说法,这里比讯问室更自在,可这只能让眼下的形势变得更为混乱。感觉她们就像是来这里开个晨会,等待着尚未到达的其他人。

"乔乔试着找其他人来做这事。"她说,"显而易见,那样更好,可是在夏日假期……我们想要弄清他是什么样的人,如果我们没能听取他家人方面的说辞,那就太可惜了。据我了解,和他母亲谈话有点困难,对吧?"

"不要。"埃拉说,"她身体不好,她什么也不知道。"

那就只剩下她了。

"在莉娜·斯塔弗雷被谋杀之后,你是否发觉马格纳斯有什么变化?"

"我以为你想谈论关于肯尼斯·埃萨克森的事?"

"好吧,这么说好了。"西尔婕说,"马格纳斯在当年七月初之后是否有所变化?"

埃拉有权利拒绝回答。如果她愿意,她可以选择忽视西尔婕的问题。作为近亲,她没有提供证据的义务。说出真相的义务可能和保护最亲近的人的欲望相冲突,在这种情况下,法律也予以破例处理。然而她同时还是一名警察,应该捍卫真相。

"是的。"她说,"马格纳斯偏离了正道,开始吸毒。不过考虑到他所爱的女孩遭遇那种事,出现这样的情况也不奇怪。"

"有几个人提到他吃醋。"西尔婕说,"你的印象呢?"

"我无法回答。"

"正如我所说,我们不是在调查莉娜·斯塔弗雷被谋杀一案,不过她的确在其中起了作用,这是无法忽视的。"

"假如她当真是被谋杀的话。"埃拉说。

"什么意思?"

"你们一直在挖,可还没找到她的尸体。你们肯定有这样的疑问:他为什么不把莉娜的尸体和肯尼斯·埃萨克森藏在一块呢?"

"那你怎么看?"

办案警探镇定地打量着她。埃拉向来对西尔婕钦佩有加:她可以将自己那低调的智慧应用于情绪方面,这意味着她经常可以击中要害。

可在眼下这一刻,这种特质显得最为可怕。

埃拉所说的所有话都会被解读为试图保护自己的哥哥,会被反过来解读。他们不久前曾推敲过的某种假设现在变成明证,证实埃拉所知道的比她透露的要多。她的犹豫迟疑或许意味着她在撒谎,相反,斩钉截铁或许也意味着她在撒谎。

"我不知道自己怎么想的了。"她说,"简直是一团乱麻。"

"我明白。"

你明白个鬼,埃拉心想。

"马格纳斯有没有提到过肯尼斯·埃萨克森这个名字?"西尔婕问道。

"从来没有。"

"他们认识对方吗?"

"不知道,你们找到任何证据表明这一点了吗?"

"没有,不过既然他们都和莉娜保持着关系,这也是有可能的。告诉你吧,一些证据和证人证词表明两人认识。"

"那你知道肯尼斯·埃萨克森为什么要跑到这儿来吗?"

"他想要投身荒野。"西尔婕向后靠,手放在脑后,放松下来,"我们和一个当时住在那个集体社区的女孩谈过了。她希望他离开,所以当时没有告发他。据肯尼说——他们就是这么叫他的——在荒野之中你能找到真正的自由,远离文明。而文明会将自由人变成脑死亡的物件。"

现在这场询问已经转向,变成由埃拉来问问题了。而西尔婕仿佛没有发觉。或许西尔婕也觉得两难,或许那只是西尔婕的一种策略,让埃拉以为两人是平等的。

"除了那个女孩之外。"她继续道,"没人说肯尼斯一句好话,甚至包括他的母亲。从十五岁时开始,他就在戒毒疗养院进进出出,抢劫,攻击他人,攻击的对象甚至包括他母亲;还有和毒品有关的犯罪行为,他的个人历史充斥着暴力。不过在这个案子中他是受害者,我们也不得不这样看待他。好吧,这些你全知道。"

"马格纳斯不是暴力的人。"埃拉说。

西尔婕扬扬一侧眉毛，只有短短的一瞬，几乎无法让人觉察。假如埃拉不是过去经常坐在这里观察桌子另一侧的人，试图揣摩每个反应背后的含义，她也不可能发觉。

她并没有问马格纳斯的暴力倾向。

"有时候他会捶打墙壁什么的。"埃拉继续道，"或者在冲出去时狠狠关上门。可他从来没打过家里人。"

"暴力威胁同样是暴力的一种形式。"西尔婕说。

"你们有没有想过，或许是肯尼斯·埃萨克森杀了莉娜？"

西尔婕低头看自己的平板电脑，在找什么东西。

"马格纳斯有攻击他人的记录。"她说，"五年前……"

"那是酒后斗殴。"埃拉说，"就是在克莱姆酒店外常见的打架。"她知道这听起来很不对劲，不过话还是脱口而出。"斗殴"不是法律术语，术语应该是"攻击他人"。即便是其他人起的头，即便马格纳斯自己挨了揍，那也是"攻击他人"。

西尔婕又问了她几个问题，可事后回想起来，埃拉却不记得任何一个问题了。她只记得自己说的话："你不会以这种形式揭露自己最亲近的人，不会告诉一个外人，马格纳斯其实拥有敏感的灵魂，他是脆弱的，一直无法在人生中找到意义。"

她想超越于警方报告、流言和提问之外，勾画出马格纳斯的真实面目。她明白如果马格纳斯知道了，他会为此恨她的。

"快结束了吧？"她问道，"我和乔乔说我要给他送点文件……"

"当然。"西尔婕说，"我不会再打扰你了。"

"好吧。"

纯粹出于习惯,也是因为令人疼痛的疲惫,埃拉径直朝咖啡机走去。不过当她看到两个同事正在咖啡机旁闲谈,她立即转过身。

其中一个是奥古斯特。

她希望自己能穿上制服,让所有一切变得清楚利落。可她现在不是在工作中,大可以立刻回家。

情况不妙。她既没能保护自己的哥哥,也没能给人留下一个沉稳的印象——没能像所有人认定你应该做到的那样,将职业生涯和私人生活分割开来。

她一直不明白自己该怎么做。她将自己的个人特质带到工作中,而工作又跟着她回到家中。同一个大脑不停转动,睡眠也不知道两者的分界。

她不知道当奥古斯特回到女朋友身边时,他能否将他的职业生涯和私人生活分割开来。

她不知道他们俩会不会在这一带驾车闲逛,或许在兰德纪念碑前停下来,用谷歌搜索纪念碑的由来。

他的女朋友名叫约翰娜。看着保存下来的网页截屏,埃拉端详她主页上的头像。她看上去冷冰冰的,有一头富有光泽的长发和洁白的牙齿。

她是某系列护肤品的代理。

针对欧洛夫·哈格斯特洛姆那充满仇恨的帖子出现后,马上有人分享了。而奥古斯特的女友正是第一批分享者中的一个。在由索菲·奈达伦发起的话题中,她排在第三位。或许这两个女人使用的是相同的护肤品。

她们恨同样的东西。

埃拉原本只是想把自己手头的资料搜集起来，给乔乔送去，可她发现自己再次沉浸于这个网络议题中。约翰娜并不总是那么酷那么美，她还有另一面——叫嚣着要"阉割这种人"的一面。"然而，我们再次看到一个强奸犯自由行动，却没人听女孩们怎么说。"她支持将他们的名字和照片在网上公开，将他们终身监禁，甚至给一条预见他们在监狱里遭到轮奸的评论点了个赞。

埃拉心想：不知道奥古斯特如何应对她的这一面？不过他们也不太可能在卧室里讨论法律条规。读着读着，更多的评论出现了，每一条都比之前的更加触目，如同被聚光灯照亮一般。

"你们这些无脑绵羊……你们中有人读过《替罪羊》这本书吗？不，抱歉，我看没有。"

"知道怎么读书吗，你们这些该死的白痴？"

埃拉记得这个跟帖。她和奥古斯特都注意到了这个评论的特立独行，并没有像其他人那样随大流。

大约有好几千人反对这条评论——那些拒绝停止使用攻击性语言的人。

跟帖人的名字是西蒙娜。

埃拉查看了剩下的部分，看看这人是否会在别处冒出来。她的确在另一处冒出来了。

"他就是个窝囊废，他只能怪自己。"

埃拉读着这两条跟帖，读了一遍又一遍，直到后来她甚至能听到那女子的声音了。她看不到她的脸，西蒙娜使用达芙妮鸭作为头像。这并不稀奇：有的人会在脸书上使用奇怪的头像，不是所有人都愿意露出真容。

"他就是个窝囊废。"

看起来，跟帖人似乎在以前就认识欧洛夫·哈格斯特洛姆。当然了，很多人都认识他，例如他的几十个同班同学。这只是表明西蒙娜来自这一地区。

"你们这些无脑绵羊……你们中有人读过《替罪羊》这本书吗？"

她想起艾薇丝说过的一些话：莉娜阅读花里胡哨的法国书，或者假装阅读——总之就是其中之一。埃拉打开一个网上书店的网页，输入书名搜索。她找到几本惊险小说，还有一本书，作者的名字听起来像个法国人。

驱逐行为和受害者是稳固社会的一种途径，此中暴力通过某种神圣的仪式得以宣泄……

埃拉再次把注意力放在那个网络议题上。还有一个人认为应该采取政治行动改革司法系统，而非把人拉出来曝光。除此之外，西蒙娜仿佛是唯一一个逆主流而行的人。

"知道怎么读书吗，你们这些该死的白痴？"

埃拉琢磨不透她的论点。她是在维护欧洛夫·哈格斯特洛姆吗？埃拉感觉这个西蒙娜觉得自己比其他所有人都聪明，她知道一些别人不知道的东西。

由于这只是截屏，埃拉无法点进她的主页。于是她登录自己的账号——她只在工作需要时才会使用这个账号，并没有用照片作为头像。奥古斯特女朋友的个人网页被设为"非公开可见"。埃拉搜索"西蒙娜"，结果弹出无数个用户。她点击了三十几个，才发现那个达芙妮鸭的头像。

非公开可见。

她站起来,打开窗户,呼吸点新鲜空气。她向外望去,目光掠过屋顶,看向远山和浩渺的天空。

空气,现实,平衡。

一条在斯普兰斯维肯被冲上岸的船。肯尼斯·埃萨克森想自由自在地生活在荒野中,莉娜想要逃离。

自由。

离开,永远不回来。

她关上电脑,去到安佳·拉里奥诺娃的办公室。

"那些过去的报警记录还在你手上吗?"

这位本区警探摘下眼镜,任由眼镜坠在脖子上的细绳末端,来回晃荡。

"如果你说的是自 1996 年始的船只丢失记录,那答案是肯定的。"

"那你能不能查一下当年七月的摩托车丢失记录?"

安佳仔细打量着她。她那冰蓝色的眼睛与她的发色相互映衬,堪称完美。她的目光从不退缩。

埃拉决定让自己强硬起来,不做解释了。一旦她解释,那就等于逼迫她的同事拒绝——除非她也像埃拉一样愿意越界。

"仲夏时节整整一个月的摩托车丢失记录?"安佳说,"得了吧。"

"蓝色的。"埃拉说,"轻便型摩托车,铃木牌。"她正在纠结要不要提到车主,不过她还是觉得不提的话更简单。

"当然可以。"安佳说。

"多谢了。"

接着埃拉去找奥古斯特。他正坐在餐厅里,吃一份从超市买来的自助餐沙拉。

"嗨,我以为你今天休息。"他面露微笑,摆弄着手机。然后他垂下目光,再次看向塑料餐盒。此前埃拉也有过这种感觉:那是在轻松活泼消失之后的微小转变。

"我要和你女朋友谈谈。"她说。

在埃拉上次来过之后,这家咖啡馆改了名字。然而话说回来,她本来也没有频繁地跑去克拉姆福什市中心喝咖啡。这家咖啡馆被一个为了爱情搬到这里来的泰国女人接手了。

和埃拉想象中相比,约翰娜个子更矮,更可爱,没那么冷漠。

不管怎么说,她真够饶舌的。

"能见到你真是太好了,奥古斯特和我讲了许多关于你的事。这一带挺漂亮的……"约翰娜看向窗外,她的目光掠过克拉姆福什市中心广场。在六十年代的拆建潮过后,一批瑞典市中心建筑拔地而起,而克拉姆福什市中心恰是这类建筑的典范,足以写入教科书。"好吧,或许这里还不算……"

埃拉不知道奥古斯特说了什么,可她现在也不想知道。

她直接问道:"你知道这次会面是为了什么吗?"

"好吧,我很抱歉分享那些东西,不过我的推送中有很多动态,在做出反应之前,我不可能总会有时间先想一想。"

"我不是要以任何罪名指控你。"埃拉说。

"当然不会啦,你为什么要那样做呢?"约翰娜点的蔬果汁送来了,那饮料让埃拉联想到在浅溪中凝滞太久的水。"每个人都有表达观点的权利,对吧?"

埃拉咬了一口她的克拉姆福什蛋糕——巧克力蛋糕,外表覆盖着发亮的糖霜。

"是关于你的一个朋友。"她解释道。

"脸书上的朋友?只是……我在脸书上有一大堆并非真正认识的朋友,我经常使用社交媒体来推销产品。"约翰娜啜饮着她的饮料,每一口的分量很小,仿佛只是润润嘴唇。"我在护肤品行业工作。"她补充道,"不过我敢肯定奥古斯特已经告诉你了。我为某个品牌做推销,不是我开的公司,不过我是他们在瑞典的代理。你一定要让我给你做个肤质测试。"

"以后再说吧。"

埃拉曾经问过奥古斯特他女朋友是否知道他们俩上床的事。"知道,当然知道。"他回答道,仿佛这是一个根本不值一提的愚蠢问题。

"事关一个叫作西蒙娜的女孩。"她继续道,"我必须找到她。"

"好吧……"约翰娜拿起手机。之前她的手机放在桌上,不停发出嗡鸣。"老天,我有那么多人关注,我不记得所有的人。你说她叫什么来着?"

埃拉又重复一遍名字。

"哦,对了,她在这儿,她甚至没有真人头像。为什么会有人这个样子呢——难道他们为自己的外貌感到羞耻?我觉得在社交网络上过度沉迷于自己的长相是流于表面的,最重要的当然是你从内心感觉到美好,那才是真正的美。等等,让我查看一下我们共同的朋友,或许能让我想起什么……"

埃拉借故去洗手间。事后她用冷水洗脸，试图让自己的头脑保持清醒。老实说，她并不反对自由性爱这种理念，这种想法很好。不过她还是不明白奥古斯特在她和约翰娜身上发现了什么共同之处——她们两个天差地别。或许这才是意义所在：寻找不同的人来满足自己的各个方面，因为没有人可以面面俱到。

她甚至从没想过自己的皮肤可能有点干。

"我刚想起来了。"约翰娜隔着半个咖啡馆对她喊道，"快过来，我给你看看。"

她把椅子拉近，两人的肩膀、上臂和一侧的膝盖相互接触。这太过亲密了，不过埃拉还是没能鼓起勇气拉开距离。她非常在意约翰娜的身体。奥古斯特不在场这一事实反而让两人之间滋生了一种奇异的刺激，让她们靠近。

约翰娜拿着电话，正要给埃拉看她自己的社交网络是如何与西蒙娜重叠的。埃拉强忍着凑上前去。

"她和我在上一份工作中认识的一个家伙约会。我们在那家伙的餐馆里碰面，是上个春天的事了。"

"然后你们就成为朋友了？"

"好吧，朋友和朋友是不一样的。"约翰娜说，"因为我是自由职业者，我要做许多扩展人脉的工作。老实说她不够年轻了，已经到了急需护肤的年龄。"

"具体是什么年龄？"

"你的年龄呢？"

"三十二。"

"啊，好吧，西蒙娜或许更老，大概是四十上下。如果我能对她的皮肤进行检测，或许我会更清楚。那样你才能真正知道一个人的年龄。"

她朝埃拉微笑，用两根手指轻轻摩挲她的脸颊。

"就你的年龄来说，你的皮肤真是棒极了。"

每当欧洛夫闭上双眼，房子的景象就朝他涌来，火焰，烟雾。仿佛那是很久以前发生的事，但实际上是不久前发生的。有时候当他闭上双眼，还能看到自己的家人们就在那里，然后他看到浴室里的父亲。

他想起奔跑时抽打在他脸上的树枝。

"我没穿鞋。"他说，"我穿着袜子跑出门，然后我就不知道了。"

"没事的。"坐在床边的理疗师说。她正在按摩他的手，鼓励他活动手指。她用轻柔的声音说道："不用给自己压力。"

欧洛夫曾经说过他不想再和任何人说话了。可不久之后那个理疗师就走进了病房。

他觉得她挺好看的。

"你的记忆正在渐渐恢复。"她说，"这很好，你每天都在变得更好。"

他能记起来的每一件小蠢事都会让她高兴。如果他动动手指，转动一下脚指头——每回她掀开毯子时都会露出来的肥大脚指头，她也会高兴。她总是说情况正在好转，可欧洛夫知道她错了。

情况变得更糟，因为如果如她所说情况在变好，他们就会放他走，他就不需要躺在一张每五分钟更换一次护理垫的床上，还能吃好吃的东西——如果他愿意还可以要双份。他在于奥默大学医院的病房位于高楼层，窗外只能看到天空。云朵飘过，偶尔还会有鸟群飞过，动作自如地来个急转弯。他试图分辨出哪只鸟才是首领，可是眨眼之间它们就飞走了。

土地、地面和下面的人他是半点也看不见的。

"你经历了一次严重的休克。"理疗师说，"你受了些伤，不过这并不意味着你不能完全康复、重新过上以前的生活。"

"我感觉想不起别的什么了。"欧洛夫说，"只是一片漆黑。我头痛，我不能再想了。"

"会恢复的。"那女人说，"你不用着急，我让护士给你拿些止痛片来。"

她离开时拍拍欧洛夫的手。这只手是他最早完全恢复知觉的部位。那时候他一动不动地躺着，但在她离开很久之后，他依然能感觉到她的手正在触摸他，给他按摩。

我还会记起更多的东西……才怪，他心想。

第三十章

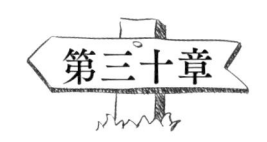

跳上一趟列车跑去斯德哥尔摩,去寻找可能并不存在的幽灵——这简直是发疯。这当然是发疯。不过话说回来,假如你在松兹瓦尔转车时不用等太久,那将只不过是一趟五个多小时的车程。

她上司那善解人意的态度简直让人担忧。

"没问题,我们忙得过来。从斯德哥尔摩来的那个小子一直叫嚷着想要加班。你当然可以多休几天假。"

埃拉去自助餐车买了半瓶酒,又回到自己的座位上。

她任由那乏味的景色在窗外掠过——那是延绵无尽的人造林。

她在一张便笺背面草草写下可能发生的几种情况。埃拉知道她只是在可能性的边缘碰碰运气,不过所有一切都可以自洽。

所有说不通的问题都会迎刃而解。

他们没有找到莉娜的尸体,以及那条独自漂流太远的小船。

还有这些年来一直保持沉默的马格纳斯。

今天是他遭到拘押的第二天。检察官可以等到明天再决定是否延长拘押——假如到时候他们对马格纳斯的怀疑尚未打消的话。

埃拉仔细思考每一种可以想象的解释,然而没有用。现在剩下的一切都是不可想象的。

一个人消失了，成了另一个人，在被宣告死亡后依然活着——这可能吗？

当埃拉在斯德哥尔摩中心车站下车，她感觉自己有点晕。或许是酒劲引起的，不过更可能是莉娜·斯塔弗雷依然活着的这个想法造成的。

出于某种原因，她原本以为那是一家位于内城区的豪华餐厅，就是她想象奥古斯特女友会喜欢的那种。然而在地址的指引下，她乘坐地铁到了城市南郊。

那是一家意大利熟食店，有一个沙拉吧台，菜单上有七种咖啡。店主是之前西蒙娜与之约会的那个人，名叫伊凡·温德尔。他不在店里，因为埃拉没有提前联系他。据收银台的女孩说，他病了，整整一周没来。

埃拉四处挥舞着警察证，拿到他的地址后就离开了。下了第二辆公交车之后，她发现自己身处一个不同的郊区。

她站在一栋别墅门前，院子里有一棵苹果树。来开门的男人看上去接近五十岁，剃着光头，戴着一副时髦的眼镜，身上只穿着一条短睡裤。

"西蒙娜？"他朝埃拉身后的道路张望，脸上流露出焦急的神色，"不……她不住这儿了，有什么事？"

"我能进来吗？"

"我们在这儿说话就好。"

伊凡·温德尔一直站在门口。埃拉能看到他身后明亮的家居、全部刷成白色的墙壁以及轻薄通透的家具。

"你知道在哪里能找到西蒙娜吗?"她问道。

"我有一个多星期没见到她了。"他伸长脖子,试图看向篱笆的另一侧,"发生什么事了?"

埃拉解释说她是警察,并举起了她的警察证。她明白在非上班时间不应该拿着自己的警察证不停挥舞。

"我只是想和她谈谈。"她说,"和一起涉及失踪女孩的案子有关。"

那男人仔细打量她:"西蒙娜把这个地址给了警察吗?简直是难以置信。"

"什么意思?"

"她不相信警察,不相信一般意义上的权威当局。她从来没有得到过他们的任何帮助。"

"什么帮助?"

"帮她对付那个她想避开的家伙。我对西蒙娜说她应该告发他,可她说她已经试过了,而警察无所作为。感觉那家伙好像在诺尔兰一带很有势力——对了,她就是那里的人。那家伙很有门路。你们没有采取任何措施来对付那种家伙,真是太过分了。"

埃拉看看他,看看院子里的苹果树,看看别墅周围木叶葳蕤的环境。

"具体是诺尔兰什么地方?"她问道。

"不知道,我去过的最北的地方就是乌普萨拉。西蒙娜不想谈这事,我觉得这也是可以理解的。"

"我们可以在这个阶梯上坐一会儿吗?"埃拉问道。

"我不知道你想要什么。"伊凡·温德尔说。

"莉娜·斯塔弗雷这个名字对你来说有什么特别吗?"

"莉娜什么?我认识好几个莉娜,这个名字很普通……"他的声音变得越来越小。他盯着她,"你为什么问我这个?这和西蒙娜有什么关系?"

埃拉掏出手机。她不知道自己应不应该这么做,可现阶段她想不出不这么做的理由。她打开莉娜的学生照,就是最近报纸重新刊发的那一张。

"你觉得西蒙娜年轻的时候有没有可能是这个样子?"

伊凡·温德尔低头看照片,把照片放大。

"多年轻的时候?"

"十六岁。"

"我不知道。这个年龄的女孩看起来都差不多。我这么说可没有半点大男子主义的意思,我自己也有一个长大成人的女儿。西蒙娜的眼睛和照片上这人一样,都是蓝色的,可是她的头发颜色更深。"

"头发是可以改变的。"

"可是,这肯定有……是多久以前的?"

"二十三年前。"

他把手机还给她:"为什么问我这个?"

"因为大家以为这个女孩已经被谋杀了,一个男孩因此被捕。如果最后发现她还活着,那就不太妙了。"

"这是一个蹩脚的笑话还是什么?"

"我看上去像是在开玩笑吗?"

伊凡提了一下短睡裤。那短睡裤直往下溜,挂在他的屁股上,露出他内裤的裤腰。他转身走进屋内,门敞开着。埃拉不知道这是不是在邀请她跟着他进屋,不过他很快又回来了,一只手里拿着一盒香烟。他关上身后的门,抽出一根香烟。

"女人啊,到底是怎么回事?"他嘟囔道,"前一天我们正谈论结婚的事,第二天她就消失不见了。她趁我出门的时候打包了自己所有的东西,一句话都没留就走了。"

"那是什么时候的事?"

他话一说出口,她就明白了。那是一个多星期前,九天或十天前,就是他们在洛克涅发现那具尸骨的时候,是新闻将此事公之于众的那一天。

"从那以后你就没有收到她的音讯吗?"

伊凡·温德尔坐下来,保持安全距离。

"我不能和任何一个人说起这事,我甚至对自己的员工撒谎,说体检报告有什么不对劲的地方,就为了逃避这件事。你知道吗?我的脑子在不停地转啊转,感觉自己就像发了疯似的。"

他最开始以为肯定是西蒙娜的前任发现她了,让她不得不逃离。可是他又不太可能因为这事报警。他答应过她不会泄露任何信息,不会告诉任何人她住在哪儿。她使用的是一个预付费手机号,甚至没有自己名下的信用卡。她总是在打黑工。尽管她看起来像所有人一样四处走动,可她过的却是躲藏在阴影下的生活。

西蒙娜甚至不是她的真名。

"她就这样过了好些年。据我所知,有的时候她甚至流落街头。她伤痕累累,却掩饰得很好。或许我正是因为这一点爱上她的——就是她隐藏起来的东西。"

"那她的真名是什么?"

"我不知道,我也从没问过。一个女人希望成为任何她想成为的人,而我也要尊重她的这种愿望,对吧?"

"当然。"埃拉说。

"再说了,名字又是什么?不过是添加在一个人身上的标签罢了。她之所以把自己叫作'西蒙娜',那是因为她就想成为西蒙娜。这个名字取自西蒙娜·德·波伏娃①。而我爱的是那个人,我不在乎她之前叫什么名字。"

"你们是在哪里认识的?"

"是在现实世界中认识的,可不是在那类虚拟的垃圾软件上。有一天她来到我的熟食店,想要找份工作。她告诉我说她想打黑工……"他看了埃拉一眼,"当然了,我告诉她我们只能按照正规流程招募员工,一切是要记录在案的。可我们俩有了感觉,我邀请她吃午餐,然后我们再次见面。她很脆弱,比她愿意表露出来的还要脆弱。这一点我马上就发现了。然后我发现她的处境很艰难。可我还养得起一个女人,而西蒙娜对这种安排没有异议。"

他站起来,走到草坪上,摩挲着自己的光头,又点燃一根香烟。

"我以为我们俩爱着对方。可我一旦认真起来,想要规划和她在一起的未来,她就跑掉了。"伊凡往一个方向走几步,又转身走回来,像一头困兽一样来回踱步,"她不接电话,我发现她取消了那个预付费手机号。然后我跑到市区几个地方找她,我知道她以前在那些地方工作过,就是那种雇用黑工的地方。而我也看到她了,我跟踪她,却发现她和一个油头粉面的浑蛋碰面,当街和他接吻。一切就是这么

---

① 西蒙娜·德·波伏娃(Simone de Beauvoir, 1908—1986),又译作西蒙·波娃瓦,法国存在主义作家,女权运动创始人。

回事。我发现她没有出什么事,她只是又找了一个人,离开我甚至连一周都不到。"

"你知道那个人是谁吗?"埃拉问道。

伊凡摇摇头:"我正想跟着他们,可我看到了自己在一扇商店橱窗上的影子,意识到我正变得和她的前任一样,所以我离开了。在那以后我就没有再见过她。"

"你有西蒙娜的照片吗?"

"她讨厌拍照。那是因为她害怕,害怕有人把照片传到网上。她不会沉迷于自己的照片,我喜欢她这一点。不过当然了,我还是拍了几张,是趁她不注意时偷偷拍的。"

"能让我看看吗?"埃拉问道。

伊凡·温德尔停下脚步,一言不发地站了一会儿,只是看着她。

"没有了。"他说,"我的手机彻底坏掉了,就在她离开我的那一天。"

独自一人去一家餐馆时带上一本书是有好处的,肯定好过在一个雇用黑工的地方举着警察证晃荡。

正因如此,埃拉在横穿中央车站时买了一本书。她恰好看到了她决定要读的那本书,她母亲的最爱——玛格丽特·杜拉斯的《情人》。

现在她坐在窗边的一张餐桌前,既可以看到外面的街道,也可以看到餐馆内部。埃拉无法将注意力放在书中的情节上,书里面说的是一个女孩和明显比她老得多的情人在西贡的故事。她只是时不时地读一下,装出一副自得其乐的样子。其中一段话抓住了她的目光。那段文字描绘的是人们沿着街道漫步,走进路中央,完全不在意那些在他们身边穿梭的汽车和自行车。

他们走路的样子没有流露出半分不耐。他们身处人群之中,却茕茕孑立,看似无喜无悲,亦无好奇之心。他们就这样向前走着,又像是没有向前走,也没有向前的意思,不过是来来去去罢了。他们孤身一人,身处人群之中,然而他们即便是独处时也不是孤身一人,即便是身处人群中也是茕茕孑立。

"你准备好点餐了吗?"一个侍者问道,"或是你想先来点喝的?"

那是一个年轻小伙,一边脑袋剃光,另一边留着长发。

埃拉点了两个小碟和一杯酒。如果她在这里无功而返,她还可以去下一个地方好好吃一顿。伊凡给了她三个餐馆的名字,都是西蒙娜提到过的,是她以前曾经工作过的地方。

这家餐馆位于瓦萨区。伊凡上次就是见到她从这里走出来,来到门外和一个男人亲吻。

当侍者带着她点的酒走回来,她问道:"西蒙娜今晚上班吗?"

"谁?"

"西蒙娜。她是在这里工作吗?她大概四十几岁,蓝眼睛……"

"我是新来的,所以……"

"你能帮打听一下吗?"

"当然。"

在人群中茕茕孑立,她心想。在一个大城市里藏身有多容易,又或是有多困难呢?躲藏起来,永远也不要被人完全看清。而这个国家或许拥有世界上最细致的登记注册系统,在这里一个人的身份证号就意味着一切。假如你从不使用借记卡，不去银行，只是打黑工……假如你找到可以同居的男人，而他愿意照顾你，支付一切费用，甚至在你生病时安排你看医生……

可是就这样过了二十三年？

或许她使用了假身份证。西蒙娜，当她的男友一提到结婚就逃离的西蒙娜，当关于莉娜的旧案被重新拾起就逃之夭夭的西蒙娜，从来不允许别人给她拍照的西蒙娜。

她知不知道伊凡偷偷拍了她的照片？

弄坏一部手机是很简单的，你所要做的就是让它进水。埃拉自己也做过好几次。

那个侍者回来收拾桌子时说："没有，没有人认识一个叫西蒙娜的人。你确定她在这里工作？"

等埃拉去到第三处，她转而点了咖啡。她不能再喝酒了。所幸这是一家咖啡馆，里面挤满了十几岁的少年。他们半躺在沙发上，而此刻时间已接近午夜。

一个黑发女子正在给顾客端上要价过高的烘烤三明治。埃拉盯着她看了好一会儿。光从背影来看很容易让人以为她才二十五岁，可当她转过身来，年龄就显露在脸上。咖啡馆里昏暗的灯光让人无法看清她眼睛的颜色。

另一个短发微胖的女侍者在桌子之间挤来挤去，将空杯子摞成一座摇摇晃晃的高塔。埃拉问她："那边那姑娘叫什么名字？感觉我认识她。"

"谁？"

"那边那个，刚刚走进厨房，黑头发的。"

"啊，或许是凯特琳吧，不然就是凯特？我不太清楚，有很多人来这里上班，每个星期都有新人来。"

那女侍者干净利落地擦擦桌子，把面包碎屑都扫到地板上。

"你认识西蒙娜吗？"

"谁？"

咖啡馆里喧嚣嘈杂，难以听清别人的话。有太多人在喋喋不休。他们喝得太多，又不想独自一人回家。

"西蒙娜。"埃拉重复道，"我听说她在这里工作。她是我一个朋友的朋友。"

"我知道你说的这个人。"女侍者说着收拾起盘子。她的目光扫过周围的餐桌，寻找脏杯子，"不过我有好一会儿没见到她了，想让我再见到她时帮你捎个信吗？"

"当然。"

埃拉在一张餐巾纸上写下自己的名字和电话号码。她知道西蒙娜不太可能联系她，不过这无关紧要。她用另一张擤擤鼻子，然后团成一团放进兜里，免去员工们清理的麻烦。莉娜，她心想，或许正躺在河底。你无法仅凭一己之力解决这件事。别再把私人生活和职业生涯混在一起了，别再喝酒了。埃拉起身离开，差点踩到了别人的脚。在人群中茕茕孑立，她心想，马格纳斯的人生是属于他自己的，是他让她别再为他操心的。

最后一个念头令人痛苦。

当埃拉转身离开时，"你忘了这个。"那女侍者说着把那本书递过来。

第三十一章

"你哥哥已经认罪了。"律师那微弱的声音从远处传来。

"等一下。"埃拉站起来,离开安静的车厢——之前她在这里坐下打了个盹,现在正感到头痛欲裂。而列车刚离开胡迪克斯瓦尔。

"他具体招认了什么?"

"杀死肯尼斯·埃萨克森。"

山峦绿谷以越来越快的速度在车窗外掠过,高速列车那奇异的颠簸让她想吐。

"怎么回事?"

"那是发生在锯木厂外的打斗。"律师说,"他当时是出于嫉妒。马格纳斯声称他不是有意的。如果法庭和我们看法一致,那我们可以把罪名减轻到过失杀人。"

埃拉抓住门边扶手,以免自己在列车颠簸中摔倒。

"那莉娜呢?"

"我没有看到他们有引入此案的迹象。"

埃拉走进洗手间,洗把脸,将手腕伸到冷水龙头下方。在她十几岁时,当她偷喝了太多从酒柜里取出的酒,她就会这样做。可现在这样没用了。于是她去自助餐车买了一瓶可乐,吞下两片止痛片。她走回两节车厢之间的连廊,给乔乔打电话。

"谢谢你来打扰我。"他说,"看来我还是可以休假了。"

"你现在在调查莉娜的案子吗?"

"没有。"他说,"检察官决定不重启调查,怎么了?"

"我在松兹瓦尔。"埃拉说,"还要等很久下一班车才会到。你有时间吗?"

列车开始减速进站,乘客们拖着大包小包,走进她所在的连廊。

"我有时间。"乔乔说,"准确地说有三周那么多。我原本计划到群岛一带去划船,不过没去。有人说松兹瓦尔这里根本没有群岛——到底要有多少个岛才算是'群岛'?"

他的住处和埃拉想象的一模一样。那是一栋建于世纪之交的宏伟建筑,位于中心广场。

"喝酒吗?"他问道。

"感觉我昨天已经喝得够多的了。"

乔乔拿起半瓶红酒,给自己满上一杯,说他明白埃拉肯定觉得很难受。

"我们只是凡人。"他说,"当打击落到某个亲人身上,当事情涉及个人,那是很难受的。"

"我哥哥是向你招认的吗?"

"不是。"

他坚持要走到门外的阳台上,坐下来吸根烟。对他来说,度假时的着装风格包括解开最上方的衬衣纽扣。埃拉从没见过他不穿鞋的样子,一个只穿着袜子的男人透出某种亲昵的意味。

"我不想对你撒谎。我想要重启针对莉娜·斯塔弗雷一案的调查,可是检察官认为我们没有足够的证据继续下去。我们已经叫停了洛克涅的搜查行动。"

"莉娜没有死在那里。"埃拉说。

"这也是可能的,或许她就是死在了那里。又或者她真的死在玛丽堡的树林里,就像之前他们认为的那样。"

"你当真相信吗?"

他往一个花盆里掸掸烟灰。看来那花盆里原本种着天竺葵,可现在只剩一根茎秆和上面挂着的几簇干枯的褐色花瓣。

"我希望我们能彻查此案。"他说,"你也知道,我会为此努力——要不然我们也不会发现肯尼斯·埃萨克森的尸骨。或许从某种程度来看,你没有错。那起案件的调查是在一个不同的时代进行的。如果欧洛夫·哈格斯特洛姆在当时被定罪,那现在或许可以为他举行一场新的听证会。可他又没有被定罪。那案子已经结了,而且会一直保持结案状态。如果我们找到了莉娜的尸体,那情况又不同了。你哥哥很可能会面临双重谋杀的起诉。"

埃拉靠在阳台栏杆上。树木沿着宽广的林荫道中央排列,她低头看着那树梢。她能听到一首孤独的萨克斯曲调盖过坐在酒吧和咖啡馆门外的人所发出的"喃喃"声。爵士乐俱乐部就在几个街区之外。

"如果我能对你的未来提点建议,"乔乔继续在她身后道,"那就是让一起案件保持结案状态,不要让它一直烦扰你。正如他们在战争里说的那样:让过去的事过去吧。"

她听到他拿起酒杯一饮而尽的"咕噜"声。

"你听说了吗?欧洛夫·哈格斯特洛姆醒过来了。"

埃拉转过身，瞪着他："真的？"

"真的。"乔乔说，"看来他会完全恢复的。"

"你和他说话了？"

"我们就纵火案一事和他谈了话。不过他们本可以在于奥默做这事。这起案件已经没有什么疑点了。"

"他应该知道。"埃拉说。

"知道什么？"

"知道莉娜到底发生了什么事。"

乔乔转动着空酒杯，在下午的阳光中眯缝着双眼，打量着她。

"那你现在怎么想？"

"我想我还是可以来一杯的。"

乔乔告诉她上哪儿去找酒杯。"再拿一瓶来，还有，把开瓶器也拿过来。"他在她身后叫道。

厨房里到处都是肮脏的碟子，简直是乱七八糟，和她印象中他的职业形象大相径庭。如果乔乔是个嫌疑人，她会疑心他为什么会在夏日假期的第一天独自一人饮酒，会感觉他有什么不对劲。

埃拉在他身边坐下。她坐着的藤椅太矮了。

在他打开刚拿来的这瓶酒时，埃拉问道："你是在松兹瓦尔长大的吗？"

"基本算是吧。"乔乔说，"那时候我们在夏天时不会跑到群岛去玩——假如这所谓的'群岛'当真存在的话。"

她伸出拿着酒杯的手。

"如果你像我那样长大，"她说，"当你得到第一辆自行车，得到第一辆摩托车或改装车之类的交通工具之后，所有的一切都将围绕着怎么去下一个城镇或者更远的地方,怎么回家,怎么离家。当你拿到驾照,你的人生才真正开始。所有一切都围绕着交通工具展开。"

"好吧。"

"而我总是忍不住想,他们是怎么去到那里的,又是怎么离开的。"

"现在我们又要谈论莉娜的案子吗?"

"如果当天晚上马格纳斯去到洛克涅,那他应该是骑摩托车去的。"

"没错,你哥哥也是这么说的。"乔乔说,"他想看看那两个人在搞什么鬼,可是当他去到那里,只有肯尼斯·埃萨克森一个人在那儿。那天晚上他没有见到莉娜,之后再也没见过。嫉妒真的是很可怕的东西。"

"所以莉娜不在那里,那又是谁骑走了摩托车,是谁划走了小船?"

"已经结案了。"乔乔说。

或许是因为她的上级现在只穿着袜子没穿鞋,或许是因为他喝醉了,牙齿上还留有红酒的酒渍,反正现在埃拉对他的权威性已经没有半点敬畏之心。她不再妄想成为他那个团队中的一员。在克拉姆福什做个助理警员也不错。

那意味着她在接下来的三十年都是助理警员,而且前提是他们还愿意留用她。

她掏出手机。今早她刚收到安佳·拉里奥诺娃的电子邮件,就在列车即将离开斯德哥尔摩的时候。

一辆蓝色的铃木牌摩托车,于1996年7月6日在距离哈纳桑火车站约一百米的货运场找回。车主：一个名叫马格纳斯·舍丁的人。"不过他在车辆丢失两天后才报案。"安佳写道。

埃拉打开一张那个地区的地图。乔乔没有提出异议。事实上，他凑了过来。

"那条船是在这里被发现的。"她说，"在斯普兰斯维肯，就位于兰德下游，距离它原来所在的地方超过十公里。一条没有人的小船不可能自行漂流那么远。而且我认为也不是莉娜把那条船划到那里去的。我觉得她在划船方面很不在行，要不然她为什么只是坐在船尾，任由那个斯德哥尔摩来的小子像个傻瓜似的划船？"

"嗯？"

"我觉得是马格纳斯把自己的摩托车借给了她。"埃拉继续道，"然后他自己划船回去的。我们住在兰德，在那里长大。即便在我年纪还小不被允许到水边玩耍的时候，我就已经在河边玩了。如果他上岸之后，把船又推回水中，那么那条船就有可能出现在后来被发现的地方，就是斯普兰斯维肯。接着他给了她几天时间消失，之后才报案说摩托车被偷。"

她并没有提起蜻蜓若虫的事，没提起她哥哥如此珍视自由，以至于他会在它们的翅膀尚未长成时将它们放飞。

"你到底想说什么？"

埃拉伸手去拿那瓶酒。这并非因为她想喝酒，而是因为她需要酒精来减轻自己身上的重担，并借此忽视他的想法。

"你有没有想过，或许莉娜还活着？"

"假如我是在调查这起案件，"乔乔小心翼翼地说，"或许这个念头会冒出来。不过正如我所说，现在不是我在调查这起案件。"

"那就给我一分钟,听我说。"

最后她说了将近二十分钟。等她说完的时候,她已经把关于西蒙娜的所有信息都告诉了他,告诉他自己为什么一开始就想到那人或许是莉娜,而对她来说又经历了多少机缘巧合,才碰到这个极力隐姓埋名的女人。

"二十三年啊。"乔乔说。他抬眼看向天空,看向那柔软的白云,"挺长的一段时间。有可能像那样生活二十三年吗?"

"我们都知道,有很多人隐姓埋名地生活着,例如没有身份证明的人,罪犯,受到威胁的人……"

"当然了,不过我是说从人性的角度来看,而且还知道这么做会让自己的双亲受到伤害……"

"莉娜正计划和肯尼斯·埃萨克森一起逃离。"埃拉说,"或许她真的不想再回家了。就我听到的关于莉娜·斯塔弗雷的信息来看,她总是把自己摆在第一位。只有在她失踪之后,她才会成为一个'好女孩'。"

"或许在她父母眼中,她一直都是好女孩。"

"如果我没弄错的话,那么就应该进行 DNA 检测……"

"不行。"乔乔把手放在她的手上,只是短短一瞬。那不是邀请,并不是那么回事;那只是让她回到现实中。

让她冷静下来。

让她振作起来。

"她和伊凡·温德尔同居了将近一年。"埃拉说,"那里肯定有她的痕迹,她留下的衣服,或是一把梳子……"

"我是认真的。"乔乔说,"你必须放下这事。"

他站起来,拍拍她的肩膀,然后走进屋内的洗手间。埃拉听到水声,意识到他不是那种在自己家里也要关洗手间门的人。

然后他又出现在她身后。

"你知道那需要有充分的理由。"他说,"例如怀疑存在犯罪行为,要由检察官做出决断。我们不能随心所欲地搜集DNA。"

"我明白。"埃拉说着站起来。

"即使你没弄错。"他继续道,"躲藏起来也不是犯罪,那样的生活甚至谈不上违法。"

埃拉把自己半空的酒杯留在桌上,借口说她要赶下一班前往克拉姆福什的列车,准备离开。

他们来到玄关。几个活动箱子摞在一块儿,为垃圾袋腾地方。这时她问道:"顺便问一下,事情进行得怎样了?"

"什么?"

"你说过要孩子还是不要孩子的事。"

"啊,不怎么样,最后还是不行。"

"抱歉,我不该多管闲事的。"

乔乔把鞋拔子递过来。"你以为自己是个非凡之人。"他说,"可是过了几个月,什么事都没有发生,最后你只得面对自己的责任。去看医生,看看是谁的问题。"他朝自己高大的身躯比画了一下,让埃拉想到一些她不愿想的事。"然后她感觉也没那么着急了,找了一间同居的公寓。实际上她甚至没有销掉约会软件的账号。"

"你说得对。"埃拉说,"我觉得我应该休假。"

乔乔握着她的手——那只温暖的手恋恋不舍。

"我还是以前那个意思。"他说,"假如秋天时我们那里有职位出缺的话……"

第三十二章

现在又有一个女人坐在他床边的椅子上,她的耳朵下方悬着两个小吉他。

当她凑近时,那两个小吉他晃来晃去。

"我没发觉你已经醒了。"她说,"你感觉怎样?"

欧洛夫不知道该对她说什么。他对护士也没有太多的话可说,只是会和理疗师多说几句。他如果知道这个女人属于哪类人就好了。清洁工是最容易应付的,他们不太会说瑞典语。

"我刚刚到。"那女人说,"你在睡觉。他们告诉我你好多了。"

他觉得他认出了这个女人。在医院里工作的人太多了,他根本就辨别不过来。这些年来他从没和那么多女人说过话——如果他没记错的话,他有生以来都没有和那么多女人说过话。

当她抓住欧洛夫的手时,他瑟缩了一下。

"真抱歉。"她说,"我应该在你身边的。"

这几个字激发了他的记忆,他想起来了。他想要更多的吗啡,可他们已经开始逐渐减少剂量。一扇门"砰"地关上了,有人在冲他大嚷。

"你这个该死的浑蛋!从我的房间里滚出去!"

"英吉拉?"

"老天爷,都那么久了,我不知道该怎么……"

他姐姐开始笑了。不,或许她是在哭,或许她又哭又笑。他该怎么应付呢?欧洛夫把手抽走。多亏了那些按摩和运动,此时他的这只手已经恢复了很多活动能力。

"你没有做那件事,欧洛夫,我知道你没有对那个女孩做什么。不是你干的。爸爸不应该把你送走的。我很抱歉,你能原谅我吗?"

既然他已经知道这个女人是自己的姐姐,那他就该用不同的眼光来看待她了。开始时她只是个女人,看起来很不一样,不知怎的还挺好看的。可能这就是戴着有色眼镜看人吧。他喜欢那两个小吉他,挺好玩的。

然后英吉拉就出现在这里,顶着一张陌生女人的脸。她光着脚,个子小小的,那是他姐姐,她从他身边跑开。

"过来呀,欧洛夫,过来看看我发现了什么。"

"你抓不住我的,你抓不住我的。"

他伸手从床头柜上抽出一张纸巾,擤擤鼻子。老天爷,这声音可真响亮。桌上还有半杯甜果汁,他一饮而尽。

"你是怎么来到这里的?"他问道。

"我是坐火车来的,我们没有汽车。"

"从哪个车站来的?"

"斯德哥尔摩,现在我住在那儿。我有一个女儿,你是舅舅了,欧洛夫。你想看看吗?"

他看到她手机上的一张照片,那是一个孩子的照片。

"爸爸……"欧洛夫开口了,他觉得自己不得不说。

这个词语如同压在他胸口的一块大石，让他难以呼吸。

"还好你去了那里。"英吉拉说，"你发现了他。有没有人告诉你到底发生了什么事？"

"是邻居家的女人干的。"

他头一次得知此事时感觉一阵轻松，一阵空虚。他们不会再把他关起来了。

"你觉得你有力气和我聊一下葬礼的事吗？"

欧洛夫点点头，不过实际上大多数时候都是英吉拉在说话：斯凡已经在桦树丁区公墓买了一块墓地，不过斯凡应该不希望叫牧师。欧洛夫想起了妈妈的葬礼，想起自己是如何下定决心不去参加的。他阅读着那张卡片，上面详细地写着时间和地点，以及穿着鲜亮衣物的着装要求。他试图想象如果他现身的话会发生何种情况，想象那一张张陌生的脸——或许他能认出的脸都转向他。

当他姐姐谈到在他的物品中找到一些信件，他感觉自己开始生气了，气她跑到他那里到处乱翻。

"你为什么不给妈妈回信？"她问道。

"我不太会写信。"欧洛夫说。整个房间陷入沉寂。

他心里的话语仿佛结成一团，让他无法吐出来：他是如何阅读妈妈写的那些信，她在信中说尽管欧洛夫做过那些事，但他依然是她的儿子，她依然是他的母亲。

可是她却没写："我相信你，欧洛夫。"

"那栋房子不在了。"他最终开口说道，"斯凡所有的东西都被烧掉了，抱歉。"

直接喊他的名字比说出"爸爸"这个词更容易。

"欧洛夫。"英吉拉说,"那只是几个白痴点火烧了那房子,你不用为这个道歉,那不是你的错。"

"警察告诉我发生了什么事。他们会放火烧屋,就因为我在那里。"

他姐姐正在哭泣。欧洛夫想告诉她:没用的,一旦你哭了他们就来对付你了。他纳闷儿前往斯德哥尔摩的列车是不是快要开了。

等到他怀疑自己是不是应该递给她一张纸巾什么的时候,她终于说话了:"我和一个熟一点的警察聊过,其实你也见过她。她叫埃拉·舍丁。我打电话给她,问你情况怎样。她告诉我说你没有杀害莉娜,你没有做那事,欧洛夫。"

现在藏在他脑袋里的邪恶之物又席卷而来。那些沉重的东西把他往下拖,让他以为自己再也不能从床上爬起来。即便那个可爱的理疗师每天都扶他起来,即便他开始凭借一己之力,从自己的病房走到了她的办公室,也还是无济于事。

"他们没有充足的证据证明这件事。"英吉拉继续道,"不过当你从树林里走出来时,莉娜还活着。不可能是你干的。那个警察,她希望我们两个都知道这事。"

欧洛夫翻个身,这样他就不用和她目光相接了。如若不然他就要哭起来了。他没有哭,只是盯着床头的按钮——那是一个红色的按钮,无论他是想要更多的药物,想要去上厕所,还是想做点别的什么,他都可以按那个按钮。

"那条狗。"他说着清清喉咙。

"什么狗?"

"斯凡养了一条狗,黑色的,我不知道是什么血统。"

"你有没有听到我刚才说的话？"

"你能不能别再说那件事了？"

"可你是无辜的，欧洛夫，你应该要求赔偿什么的。我现在在瑞典电视台工作，我不是记者之类的人，不过我可以和我们的采访记者说说，肯定有人愿意接手你这个案子的。"

"别说话。"他说着按下按钮。

他记得一直以来总是这样——由英吉拉做出决定："过来，欧洛夫""去拿那个""不要这么做"……

"可是……"

他感觉头痛欲裂，他想起的事太多了。他看到自己正跟着莉娜，追上她，在树林里杀了她——又或者是在河边？他的脑海中充斥着那么多不同的场面。然而她还是推他、把他推翻在地然后离开的那个人。她朝他大嚷，然后消失在树林里，不见了。他的记忆支离破碎，根本说不通。欧洛夫不知道什么是对的，因为所有一切都是错的。无论他想什么，无论他相信什么，总有人告诉他那是错的，事情不是这样发生的。

"你要去那里一趟。"他说。

"去哪儿？"

"去犬舍，我不想让那条狗待在那里。"

"抱歉，欧洛夫，可我没办法照看一条狗。我住在一间公寓里，而我女儿过敏……"

一个助理护士出现了，问他需要什么。那么多人挤在一间房里，感觉很拥挤。

"你有访客啊，那太棒了。"她说。

"我觉得痛。"他对她说,"我想再要点吗啡。"

那护士露出甜甜的微笑——她们总是这个样子。然后她给了他两片对乙酰氨基酚,好像这样就足够了似的。

"也测一下血压吧。"

英吉拉站起来——或许列车很快就要开了吧。

"我要到楼下售货亭去。"她说,"我可以给你买个冰激凌之类的。"

"好吧。"

他姐姐在门边停下脚步。

"蛋筒冰激凌。"她说,"以前你喜欢吃这个,对吧?"

第三十三章

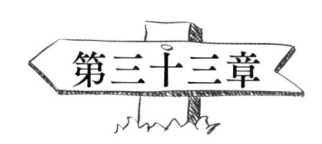

当埃拉回到家时,有人坐在门廊的阶梯上。

在短短的一瞬间,车头灯照亮了他的脸。那景象倏忽即逝,让她以为自己弄错了。

她下了车。

"嗨,妹妹。"

真的是他。

"他们放你走了。"她说。

"囚室都住满了。"马格纳斯说。他绷起一张脸,露出类似微笑的表情。埃拉想要轻抚他的头发,让他将脑袋搁在自己的大腿上。

"妈妈睡着了吗?"她问道。

"你说得没错。"马格纳斯说,"她以为我还在博尔斯塔布鲁克的锯木厂工作呢。"

"那是十五年前的事了。"

"我知道。"

埃拉走进门,找点喝的。马格纳斯已经拿着一瓶啤酒在喝了。她应该逼他留下来过夜的,不让他再跑到路上。

她在食品储存柜里找到了一瓶树莓苏打水。这瓶饮料似乎一直都放在那里，不知放了多久。她可以在别人的陪伴下喝酒，不过那人不能是她哥哥。

"你错过了和社区服务人员的会面。"埃拉说着，在他旁边的阶梯上坐下。从他们所坐的地方，可以看到砾石车道和枯萎的丁香花，看到比所有一切都耐久的大黄。

"抱歉！"马格纳斯说，"我搞砸了。"

埃拉居然笑了出来："没事的，我把会面推到下周了。"

马格纳斯从她手里拿过那瓶饮料，用打火机撬开瓶盖，然后还给她。

"他们觉得我没有逃逸风险。"他说，"或许还有别的理由，因为我已经认罪了。律师认为，我可以争取过失杀人的最低刑期。"

"六年。"

"如果我表现好的话，四年就能出来了。"

埃拉挥手赶走黑蝇，啜饮着甜甜的果汁，挠挠一处被叮咬的地方。如果由着马格纳斯，他们或许会一句话都不说地坐一整晚，甚至在接下来的二十三年都保持这个样子。

"那天晚上到底发生了什么事？"她问道，"不要把你对审讯你的警察说的那一套照搬过来说给我听，说什么你去到洛克涅时莉娜不在那里。"

"你也是警察。"

"我还是个孩子，大家什么都不对我说。"

"我还得再来一瓶啤酒。"

当他回来时，埃拉感觉他把手搭在了她的肩上，仿佛是想给她做做按摩。

"你不会说出去吧？"

"快说吧。"

马格纳斯在她身边坐下。在打开瓶盖之前，他把冰凉的啤酒瓶放在额头上滚动。瓶盖打开了，飞了出去，不知落到了哪里。

"这事我只说一遍，只是对你说。"他说。

以后他再也不会提起了。

当天晚上，他知道莉娜会在洛克涅和某个人见面，于是他骑着摩托车去到那里。

"她救了我一命。"他说。

"什么意思？"

"你能不能先闭嘴，哪怕就这一次也好？听我说下去行吗？"

埃拉用手捂着嘴，不出声了。

"莉娜告诉我他们在那里约会，还说她要和那小子离开。而我已经妒火中烧。"马格纳斯说话时并没有看埃拉。两人都直直地盯着前方。"我想把她带回来，不然就揍那家伙一顿，我也不知道自己跑去那里做什么。或许我只是想看他们在一起，这样我就能够让自己这颗驴脑袋明白一切已经结束了，真的结束了，我永远失去她了。可是当我看到他们在里面，她光着身子，然后……真该死！我以为他在强奸她，那里还有锁链什么的。"

马格纳斯冲进去。他想抓住莉娜，保护她。他照着那小子的脸暴捶，可是突然之间，那小子扑在他身上。当时他还不知道那家伙的全名，直到最近他才知道。当时那小子只是叫肯尼，莉娜就是这么叫他的。她那响亮的尖叫声在老旧的铸造车间里回响。肯尼完全疯了，他使出柔道的手法，把马格纳斯摔在石头地板上。接下来他只感觉到一条铁链缠住他的喉咙,眼前一片漆黑。

当马格纳斯可以再次呼吸时,肯尼已经像个沙袋似的,直挺挺地瘫在他身上,到处都是血。而莉娜……莉娜站在那里,手里拿着一根铁棍。

当他把那具尸体推开时,他才意识到那家伙已经死了。

"他就躺在那里,眼睛直直的,看向虚空。"

"所以那是她干的。"埃拉说,"不是你。"

"我告诉她由我来担这个罪名,可是莉娜不愿意。她开始对我尖叫,说如果我说出去,她这一辈子就完了。她说他们肯定会把她送走关起来。她很狂躁,显然她是嗑什么东西嗑嗨了。她大叫这都是我的错,还说如果要被关上好几年,她宁愿自杀。"

马格纳斯吸吸鼻子,用汗衫的袖子擦擦脸。埃拉在昏暗的光线中看不清楚,不过她觉得或许他哭了。

"她说得没错。"他说,"她撑不下去的。莉娜不是那种你可以关起来的人,总有好几种不同的想法在她脑子里转悠,其中至少半数是黑暗的想法。我觉得她之所以喝酒,是为了逃避自我。她的父母想让她待在家里,但她还是会从阁楼窗户爬出来。她很擅长假扮成'好女孩',为自己所做的事撒谎。他们肯定不知道她的事,而且她在家里穿着长袖,所以他们也看不到她的文身。"

"什么文身?"埃拉在登上前往斯德哥尔摩的列车之前,曾经再次通读了有关莉娜的描述,"失踪人口报告里并没有提到文身。"

"的确没有。提供描述的是她的父母,他们不知道的事可多了去了。是我陪着她去弄那个文身的。"

马格纳斯伸出一只手,放在自己的左臂上。在他二十几岁的时候,他在左臂上文了几个经典的图案,就是海员经常文的那种。

"那是一颗心和两只鸟。我自以为那代表着我和我们的爱情。我真是个该死的白痴。"

他继续说下去,说回那天晚上的事,说他们费了老大劲把那具尸体从铸造车间拖到河里。可埃拉几乎没有听进去一个字。

她曾经看到过那个心形文身出现在她眼前,出现在一截前臂上,两只鸟儿朝臂弯方向飞去。那是在斯德哥尔摩的一家咖啡馆,一个女侍者正在清理桌上的杯子。当时她注视着那个文身,可她根本没意识到那是什么。那个女人有点胖,她的头发有点短。她不相信莉娜会选择以这种面貌示人。"想让我再见到她时帮你捎个信吗?"埃拉把自己的名字和电话号码给了那个女侍者,她肯定会明白的——即使当场没有明白过来,过后也会明白。一旦她查一下埃拉是谁,她就会意识到咖啡馆里遇见的那个女人是谁的妹妹。

"我得去趟洗手间。"她把手机也带了进去。

在上厕所的时候,她查看那个自称为西蒙娜的女人。可是她再也找不着了。

那个人消失了。

当她回来时,马格纳斯坐在那里,双手托头。

"我等了很久,一直等着有人发现他,等着河水降低,等着他的尸体浮上水面。每天醒来的时候,我都做好准备,等着他被发现。"

"那不是你干的,你不应该认罪。"埃拉对他说。

"都是我的错——我去那儿就是去找麻烦的。我应该让他们离开的,随便他们上哪儿去。"

"你说他正在强奸她。"

"那只是我以为的，可莉娜说是她想要那么做，她想尝试点'带劲的玩法'。我不知道，整件事就是一团糟。"

在那之后莉娜换了衣服，前一天他们计划逃跑的时候她就把衣服带过来了。然后她骑着摩托车离开，而马格纳斯划船顺流而下，到了兰德。两人又在那里碰面。他为她再找了几件衣服，还掏空了钱箱。

"妈妈不在家。"他说，"而你……我想当时你睡着了。"

莉娜再次跨上摩托车。这时马格纳斯指指车库墙边——以前那辆摩托车就停放在那里。当时他也不知道她会走哪条路，要往哪里去。他们商量好，几天后她会把摩托车丢弃。

永远离开。

不留下一丝痕迹。

"那他们逮捕欧洛夫·哈格斯特洛姆的时候，你怎么能保持沉默呢？"埃拉问道，"你们让一个十四岁的少年背了黑锅。"

"莉娜告诉我，在树林里那小子扑到她身上。那是在我们把那家伙拖到河里之后她说的，当时我正忙着把木板和其他垃圾压在那家伙身上，我哭啊哭，哭得眼珠子都快掉出来了。她告诉我她经历了倒霉的一天。"

马格纳斯站起来，感觉他想要看向埃拉，可还是做不到。

"他从来没有被定罪，他自由了。那个夏天我喝得烂醉，几乎不知道发生了什么事。"

"自由了？"

"他不应该认罪的。"马格纳斯说。

"不，你们两个应该认罪，你和莉娜。"

埃拉看到他的脸变得僵硬，知道自己触及了他的底线。

"现在我也认罪了。"马格纳斯说,"我会服满刑期。我讨厌这样,不过我至少还会去服刑。"

"这对欧洛夫·哈格斯特洛姆没有帮助。"

"如果你再说一个字,"他说,"我就招认我也杀害了莉娜。"

"她还活着。"埃拉说。

"或许是吧,也或许不是。我试图说服自己,当天晚上她也死了。我很努力地说服自己,弄得自己几乎要信以为真了。这样撒起谎来就更容易了。"

"你不想知道她在哪儿吗?"

"我只想相信她找到了她追寻的自由,相信她找到了某个可以过平静生活的地方。"

埃拉想起了那个自称为西蒙娜的女人,想起放在她车里的一个袋子中的发梳。那把发梳上缠满了黑色的头发,不太可能是剃光头的伊凡·温德尔留下的。当时埃拉借口借用一下卫生间,在他的浴室里偷了那把发梳。她还在玄关处拿走了一条丝巾。她不能马上把这两样物件送交 DNA 检测,不过或许在未来的某个时候,一旦所有一切平息之后……

如果莉娜·斯塔弗雷一案再次浮上水面……

真相还在她心里抓挠。不过随着她进行深呼吸,它终于安静下来,如同渐渐平息的一阵风。

他们坐在那里,一句话也不说,就这样坐了至少半个小时。头顶的乌云散开了,月亮从中探出头。

"你应该找个人。"马格纳斯说,"找个对你好的人。"

"和这事有什么关系?"

"这不过是我的想法。"

埃拉看向夜空,看向他们身后渐渐变亮的天空,看向博滕海湾。在那短短的一瞬,她发现自己想到的是奥古斯特。她记不清他的脸,记不清他的模样。

"我试过了。"她说,"不过或许没结果。"

"那他就是个傻瓜。"她哥哥说。狗吠声让他瑟缩一下。那响亮的吠叫声就来自附近某处。

"该死!"埃拉说着跳起来。她忘了那条狗了。那条狗在她车里锁了几个小时,当她打开车门,它马上冲出去了。

"啰唆!"她叫道,"过来!"

可那条狗"嗖"地一下就跑开了。埃拉走到树篱边,可是哪儿也找不到它。

"你给自己弄来一条狗?"马格纳斯问道。

"我只是照看啰唆一段时间。那是斯凡·哈格斯特洛姆的狗,现在欧洛夫还在医院里,他们要把啰唆送到犬舍去。他姐姐打电话给我,说她自己没法带上它……"

"我都不知道你喜欢狗。"

马格纳斯吹吹口哨,一个黑影出现在邻居家的宅地边上。它发出吠叫,然后笨拙地跑过来。

埃拉一把抓住狗的项圈。

"总得有人照看它啊。"

作者手记

本小说为虚构作品，不过和以往一样，我对现实进行了借鉴。1985年夏，在皮蒂耶的瓦尔斯博格特发生了一起与"杰弗里德尔轮奸案"相似的案件。对该案件做出的宽大判决引发了一场激烈的辩论，并导致了瑞典法律的修改。同样，针对欧洛夫·哈格斯特洛姆的讯问的灵感源于真实的罪案调查。在这些调查中，经过长时间审讯，孩子们招认了他们并没有犯下的谋杀罪行。例如，1998年，在阿维卡，两兄弟被认定杀害了一名四岁孩童；2001年，在豪斯乔，一名十二岁的少年被指控杀害了自己最好的朋友。在托马斯·快克一案中进行了与本书相似的"现场指认"。几年之后，经过记者对这些案件的彻查，所有被告的嫌疑都被洗清。

近二十年前，我和我的家人在阿达伦购置了一栋房屋。在这里放眼望去，可以看到延绵数英里的景致，其中有河流和远山。而购置这房子所花费的钱款在斯德哥尔摩只能购买一间窄小的蜗居。我渴望描写此地的景致，描写其中的轻盈与犹豫。随着时间的流逝，这种渴望变得越来越强烈。然而我绝不敢仅凭一己之力来做这件事。一些阿达伦人回答了我那些稀奇古怪的问题，在我无力骑行时驾车载我出行，和我分享故事和传说，查证当地的细节信息。因此，我要对他们中的每一位表达诚挚的谢意：厄拉·凯琳·哈尔斯特洛姆·萨伦和简·萨伦、麦茨·德·瓦尔、托尼·奈曼、汉娜·萨伦、阿萨·博格达尔，还有弗莱德里克·霍格伯格——没有你，我绝不可能找对方向。

此外，非常感谢以下人员：松兹瓦尔暴力犯罪小组的维罗妮卡·安德森以及该区域的所有警察；我的表亲和前警探帕尔·布彻；左拉·琳达·本－萨拉——我对埋在蓝色黏土中的白骨化遗骸所知的一切皆来源于你；还有彼得·罗纳福尔克——感谢你的医学专业知识。谢谢你们。

当然，如有任何错误或夸大之处，皆可归咎于我。

我还要向在写作过程中陪伴在我身边的所有人表达诚挚的谢意——正是你们减轻了此举的孤独之感。感谢博尔·福塞尔就小说叙事和戏剧性情节与我进行的探讨；感谢莉莎·马克伦德、吉斯·哈灵、安娜·扎特斯坦以及玛琳·克莱佩——感谢你们犀利的目光，谢谢你们阅读我所写的文字，让我本人和文本皆得以提升；感谢歌拉·帕克鲁德与我就情节、人物和心理所进行的交谈。很高兴有你们一直推动着我，让我得以进一步深入探索这个故事。

我的出版社，克里斯托弗·林德、卡嘉莎·维伦以及林德联合公司的所有人，与你们共事向来都是一种乐趣。还有阿斯特里冯·阿尔宾·阿伦德、凯莎·佩罗以及阿伦德代理机构的所有人，很高兴你们承接了我的书。

最需要感谢的是阿斯特里德、艾米拉和玛蒂尔达，感谢你们陪伴在我身边的每一分钟，感谢你们的关爱和支持。你们是那么好的人，谢谢你们。

托夫·阿尔斯特达尔